4

Klarant Verlag

Die Sehnsucht nach Meer und weitem Horizont verspürt ***Ulrike Busch***, seit sie denken kann. Fasziniert von der Landschaft Norddeutschlands zog die Autorin 1986 aus ihrer Geburtsstadt Essen nach Hamburg. Auf dem nord- und ostfriesischen Festland, den Inseln und Halligen ist sie seitdem fest verwurzelt. Viele Jahre war die studierte Sprachwissenschaftlerin als selbständige Texterin und Technische Redakteurin tätig. 2013 entdeckte sie eine neue berufliche Leidenschaft: das Schreiben von Krimis – die natürlich in Norddeutschland spielen.

Ulrike Busch

Mordsschwestern

Ostfrieslandkrimi

Klarant Verlag

Klarant Verlag, www.klarant.de – www.ostfrieslandkrimi.de
ISBN: 978-3-95573-705-4
1. Auflage 2017
Umschlagabbildung: Klarant Verlag

Printed in the EU.

1. Kapitel

Dunst lag über Greetsiel.

»Kein gutes Wetter für eine Beerdigung«, sagte der Friedhofsgärtner zu seinem Chef.

Der blickte skeptisch in den Himmel. »Hochnebel. Der hält sich nicht. In spätestens einer Stunde hat die Sonne sich da durchgefressen.«

Der Friedhofsgärtner kniff die Augen zusammen, führte seine Zigarette, die er zwischen Daumen und Zeigefinger hielt, zum Mund und zog daran. Bedächtig blies er den Qualm in den Himmel. »Das hat Max Feddersen wieder gut abgepasst. Eins muss man ihm lassen: Was immer er gemacht hat, es war von Anfang bis Ende durchdacht.«

Piet Baßner, seit mehr als dreißig Jahren Leiter des Greetsieler Friedhofs, schlug seinem Mitarbeiter auf die Schulter. »Aber das Wetter ist dem alten Feddersen jetzt egal, Karl. In drei Stunden liegt er eh unter der Erde.«

»Jo.« Karl nahm noch einen Zug an seiner selbst gedrehten Zigarette, warf die Kippe auf den Boden und trat sie mit dem Absatz aus. »Dann mach ich mich mal wieder an die Arbeit.«

»Beim Feddersen alles so weit vorbereitet?«

»Klar. Aber ich guck da gleich noch mal vorbei.« Der Friedhofsgärtner legte Schaufel und Harke in die Schubkarre, hob die Karre an den Griffen an und schob sie auf dem breiten Mittelgang des Friedhofs vor sich her.

Wie viele Gräber hatte er im Laufe seines langen Lebens wohl schon zugeschüttet und bepflanzt? Gezählt hatte er sie nie. War im Prinzip auch egal. Hauptsache, die Leute kamen gut unter die Erde.

Wie lange er den Job wohl noch machen würde? Mit der Zeit kam Frust auf. Keiner derjenigen, denen er diesen letzten Dienst erwies, konnte mit ihm reden und keiner der Angehörigen dankte ihm seine Arbeit. Schlimmer noch: Leuten von seinem Beruf ging man am liebsten aus dem Weg.

In Gedanken versunken steuerte er auf das Grab zu, das er gestern für Max Feddersen ausgehoben hatte. Der Verleger und Kunstsammler würde sich seine letzte Ruhestätte mit seiner Frau Martha teilen, die vier Jahre vor ihm gegangen war.

Wenige Schritte vor Erreichen der Grabstätte bemerkte Karl, dass hinter der von ihm abgewandten Seite des Grabsteins eine Frau auf dem Boden saß. Ein Paar schwarzer Pumps steckte auf Füßen, die zu schwarz bestrumpften Beinen gehörten. Als er näher kam, sah er, dass die Beine nur dürftig von einem ebenfalls schwarzen Rock bedeckt waren, der im Stehen vermutlich bis zum Knie reichen würde. Der Rock war hochgerutscht, nicht unanständig weit, aber doch unschicklich für diese Örtlichkeit.

Langsam ging der Friedhofsgärtner auf die Frau zu, die gegen die Rückseite des Grabsteins der Familie Feddersen gelehnt war. Sie rührte sich nicht. Ihr Kopf war zur Seite geneigt, die Hände ruhten zusammengelegt im Schoß.

Was machte sie da unten auf dem kalten Boden?

Noch wollte Karl nicht wahrhaben, was sein Hirn ihm signalisierte. Er ging vor der Frau in die Hocke und versuchte, ihren Blick aufzufangen. Ihre Augen waren sperrangelweit aufgerissen. Das Gesicht hatte eine Farbe wie ... Nein, keine Farbe. Die Frau war tot. Unverkennbar tot.

Karl erhob sich und musterte den leblosen Körper. Am Hinterkopf der Leiche klaffte eine Wunde. Blut war ausgetreten, reichlich Blut. Bei genauerem Hinsehen erkannte er, dass es an der Oberkante des Grabsteins hinabgelaufen war.

Wie gut, dass sich der blank polierte Marmor, aus dem das Grabmal gefertigt war, leicht reinigen lassen würde!

Doch zuvor, meinte Karl, sollte er die Polizei alarmieren. Es sah nicht so aus, als wäre die Frau eines natürlichen Todes gestorben. Da hatte jemand nachgeholfen. Es sei denn, sie war ohnmächtig geworden und mit dem Kopf gegen den Stein geschlagen. Aber wer hatte dann ihre Hände zusammengelegt? So saß man nicht da, wenn einen unvorbereitet die Sinne verlassen hatten.

Und warum lehnte sie am Grabstein der Feddersens? Ausgerechnet am Tag der Beerdigung des alten Max?

Karl zog sein Handy aus der Hosentasche und wählte die Nummer seines Stammtischkumpels Benno Pötzschke, der als Wachtmeister auf dem Kommissariat der Kripo Greetsiel tätig war. Ungeduldig wartete er darauf, dass sein Freund sich meldete. Währenddessen traute er sich nicht, die Frau aus den Augen zu lassen. Sicher, sie war tot. Aber auf einem ostfriesischen Friedhof in frühmorgendlichem Dunst war alles möglich.

Endlich meldete Benno sich. »Hi, Karl, ich hab keine Zeit. Ich bin im Dienst.«

»Schon klar, aber du wirst dir Zeit nehmen müssen. Ich hab hier ’ne Kundin für euch.«

Bennos verwunderte Stimme dröhnte durch die Leitung. »Für uns? Worum geht’s denn? Handtaschendiebstahl oder Grabplünderung?«

»Weder noch. Hier sitzt ’ne Tote. Eine, für die wir noch kein Grab geschaufelt haben.«

»Wie bitte?«

»Sie lehnt an einem Grabstein und hat ’ne Wunde am Hinterkopf. Genau in dem Grab soll am Mittag jemand beerdigt werden. Schafft ihr es, die Dame bis dahin wegzuräumen? Sonst gibt das hier ’ne Kollision bei uns im Ablauf.«

Benno hielt offenbar die Hand auf den Hörer, er schien mit Kollegen zu reden. Dann tönte seine Stimme wieder durchs Telefon. »Kennst du die Frau?«

»Kommt mir irgendwie bekannt vor, aber ich weiß gerade nicht so recht, woher.«

»Und du bist sicher, dass sie tot ist, nicht nur ohnmächtig?«

Karl schnaufte durch. »Mensch, glaub mir doch, sie ist so tot wie deine Urgroßmutter. Komm her und überzeug dich selbst.«

»Okay. Ich sag meinen Kollegen Bescheid.«

***

Die frisch miteinander verlobten Hauptkommissare Fenna Stern und Tammo Anders saßen an den Schreibtischen ihres gemeinsamen Büros in der Polizeiwache von Greetsiel. Fenna hatte ihre Hand mit dem Verlobungsring auf die Tischplatte gelegt und betrachtete das schnörkellose Schmuckstück, als wäre es ein Zauberwesen aus dem Märchenland, das man nur lang genug angucken musste, um unsterblich zu werden.

Tammo klimperte mit einem Kugelschreiber gegen seinen Teebecher, um Fennas Aufmerksamkeit auf sich zu ziehen. »Sollen wir vielleicht doch einen gemeinsamen Termin mit Onkel Frido und deiner Mutter abstimmen?«

Fenna lächelte. »Du wärst also mit einer Doppelhochzeit einverstanden?«

Tammo zuckte mit den Schultern. »Warum eigentlich nicht? Die beiden haben sich genauso Hals über Kopf ineinander verliebt wie wir. Warum sollen wir nicht über dieses Ereignis hinaus auch den Hochzeitstermin mit ihnen teilen?«

Auf Fennas Gesicht breitete sich ein Strahlen aus. »Bis gestern Abend warst du anderer Meinung. Was hat dich zu der Kehrtwende bewogen?«

Tammo räusperte sich. »Na ja, da kommt gerade so ein Familiengefühl in mir auf, das ich bisher noch nicht so richtig ...«

Die Tür zu ihrem Büro wurde polternd aufgestoßen und im nächsten Moment stand Benno im Raum. »Eine Tote auf dem Greetsieler Friedhof.«

In aller Seelenruhe wandte Tammo sein Gesicht dem Wachtmeister zu, zog die Augenbrauen hoch und lächelte ihn an. »Eine Tote auf unserem Friedhof? So, so. Auf dem Gelände soll es noch mehr davon geben, hab ich mir sagen lassen.«

Fennas Gesicht signalisierte Benno, dass sie den Ernst der Situation erfasst hatte. »Gehe ich recht in der Annahme, dass es sich um eine Tote handelt, die nicht wirklich dahin gehört?«

Der Wachtmeister klärte die Kollegen über das Gespräch auf, das er mit seinem Kumpel Karl geführt hatte. Während er sprach, stierte er auf Fennas Verlobungsring. Dass er sich immer noch nicht daran gewöhnt hatte!

Fenna sprang von ihrem Stuhl auf. Ihre Blicke wechselten zwischen Tammo und Benno. »Wer fährt?«

»Immer der, der fragt. Weißt du doch.« Tammo rückte seine Jeans zurecht und stopfte das T-Shirt hinein, das an der Rückseite herausgerutscht war. Er hielt Benno, der das Büro verlassen wollte, am Arm zurück. »Hast du die Kollegen in Aurich schon informiert, die Spurensicherung und die Gerichtsmedizinerin?«

Der Wachtmeister schüttelte den Kopf.

Fenna meldete sich und ihre Kollegen von der Wache ab und ließ sich den Autoschlüssel aushändigen. Benno lief neben ihr her. Tammo folgte ihnen und rief währenddessen Doktor Gerhild Linnenbrügger an.

Die Gerichtsmedizinerin drehte ihr Autoradio leiser. »Das habt ihr perfekt arrangiert. Ich hab letzte Nacht bei einer Freundin in Marienhafe übernachtet und wollte gerade nach Hause zurück.«

Ein lang andauerndes Hupen zerriss das Gespräch. Tammo verzog das Gesicht und hielt das Handy auf Abstand.

»Ich drehe gerade an einer etwas ungünstigen Stelle, wie du hören konntest«, fuhr Gerhild Linnenbrügger fort. »In ein paar Minuten bin ich bei euch. Was sagtest du: Auf dem Friedhof liegt die Tote?«

»Mitten drauf.«

»Kommt auch nicht alle Tage vor, dass jemand sich solch einen Ort zum Sterben aussucht.«

Die drei Beamten der Greetsieler Wache fuhren los. Kaum war Fenna gestartet, hatten sie das Ziel auch schon erreicht. »Die zweihundert Meter hätten wir auch zu Fuß geschafft«, meinte sie.

»Wenn unser Kollege in der Lage gewesen wäre, die ganzen Gerätschaften ranzuschleppen, ja.« Tammo blickte Benno, der auf dem Rücksitz saß, über die Schulter an.

Der Wachtmeister setzte ein wichtiges Gesicht auf, stieg aus dem Wagen und begrüßte Friedhofsleiter Piet Baßner und seinen Stammtischfreund, den Friedhofsgärtner Karl. Er zupfte seinen gezwirbelten Schnauzbart zurecht und schielte zu den Kommissaren hinüber, die sich am Kofferraum zu schaffen machten. »Ich muss da mal mit anfassen.«

Fenna überließ Benno das weitere Ausräumen und ging auf die Friedhofsmitarbeiter zu. »Hauptkommissarin Fenna Stern. Sie beide haben die Tote gefunden?«

Baßner schob den Gärtner vor. »Karl hat sie entdeckt.« Er wies mit dem Arm auf die hinterste Ecke des Friedhofs. »Letzte Gräberreihe, ganz links, da sitzt sie.«

Tammo stellte sich zu Fenna und hörte zu, wie Karl von seiner gruseligen Entdeckung berichtete.

»Kennen Sie die Frau?«

Karl schüttelte den Kopf. »Nicht wirklich. Ich hab sie vielleicht schon mal im Ort gesehen, aber wer sie ist und wie sie heißt, keine Ahnung.« Er hob die Schultern.

Fenna wandte sich Piet Baßner zu. »Und Sie?«

Baßner zuckte ebenfalls mit den Achseln. »Ich muss zugeben, so dicht bin ich nicht rangegangen. Ich kann den Anblick nicht so gut ab.«

»Bei dem Job haben Sie Berührungsängste mit Toten?« Tammo konnte es nicht fassen.

Benno, der sich mittlerweile ebenfalls dazugesellt hatte, grunzte leise in sich hinein.

Der Friedhofsleiter ging in Verteidigungshaltung. »Solange sie im Sarg liegen oder unter der Erde sind, hab ich kein Problem damit. Wenn sie erschlagen hier herumsitzen ...«

Fenna hakte sofort nach. »Wie kommen Sie darauf, dass die Frau erschlagen wurde?«

Baßner machte einen Rückzieher. »War nur so dahingesagt.«

Tammo drückte Benno das Absperrband in die Hand. »Bevor wir hier noch im Klönschnack festwurzeln, lasst uns endlich zu der Toten gehen.« Er nickte Karl aufmunternd zu. »Sie kennen den Weg am besten.«

Die Friedhofsmitarbeiter und die Polizisten setzten sich in Bewegung, Karl mit zögerlichen Schritten vorweg. Es schien ihn Überwindung zu kosten, sich erneut zu der Stelle zu begeben, an der die Leiche lag.

Baßner schlich hinter den Kommissaren her. Er tippte Tammo zaghaft auf die Schulter. »Was machen wir denn mit der Beerdigung?«

»Mit welcher Beerdigung?«

»Na, mit der von Max Feddersen.«

»Ach so, der. Was hat der damit zu tun?«

»Die Tote sitzt genau an seinem Grab.«

Fenna schob den Ärmel ihres Pullis zurück, um auf die Armbanduhr zu sehen. »Für welche Uhrzeit ist die Beisetzung anberaumt?«

»Dreizehn Uhr.«

»Das können Sie vermutlich vergessen. Bis dahin werden wir kaum fertig sein.«

Baßner seufzte. »Das erzählen Sie mal den Feddersen-Schwestern.«

Tammo vergaß, an welchem Ort er sich befand, und jaulte laut auf. »Die Feddersen-Schwestern? Ach du Schsch...«

Benno fiel ihm ins Wort, bevor Tammo es aussprechen konnte. »Schschöne Bescherung, was?«

Fenna zog die Stirn kraus und hakte sich bei Tammo unter. »Was ist denn mit den Damen? Klärt mich mal auf, bitte schön.«

Karl blieb wenige Meter vor der letzten Grabreihe stehen und deutete auf den Grabstein der Feddersens. Er wirkte erstaunt darüber, dass die Tote noch immer dort saß.

Über den Grabstein hinweg erblickte Tammo die ausgestreckten Beine. Auch er stoppte nun und breitete die Arme aus, um seine übrigen Begleiter zurückzuhalten. Dabei erläuterte er Fenna, mit wem sie es zu tun bekommen würden. »Die Töchter vom alten Feddersen sind so umgänglich wie zwei gegnerische Fußballmannschaften beim Abstiegskampf in der Bundesliga.«

Benno stimmte ihm zu. »Davon kann selbst die Cousine ein Lied singen, die Agathe, die einzige Verwandte, die sie sonst noch haben.«

Tammo nickte. »Wenn es um ihre ureigenen Interessen geht, kann man behaupten: Die Feddersen-Schwestern kennen keine Verwandten.«

Die Bremsen eines Wagens quietschten so laut, dass man sie bis zum hinteren Ende des Friedhofs hörte. Gerhild Linnenbrügger stieg aus, schlug die Autotür zu und stakste über den Weg, der zwischen den Grabreihen hindurchführte. Das Klacken ihrer Pumps hallte durch die morgendliche Stille.

Fenna wandte sich an Piet Baßner und deutete auf Gerhild. »Da kommt unsere Gerichtsmedizinerin. Gucken wir uns die Tote doch gemeinsam an.«

Karl trat von einem Bein aufs andere. »Mich brauchen Sie wohl nicht dabei, oder?«

»Nicht unbedingt. Eine Frage nur: Sie haben die Frau so vorgefunden, wie sie hier sitzt?«

»Genau so.«

»War zu dem Zeitpunkt außer Ihnen noch jemand auf dem Friedhof?«

Karl schüttelte den Kopf. »Nur der liebe Gott und ich. Und der Chef natürlich«, fügte er mit Blick auf Baßner hinzu.

Fenna schmunzelte. »Danke. Dann dürfen Sie gehen. Aber halten Sie sich bitte zu unserer Verfügung. Kann sein, dass wir noch Fragen an Sie haben.«

»Ich lauf nicht weg.« Karl trottete über den Mittelgang zu einem Grab, das eine Reihe vor dem der Feddersens lag.

Benno schickte sich an, den Bereich um das Grab, hinter dem die Tote lag, weiträumig abzusperren, um ihn vor unbefugtem Betreten zu schützen.

Die Ermittler nahmen Gerhild Linnenbrügger in ihre Mitte und gingen auf die Tote zu. Auf dem Weg dorthin zog die Gerichtsmedizinerin sich Latexhandschuhe über. Um keine Spuren auf dem Boden um die Leiche herum zu zerstören, balancierte sie über die Steine, die das Grab umrandeten. Neben der einen Seite des Grabsteins blieb sie stehen, stützte sich mit zwei Fingern auf den Stein, um Halt zu finden, und beugte sich zu der Leiche hinab. Behutsam begutachtete sie die Wunde am Hinterkopf.

Tammo stellte sich an die andere Seite des Grabsteins und beugte sich ebenfalls vornüber, um in das Gesicht der Frau blicken zu können. »Das ist doch ...« Fassungslos sah er auf.

»Du kennst sie?« Fenna wagte kaum, laut zu sprechen. Die Gegenwart Toter, zumal dann, wenn sie ihr Leben offenbar erst kurz vor ihrer Entdeckung gelassen hatten, flößte ihr eine gewisse Ehrfurcht ein.

Tammo richtete sich wieder auf und nickte. »Sie heißt Suse Perk. Kennen ist zu viel gesagt. Persönlichen Kontakt hatte ich nie zu ihr. Aber sie ist in gewisser Weise eine Greetsieler Prominenz. Ihr gehört das Museum für ostfriesische Kunst und Kultur. Es liegt etwas außerhalb des Ortskerns an der Hafenstraße, nicht weit von hier.«

Piet Baßner hatte die Aktivitäten der Beamten mit gebührendem Abstand verfolgt, seine Ohren jedoch auf Empfang gestellt. »Die Tote ist Frau Doktor Perk?« Er ging einen Schritt vorwärts, überlegte es sich aber sofort wieder anders und stoppte. »Das kann nicht sein!«

Fenna wandte sich zu ihm um. »Wieso nicht?«

Baßner schüttelte irritiert den Kopf. »Die ist mit der Familie Feddersen befreundet.«

Tammo legte die Stirn in Falten. »Was ja nicht dagegen spricht, dass sie jetzt tot sein kann. Die Frage ist nur, ob es einen Zusammenhang gibt zwischen ihrem Tod und dem von Max Feddersen oder seiner Beerdigung. Wenn sie mit den Feddersens befreundet war, wird sie sicherlich auch zur Beisetzung eingeladen sein.«

Fenna trat näher an Baßner heran. »Also, was die Beerdigung betrifft, das wird heute definitiv nichts mehr. Da sehe ich wirklich schwarz.«

»Da siehst du schwarz? Haha, treffend ausgedrückt, Fenna«, meinte Benno, der das Areal nun vollends abgesperrt und sich der Gruppe angeschlossen hatte.

Die Kommissarin verzog den Mund. »Sehr lustig.«

Tammo entfernte sich in größerem Bogen ein Stück weit von der Toten und beäugte die Umgebung. Er zeigte auf eine Stelle unter einem Busch. »Da liegt eine Handtasche. Wenn das nicht die von Frau Perk ist ...«

»Doktor Perk«, rief Baßner ihm zu. »Sie war eine äußerst gebildete Frau und in Kultur und Wissenschaft höchst anerkannt. Sie hat sogar mal an einer Universität gelehrt.«

Tammo zeigte zum Himmel. »Das bringt ihr auch keinen besseren Platz da oben ein.«

Der Friedhofsleiter schob schmollend die Hände in die Jackentaschen. »Um noch mal auf ihren Kontakt zu den Feddersens zurückzukommen: Sie können auf jeden Fall davon ausgehen, dass sie zur Beerdigung von Max Feddersen eingeladen war.«

Karl blickte zu den anderen hinüber, die Hände auf die Schaufel gestützt. »Da ist sie dann wohl ein bisschen zu früh erschienen«, rief er seinem Chef ungerührt zu.

Vor dem Eingang zum Friedhof fuhr ein Wagen vor. Der Fahrer bremste nicht weniger geräuschvoll als Gerhild Linnenbrügger vorhin.

Tammo winkte den Männern, die aus dem Auto stiegen, zu. »Da kommen Jan Peters und sein Team von der Spurensicherung«, erklärte er Baßner.

Fenna atmete erleichtert auf. »Ein Glück. Das ging aber wirklich schnell. Dann können wir auch bald einen Blick in die Handtasche werfen und haben Gewissheit, was den Namen der Toten betrifft. Wir werden sicher Papiere in der Tasche finden und so elegant, wie das Stück aussieht, kann es nur die von Frau Doktor Perk sein.«

Die Kollegen von der Spurensicherung stiegen in ihre weißen Einmaloveralls, setzten die Kapuzen auf und stülpten sich Schutzfolien über die Schuhe.

Jan Peters stellte kleine Schilder mit Nummern auf. Groß war der Bedarf nicht. Die Nummer 1 stand neben der Leiche, die 2 bei der Handtasche.

Ein Mann mit einer beeindruckend professionell aussehenden Kamera nahm Fotos auf. Dann überließ er das Areal mit einer stummen Geste Jan Peters.

Der wandte sich an seine Männer. »Jungs, auf geht's. Im Uhrzeigersinn einmal rundherum. Wenn ihr nichts findet, noch einmal von vorne, die Spirale immer weiter ziehen. Wenn ihr durch seid, will ich Spuren haben.«

Einer seiner Leute fischte mit einer langen Stange nach der Handtasche, die wie achtlos hingeworfen unter dem Busch lag. Er hob die Stange hoch wie ein Angler, der einen exorbitanten Fang gemacht hatte, und reichte sie den Ermittlern herüber, die sich währenddessen ebenfalls Handschuhe übergezogen hatten.

Tammo ließ Fenna den Vortritt. »Du weißt besser als ich, in welchem Seitenfach eine Dame ihre Ausweispapiere unterbringt.«

Fenna guckte ihn zweifelnd an. »Hast du mich jemals mit so einem edlen Stück gesehen? Dazu gehören die passende Kleidung und eine damenhafte Haltung.«

Benno hielt sich die Hand vor den Mund und unterdrückte ein Prusten. Sicher dachte er an den riesigen zerknautschten Lederbeutel, den Fenna immer mit sich herumtrug und in dem einfach alles unterkam, was eine Kriminalkommissarin unterwegs benötigte.

Fenna kämpfte mit der verzwickten Mechanik des Verschlusses. »Die kriegt kein Taschendieb unbemerkt auf.« Endlich hatte sie durchschaut, in welche Richtung sie den metallenen Griff drehen musste, und die Tasche klappte auf. Mit zwei Fingern holte die Kommissarin eine schmale Brieftasche aus feinstem Leder hervor, die sie öffnete.

»Tatsächlich. Doktor Suse Perk, wohnhaft in der Hafenstraße in Greetsiel. Ihr Personalausweis steckt hier drin und Visitenkarten vom Museum für ostfriesische Kunst und Kultur. Außerdem ein paar größere Geldscheine und eine Geldkarte.« Fenna sah sich nach ihrem Kollegen um. »Tammo, warum hast du mir dieses Museum bisher verschwiegen? Da wäre ich gerne mal hingegangen.«

Tammo zuckte entschuldigend mit den Schultern. »Es ist kein offizielles Museum, es war Suse Perks Privatvergnügen. Sie hat keine staatliche Unterstützung dafür bekommen. Deshalb wird es auch nirgendwo groß erwähnt. Es ist in Insiderkreisen sehr bekannt, aber frag mich nicht, ob ein Besuch sich wirklich lohnen würde.«

»Das sagt ein gebürtiger Greetsieler?« Piet Baßner war sichtlich empört. »Das Museum war eine Institution! Ein Besuch dort gehört zur Allgemeinbildung jedes Ostfriesen.«

Benno fühlte sich offenbar berufen, seinen Chef in Schutz zu nehmen. »Ich war auch noch nie da. Aber ich denke, das holen wir bald alle zusammen nach. Wird ja nun zum Pflichtbesuch.«

Fenna stellte sich neben Baßner, der sich mit dem Umfeld des Opfers auszukennen schien. »Hatte Frau Perk Angestellte in ihrem Museum und gibt es Verwandte, die wir benachrichtigen können?«

»Nein.« Der Friedhofsleiter knöpfte seine Jacke zu. »Suse Perk hatte niemanden. Keine Angestellten, keine Familie. Mit ihr dürfte also auch das Museum gestorben sein. Eine Schande ist das!«

Fenna übergab die Handtasche zur weiteren Untersuchung an Jan Peters. »Das Museum ist jetzt nicht unser vordringlichstes Problem.« Sie schob sich an Benno und Baßner vorbei und ging auf Gerhild Linnenbrügger zu.

Benno hielt protestierend den Zeigefinger in die Luft. »Es könnte aber in diesem Todesfall eine Rolle spielen.«

»Okay, Benno. Wir fangen ja gerade erst an. Zuallererst interessiert uns aber die Todesursache. Gerhild, kannst du schon etwas dazu sagen?«

Die Gerichtsmedizinerin hatte gerade die Füße der Toten angehoben und sich umständlich, da sie die Leiche nicht zu stark bewegen wollte, die Fersen angesehen. »Oberhalb der linken Ferse ist der Strumpf gerissen und es ist eine Hautabschürfung zu erkennen.« Sie zeigte auf die steinerne Einfassung des Grabes. »Ich vermute, dass sie einen Schritt zurück getan hat. Dabei ist sie an dem Stein hängen geblieben, hat das Gleichgewicht verloren und ist mit dem Hinterkopf auf den Grabstein gefallen. Außer der Platzwunde dürfte sie sich Hirnblutungen zugezogen haben, die tödlich waren. Die Obduktion wird Aufschluss darüber geben.«

Tammo hatte ihr aufmerksam zugehört. »Einen natürlichen Tod können wir also ausschließen.«

Gerhild nickte. »Sie muss mit ziemlicher Wucht auf dem Grabstein aufgekommen sein. Augenscheinlich hat sie nicht einmal mehr die Gelegenheit gehabt, sich mit den Händen aufzufangen. Das ist sehr ungewöhnlich.«

»Wurde sie gestoßen?«

»Da bin ich mir ziemlich sicher. Sie muss so überrascht worden sein, dass sie nicht mehr reagieren konnte.«

»Was schätzt du, wie lange sie tot ist?«

»Nicht länger als anderthalb, maximal zwei Stunden.«

Die Ermittler verständigten sich mit Blicken.

Tammo ging auf Baßner zu, der sich wieder etwas weiter von der Fundstelle der Toten entfernt hatte. »Frau Perk hatte keine Verwandten, sagten Sie?«

»Richtig. Das hat sie mir selbst erzählt, als ich das Museum vor einiger Zeit mal wieder besucht habe. Ich war öfter in dem Haus, müssen Sie wissen.«

Fenna wurde neugierig. »Was kann man denn da so besichtigen?«

»Och, alles Mögliche, querbeet. Ostfriesische Möbel, wie unsere Urgroßeltern sie hatten. Alte Fotografien von Deichlandschaften und Gulfhöfen. Gemälde ostfriesischer Maler. Und Porzellan, das hatte es ihr ganz besonders angetan. Die hatte eine ganze Sammlung von Teetassen und Geschirrserien mit unterschiedlichen Mustern, alles handgemalt. Sehr bekannte Künstler dabei. Allesamt Ostfriesen natürlich.« Baßner zog bewundernd die buschigen Augenbrauen in die Höhe.

Fenna wurde nachdenklich. »Wenn sie keine Familie hatte, dann hatte sie aber doch sicher so etwas wie eine beste Freundin?«

»Hatte sie.« Baßner deutete auf die Grabhälfte neben der, die Karl gestern Nachmittag für Max Feddersen freigeschaufelt hatte. »Martha Feddersen. Die beiden treffen sich jetzt hoffentlich im Himmel wieder, so eng, wie die auf Erden befreundet waren.«

Fenna insistierte. »Und sonst? Keine anderen Freunde in Greetsiel?«

Baßner zögerte. »Die Frau war eine einsame Seele. Sie war einfach ein bisschen schrullig. Nur die Familie Feddersen stand ihr nah, auch nach Marthas Tod. Max und Hanno Feddersen und Suse Perk, das Dreigestirn hat man oft zusammen gesehen. Die klebten regelrecht aneinander. Ansonsten war Frau Perk mit der ostfriesischen Kunst verheiratet.«

Tammo atmete tief durch. »Dann überraschen wir jetzt mal die Trauergesellschaft. Wenn die Familie Feddersen so eng mit ihr verbandelt war, weiß sie vielleicht, mit wem Frau Perk sich hier so früh am Morgen getroffen haben könnte.«

2. Kapitel

In dem großen, düsteren Wohnraum war es still. Totenstill. Nur die alte Standuhr tickte unerbittlich in ihrem immer gleichen Rhythmus. Der schmale hohe Kasten mit der Präzisionspendeluhr stand wie ein Wächter an der Wand hinter der Sitzgruppe aus zwei Ostfriesensofas und vier Ohrensesseln, die um den wuchtigen Couchtisch aufgestellt waren.

Auf der gegenüberliegenden Seite des großen, lang gezogenen Raumes stand ein monströser Esstisch mit zwölf Stühlen, fünf an jeder langen Seite und je einer vor Kopf. Über dem Tisch hingen zwei stattliche Kronleuchter und um ihn herum hatte sich die Generation der Familie Feddersen versammelt, die nach dem Tod der Mutter vor vier Jahren und dem des Vaters am vergangenen Montag übrig geblieben war: der Sohn und die drei Töchter.

Flankiert wurden sie von einem Schwiegersohn und von Gertrude Hagenkötter, einer alten Freundin der Familie. Seit dem Tod von Martha Feddersen hatte die Rentnerin für den Witwer die Funktionen der Haushälterin, der Sekretärin und der Gesellschaftsdame in Personalunion ausgeübt. Im Scherz bezeichnete sie sich gern als einziges Mitglied der Familie Feddersen ohne echte verwandtschaftliche Beziehungen.

Leni, mit neunundvierzig Jahren die Jüngste der Feddersens, blickte verstohlen von einem zum anderen. Ihre Geschwister waren redlich bemüht, ihrem Gesichtsausdruck den Hauch von Trauer, Schwermut oder gar Tragödie zu verleihen, der sich in dieser Situation gehörte. Dabei wusste Leni, dass jeder von ihnen insgeheim damit beschäftigt war, entweder über den Fortbestand oder aber über den Verkauf der elterlichen Kunstsammlungen zu grübeln.

»Dass sein Herz ihn einfach so dahingerafft hat«, sagte Leni, um die belastende Stille zu durchbrechen, und schniefte.

Urte, die Erstgeborene, blickte die jüngste Schwester von oben herab an. »Es war doch schon lange klar, dass sein Herz es nicht mehr ewig machen würde. Woran sonst hätte er auch sterben sollen?«

Leni ließ den Kopf hängen. Sie nahm ihre Handtasche von der Rückenlehne des schwarz gebeizten Stuhls und kramte darin herum, bis sie ein Päckchen Papiertaschentücher zu fassen bekam. Tief über den Tisch geneigt riss sie es auf. Noch während sie ein Tuch herauszupfte, tropften Tränen auf die tannengrüne Tischdecke. Leni versuchte, den Stoff mit dem Papiertaschentuch trocken zu tupfen.

Gertrude Hagenkötter erhob sich augenblicklich. Mit ausgestrecktem Arm zeigte sie auf die kleinen feuchten Flecken und schimpfte, soweit der Tag der Beerdigung des Familienvaters und die gedämpfte

Stimmung am Tisch eine Rüge zuließen. »Das geht nicht, Fräulein Leni. Damit reiben Sie mir nur weiße Fusseln hinein.« Mit einem Griff zog sie das Tuch gebieterisch vom Tisch. Kante auf Kante faltete sie das riesige Stück Stoff zusammen, stopfte es sich unter den Arm und trug es hinaus.

Hanno, der Zweitälteste der Geschwister, räusperte sich, als Gertrude den Raum verlassen und die Tür hinter sich geschlossen hatte. »Da haben wir ja Glück gehabt, dass kein Geschirr mehr auf dem Tisch stand.«

Urte überhörte den Sarkasmus in der Stimme ihres Bruders. »Wenn es so gewesen wäre, hätte Gertrude die Fusseln in Kauf genommen. Oder glaubst du im Ernst, sie hätte auch nur ein Stück von Mutters Porzellan dem Tischtuch geopfert?« Sie deutete mit dem Kopf auf das Päckchen Taschentücher, das Leni gerade in die Handtasche zurücksteckte. »Gib mal eins rüber.«

Leni gehorchte. Wie immer. Es war besser so, denn sie lebte mit Urte unter einem Dach. Genau betrachtet war es Urtes Dach und sie selbst war nur geduldet. Im Gegenzug dafür übernahm sie vormittags für ein lächerliches Gehalt den Telefondienst im Büro ihrer Schwester und erledigte die Schreibarbeiten, und am Nachmittag sorgte sie im Haushalt für Ordnung, Sauberkeit und einen gefüllten Kühlschrank. Als Versicherungsmaklerin war Urte erfolgreich und bei den Kunden gefragt. Leni dagegen war es trotz intensiver Suche nie gelungen, nach ihrer Ausbildung zur Reisebürokauffrau eine angemessene Anstellung zu finden, geschweige denn, auf Reisen, von denen sie träumte, die Welt zu entdecken. Daher blieb ihr nichts anderes übrig, als die Launen ihrer großen Schwester und deren Hang zum Kommandieren zu ertragen. Auch wenn ihr so manches Mal nach Widerspruch zumute war, ihr Leben war leichter und unkomplizierter, wenn sie sich in ihr Schicksal fügte und tat, was ihre Schwester befahl.

Urte breitete das Taschentuch vor sich aus, holte ein Fläschchen mit blutrotem Nagellack hervor und begann, ihre Fingernägel zu lackieren.

Das rief Dorit auf den Plan. Die mittlere der Schwestern und ihr Ehemann warfen sich entrüstete Blicke zu. Dorit ließ ein »Tststs« hören. Die Lippen demonstrativ gespitzt, trommelte sie mit den Fingerkuppen einer Hand auf die Tischplatte.

Ihr Gatte Robert nahm hüstelnd Anlauf zu einer passenden Bemerkung. Als Oberstudienrat an einem Gymnasium in Aurich war er traditionell der Einzige, der Urte die Stirn zu bieten vermochte. Seine Blicke fixierten die Fingernägel der Schwägerin. »Muss das jetzt sein? Wir gehen gleich zur Beerdigung deines Vaters.«

Mit versteinertem Gesicht pinselte Urte die zähe rote Flüssigkeit auf den Nagel ihres Mittelfingers. »Bis dahin ist der Lack getrocknet.« Sie schob die Zunge zwischen die Lippen, tunkte den Pinsel erneut in das Fläschchen, strich die Farbe ab und nahm den Nagel des Ringfingers ins Visier.

Hanno beobachtete Urtes Maniküreaktion missbilligend, traute sich aber wieder einmal nicht, den Mund aufzumachen. Er drehte sich zu der Anrichte um, die hinter ihm stand, langte nach einer Tüte Pistazien und fing an, sie aus den Schalen zu pulen.

In dem Augenblick kehrte Gertrude Hagenkötter in den Raum zurück. Im Bruchteil einer Sekunde erfasste sie die Aktivitäten von Hanno und Urte und erdolchte die beiden Geschwister mit ihren Blicken.

Dorit holte tief Luft. »Also wirklich. Papa ist im Sarg in der Kirche aufgebahrt, in einer Stunde beginnt die Trauerfeier und was macht ihr? Ihr benehmt euch, als säßen wir vor der Glotze und langweilten uns.«

Hanno leckte sich das Salz von Daumen und Zeigefinger, zog sein Smartphone aus der Jackentasche und wischte über das Display. »Das Leben geht weiter, meine liebe Dorit.«

»Apropos Leben.« Urte blickte von der Maniküre auf. »Habt ihr euch schon mal Gedanken darüber gemacht, wie wir all den Krempel, der hier in den Vitrinen herumsteht und an den Wänden hängt, unter uns aufteilen?«

»Urte!« Hanno schlug eine Faust auf den Tisch. »Krempel! Selbst du als schnöde Versicherungstante solltest so viel Kunstverstand haben, dass dir der Wert der Schätze klar ist, die unsere Eltern unter diesem Dach gehortet haben.«

»Ja, eben darum frag ich ja. Wie teilen wir den Plunder auf? Jeder von uns hat jetzt ein Anrecht auf einen Teil des Schatzes. Auch wenn du Papas Kronprinz warst, Hanno, verfügst nicht du alleine darüber.« Sie pustete über ihre Fingernägel, um den Lack schneller trocknen zu lassen. »Der Gesamtwert der Sammlungen war übrigens schon lange nicht mehr versichert. Vater und du, ihr habt euch ja nie darum gekümmert. Wenn hier mal einer eingestiegen wäre und sich bedient hätte, hättet ihr ganz schön dumm aus der Wäsche geguckt. Nur mal so als Anmerkung von Versicherungstante zu Kunstonkel.«

Hinter Dorits Stirn arbeitete es. »Unter diesen Umständen wäre es ganz bestimmt nicht ratsam, den Krempel, wie du es nennst, Urte, auf unsere Häuser zu verteilen, die noch weniger vor Einbruch geschützt sind als dieses hier. Da gäbe es doch sinnvollere Möglichkeiten.«

Konzentriert trug Urte eine zweite Schicht Nagellack auf. »Das kann ja dann jeder für sich entscheiden, nachdem wir alles unter uns aufgeteilt haben. Ich für meinen Teil möchte, wie ihr längst wisst, gar nichts horten. Ich möchte die Sachen, die mir zustehen, meistbietend versteigern. Also, mal raus mit der Sprache: Wo liegen eure Präferenzen? Ich würde zum Beispiel gerne die Porzellansammlung oben in Mutters ehemaligem ...«

»Urte?« Hanno blinzelte seiner Schwester zu. »Vater ist noch nicht unter der Erde. Können wir uns bitte noch einen winzig kleinen Augenblick mit diesem Thema gedulden?«

Leni tupfte sich mit dem Taschentuch unter den Augen entlang und schielte zu der Standuhr hinüber. »Diese Uhr hier zum Beispiel, ich will die nicht haben. Auf gar keinen Fall. Dieses andauernde Ticken. Furchtbar! Man findet doch keine Ruhe mehr, wenn man so was im Wohnzimmer stehen hat.«

Dorit pflichtete ihrer kleinen Schwester bei. »Ich hab auch nie verstanden, warum Papa das Ding nicht in den Kamin geworfen hat. Auch wenn es eine Antiquität ist, dieses ständige Tick-Tack-Tick-Tack macht einen ja wahnsinnig.« Sie wischte sich mit dem kleinen Finger eine Strähne ihres platinblonden Ponys aus der Stirn, die sich in der Augenbraue verhakt hatte.

Mit spitzen Fingern schraubte Urte das Nagellackfläschchen zu und schob es mitten auf den Tisch. »Aber genau das passte doch zu Papa. Alles marschierte nach seinem Takt. Was glaubt ihr wohl, woher er seinen eisernen Antrieb nahm?« Sie lachte und zeigte mit dem Daumen über die Schulter auf die Uhr. »Er hat diesen verdammten Vorruderer gebraucht, um selbst nicht aus dem Rhythmus zu kommen.«

Hanno erhob die Stimme. »Die Standuhr steht überhaupt nicht zur Disposition. Sie ist nicht Teil einer Kunstsammlung, sondern gehört zur Einrichtung dieses Hauses.«

Als sähe sie sich veranlasst, gegen das Gerede über sie selbst und ihren verstorbenen Besitzer Protest einzulegen, schlug die Standuhr zur vollen Stunde: Vier Mal erklang ein heller Ton, anschließend dröhnte elf Mal ein düsterer Gongschlag durch den Raum.

»Wo bleibt eigentlich Agathe?« Hanno verglich die Zeit auf seiner Armbanduhr mit der, die die Standuhr geschlagen hatte. »Wollte unsere Cousine nicht auch hierher kommen?« Er ließ den Arm wieder sinken und blickte in die Runde. »Oder geht sie direkt zum Friedhof?« Auf das ratlose Schulterzucken hin nahm er sein Smartphone zur Hand. »Ich rufe sie jetzt an.«

»Nicht nötig.« Urte legte ihm die Hand auf den Arm, zog sie sofort wieder zurück und vergewisserte sich, dass der frisch aufgetragene Lack keinen Schaden genommen hatte. »Gerade ist ein Wagen vorgefahren, ich hab eine Autotür schlagen gehört. Das wird Agathe sein.«

In Erwartung des Klingelns, das jeden Moment ertönen musste, begab Gertrude Hagenkötter sich in den Flur, um die Cousine der Feddersen-Kinder, das einzige Kind von Martha Feddersens Schwester, hereinzulassen.

Leni stützte das Kinn in beide Hände und schob die Ellenbogen weit über den Tisch. »Wann geht's denn endlich los?«

»Geduld, Geduld. Wir müssen erst um zwölf in der Kirche sein.« Urte sah an ihr vorbei in dem Bemühen, einen Blick in die Diele zu erhaschen. »Na, das ist ja wunderbar. Agathe als Einzige von uns in weißer Bluse. Warum hat sie nicht gleich das rote Business-Kostüm angezogen?«

Dorit deutete schnippisch auf das Fläschchen mit dem Nagellack. »Das musst du gerade sagen.«

Agathe stürmte ins Wohnzimmer. »So, da wäre ich.« Sie klopfte zur allgemeinen Begrüßung zweimal mit dem Knöchel auf den Tisch. »Tut mir leid, dass ich so spät komme. Ich musste noch mit drei Stammkundinnen meines Salons Termine für Strähnchen und Dauerwelle machen.«

Als Einzige unter den Geschwistern stand Urte auf, um ihre Cousine zu begrüßen. Mit gespreizten Fingern drückte sie sie an sich und gab ihr Küsschen auf beide Wangen. »Nun hast du es ja geschafft. Nimm doch Platz.«

Hanno konsultierte erneut seine Armbanduhr. »Dann warten wir jetzt nur noch auf Suse Perk.«

Agathe nickte wichtig. »Auf unsere werte Frau Museumsdirektorin.«

Dorit hob theatralisch die Hände. »Museumsdirektorin! Wenn ich das schon höre. Bei der Klitsche, die sie leitet, ist der Begriff *Museum* wohl ziemlich übertrieben. Genauso gut könnten wir unser Elternhaus zum Museum erklären.«

Agathe hob die Stimme. »Immerhin hat Suse ...«

Dorit fiel ihr ins Wort. »Ja, ja, ich weiß. Suse Perk hat exorbitante Kenntnisse im Bereich der ostfriesischen Kunst und Kultur. Sie verfügt über hervorragende Beziehungen zu Kunstsammlern und betuchten, kulturbeflissenen Familien. Und sie hat aus ureigener Kraft und ohne jegliche staatliche Unterstützung ihr ganz privates Museum aufgebaut, das Touristen aus allen Bundesländern anzieht und sogar ab und zu ein paar Besucher aus dem Ausland verzeichnen kann.«

»Ich kann nur wiederholen: Ein Glück, dass niemand wusste, was in diesem Haus herumsteht«, rief Urte aus. »Wenn ich daran denke, wie leicht man die Videokameras außer Funktion setzen und die ach so pfiffige Alarmanlage knacken könnte, auf die unsere Eltern so stolz waren. Da wäre von unserem Erbe nicht mehr viel übrig geblieben.

Wird höchste Zeit, dass das Zeug hier rausgeschafft wird. Sonst stehen wir nachher ganz ohne Erbe da.«

Agathe platzte vor Lachen. »Manchmal lebt der Feind ja auch in der eigenen Familie. Erinnert ihr euch noch, wie ich am siebzigsten Geburtstag eurer Mutter beinahe einen wertvollen Porzellanbecher in den Geschirrspüler gestellt hätte? Tante Martha hätte mich windelweich geschlagen, wenn Hanno mich nicht rechtzeitig gestoppt hätte.«

Dorit verschränkte die Arme vor der Brust und guckte Agathe herausfordernd an. »Du hast ja auch keine Ahnung von solchen Dingen. Daran hat offenbar nicht mal die Freundschaft mit deiner Museumsdirektorin etwas geändert.«

Gertrude Hagenkötter stand von ihrem Stuhl auf, nahm die Porzellankanne mit der handbemalten tausendblättrigen Rose von der Anrichte und hielt sie Agathe entgegen. »Tee?«

Auch Urte erhob sich. »Nein. Wir machen uns jetzt auf den Weg zur Kirche.«

»Stopp«, rief Agathe. »Wir müssen auf Suse warten. Ich habe mich mit ihr bei euch verabredet. Sie muss jeden Augenblick hier sein.«

Gertrude faltete die Hände vor der Brust zusammen. »Dann warten wir noch zwei Minuten.«

Urte zuckte mit den Schultern. »Ich sehe keine Veranlassung, auf Madame Perk zu warten. Ich habe mich nicht mit ihr verabredet und wenn sie nicht rechtzeitig kommt, hat sie eben Pech gehabt, Agathe. Den Weg zum Friedhof wird sie auch ohne uns finden.«

Leni beobachtete, wie Hanno verständige Blicke mit der Cousine austauschte. Gleich würde er den Mund aufmachen und sich auf die Seite von Agathe schlagen. Und richtig: Kaum hatte sie den Gedanken zu Ende gedacht, fing Hanno an, zu reden.

»Ein paar Minuten sollten wir ihr noch geben. Ich möchte mich ihr gegenüber nicht als unhöflich erweisen. Ihr wisst, dass ich mit ihr in Verhandlungen stehe, um die Schätze unserer Eltern in ihrem Haus unterzubringen.«

Urtes Augen verfinsterten sich. »Dir ist klar, dass du kein Mandat deiner Schwestern dafür hast? Was du für deinen Teil mit Suse Perk besprichst, ist deine Sache. Aber warte gefälligst, bis wir alles unter uns aufgeteilt haben.«

Agathe machte große Augen. »Also, was das betrifft, hätte ich auch noch was anzumerken.«

»Schluss jetzt. Keine Diskussionen mehr. Wir gehen.« Urte nahm ihre Handtasche vom Boden auf und ging voran.

An der Haustür prallte sie mit einem Mann und einer Frau zusammen, die nicht so aussahen, als wollten sie um eine Spende für die Heilsarmee bitten.

3. Kapitel

Der Hochnebel hatte sich gelichtet. Über Ostfriesland spannte sich ein strahlend blauer Himmel. Wiebke Kuper lag im Liegestuhl auf der Terrasse ihres Hauses am Stadtrand von Aurich. Sie hatte die Augen geschlossen und träumte.

Dies könnte der erste Tag ihres neuen Lebens sein. Vorausgesetzt, ihrem Kollegen und Freund Robert Hinrichs und dessen Frau Dorit Hinrichs-Feddersen würde es in den nächsten Tagen gelingen, den gemeinsam gefassten Plan umzusetzen und sich gegen Dorits Schwester Urte durchzusetzen.

Um acht Uhr früh hatte Wiebke sich bei der Direktorin des Gymnasiums, an dem sie seit viel zu vielen Jahren Deutsch und Kunstgeschichte unterrichtete, krankgemeldet. Magenschmerzen und Nervenflattern hatte sie als Grund angegeben. Der Lehrerberuf war nicht mehr das, was sie sich als junge Frau darunter vorgestellt hatte. Sie hatte nicht vor, sich bis zur Rente mit Jugendlichen herumzuplagen, die kamen und gingen, wann sie wollten, redeten und schwiegen, wie es ihnen passte, und sich lieber den Apps auf ihrem Smartphone widmeten, statt ihr zuzuhören und sich am Unterricht zu beteiligen.

Robert, der am selben Gymnasium wie sie Deutsch und Kunst unterrichtete, ging es nicht anders als ihr. Und sicher war es nicht nur die ähnliche Fächerkombination, sondern in erster Linie diese Einstellung zum Beruf, die sie beide zu Verschworenen gemacht hatte.

Sie erinnerte sich noch genau an jede Sekunde des Sommerabends vor wenigen Wochen, den sie in ihrem Garten mit Grillfisch und Weißwein zelebriert hatten und in dessen Verlauf eine spannende Idee entstanden war.

Dorit hatte wieder einmal über ihr Elternhaus berichtet. Über den Vater, der ein bekannter Sammler von Bildern ostfriesischer Maler war, Kunstbücher verlegte und ein monatlich erscheinendes Magazin für Liebhaber regionaler Kunst und Kultur herausgab. Über die Mutter, die schon als junge Frau angefangen hatte, wertvolles handbemaltes Porzellan zu sammeln, und die eine der stattlichsten Sammlungen von Werken der berühmten und viel zu früh verstorbenen Künstlerin Voskea Smid zusammengetragen hatte. Und sie hatte von Suse Perk erzählt, der Freundin der Familie, die es geschafft hatte, am Ortsrand von Greetsiel ein eigenes Museum aufzubauen. Die Ausstellungen umfassten alles, was die ostfriesische Kunst zu bieten hatte: handbemaltes Porzellan, Getöpfertes, Goldschmiedekunst und anderen handgefertigten Schmuck, Gemälde und Zeichnungen, Fotografien, Skulpturen, Holzkunst ...

Wenn Wiebke an dieses Museum dachte, verspürte sie einen Stich.

Wehmütig hatte Dorit geschildert, dass ihr Vater von Tag zu Tag schwächer wurde und wohl bald mit dem Schlimmsten zu rechnen sei. Robert jammerte darüber, dass nach dem Ableben seines Schwiegervaters zwischen den Geschwistern unweigerlich der Streit übers Erbe ausbrechen würde.

»Gibt es denn keine testamentarische Verfügung?«, fragte Wiebke erstaunt.

Robert raufte sich die Haare. »Max und Martha Feddersen haben sich vor langer Zeit gegenseitig als Alleinerben eingesetzt. Erst nach dem Tod auch des zweiten Elternteils sollte das gesamte elterliche Vermögen an die Kinder übergehen«, erklärte er Wiebke. »Auf ausdrücklichen Wunsch meiner Schwiegereltern sollten die Sammlungen auch in Zukunft in ihrer Gesamtheit erhalten bleiben. Aber ich habe meine Zweifel, ob alle Geschwister mitziehen werden. Ich befürchte, wenn Max nicht mehr ist, geht ein Hauen und Stechen los. Hanno und Dorit wollen dem Wunsch der Eltern entsprechen. Aber Urte will ihr Erbe ausbezahlt haben.«

»Und Leni?«, fragte Wiebke.

Robert verzog das Gesicht. »Die will immer das, was Urte will. Es ist nie anders gewesen.«

»Also seid ihr zwei gegen zwei. Eine ungünstige Ausgangssituation.«

»Das Schlimmste ist«, sagte Dorit weinerlich, »dass die schönen Gemälde- und Porzellansammlungen meiner Eltern ihren Wert verlieren, wenn sie auseinandergerissen werden.«

Robert tätschelte tröstend ihre Hand. »Vielleicht gelingt es Hanno doch noch, Urte von ihren Plänen mit Suse Perk zu überzeugen. Dann zieht auch Leni mit und alles wird gut.«

Dorit zuckte zaghaft mit den Schultern. Sie schien nicht daran zu glauben, dass diese Möglichkeit eintreten könnte.

Wiebke wurde hellhörig. »Suse Perk? Die hat doch dieses Museum?«

Robert nickte.

»Was für Pläne sind das, die dein Schwager mit ihr hat?«

Robert beugte sich vor und lächelte stolz. »Suse Perk hat Interesse, die Sammlungen in ihr berühmtes Museum zu übernehmen, um sie einer breiten Öffentlichkeit zugänglich zu machen.«

Auf einmal blitzte etwas in Wiebke auf: Ein Museum! Warum sollten Robert und Dorit nicht selbst so ein Institut aufziehen können, mit ihrer Hilfe natürlich? Warum sollten die Feddersens ihre Kunstschätze Suse Perk überlassen? So eng konnte die Freundschaft mit dieser Frau doch gar nicht sein, dass sie sich so eine Chance entgehen lassen würden!

Sie setzte sich kerzengerade hin. »Ich denke, wenn ihr das Lebenswerk eurer Eltern erhalten wollt, müsst ihr die Sammlungen tatsächlich in ein Museum überführen.«

Robert nickte.

Dorit sah sie interessiert an. »Du meinst also auch, wir sollten sie Suse Perk anvertrauen?«

Wiebke schüttelte energisch den Kopf. »Ich denke, da kommen sie nicht wirklich zur Geltung. Suse Perk stellt schon so viel andere Kunstwerke in ihrem Haus aus. Für die Sammlungen eurer Eltern sollte man ein eigenes Museum gründen. Das Feddersen-Museum für ostfriesische Kunst.«

»Und wer ist ›man‹?«, fragte Dorit skeptisch.

Wiebke erwiderte den Blick ihrer Freundin und grinste triumphierend. »Ich zum Beispiel. Ich würde meinen Dienst in der Schule quittieren und das Museum für euch einrichten und leiten. Glaube mir, es wird genau so ein Renner werden wie das von Suse Perk. Nein, ich wette, es wird sogar noch erfolgreicher sein!« Sie schlug mit einer Faust auf die Armlehne ihres Gartenstuhls.

Robert stand auf und stellte sich an den Grill. »Noch Fisch?« Er nahm die Lachsfilets vom Rost und legte sie auf eine Platte.

Dorit nickte, ohne Robert anzusehen. »Gerne«, antwortete sie geistesabwesend. Hätte ihr Mann sie gefragt, ob sie einen gegrillten Fliegenpilz haben wollte, hätte sie wohl ebenfalls mechanisch bejaht.

Robert legte seiner Frau ein Stück Lachs auf den Teller und schielte zu Wiebke hinüber. »Bei so einem Institut muss man aber in Vorleistung gehen, bis man Geld damit verdient. Wovon willst du das Gebäude bezahlen, in dem das Museum unterkommen soll?«

Wiebke hatte geahnt, dass Robert diese Frage stellen würde. In dem Moment, in dem sie ihren Vorschlag vortrug, hatte sie ihre finanzielle Situation in Gedanken überschlagen. Sie neigte den Kopf kokett zur Seite. »Ich habe selbst vor einigen Jahren geerbt, wie ihr wisst. Und wenn ihr vielleicht bereit wäret, einen Teil des Geldes, über das ihr nach dem Tod eures Vaters und Schwiegervaters verfügen werdet, zu investieren?«

»Selbstverständlich beteiligen wir uns.« Robert antwortete, ohne sich mit Dorit abgestimmt zu haben. Er schien davon auszugehen, dass seine Frau als die eigentliche Erbin Wiebkes Plan selbstverständlich mittragen würde.

Als Dorit beharrlich schwieg, deutete Wiebke einen Rückzieher an, um ihr das Gefühl zu geben, ihre Entscheidung unbeeinflusst treffen zu können. »Aber bitte, ich will euch nicht überrumpeln. Ihr solltet euch das in Ruhe überlegen. Es wäre allerdings eine große Chance. Für uns alle.«

Sie gestikulierte beim Reden so stark mit ihrem Weinglas, dass Robert besorgt darauf zeigte. »Pass auf, da schwappt gleich was über. Wäre schade um den schönen Rock.«

»Und um den Wein.« Dorit stierte auf den Boden und nippte an ihrem Glas.

Robert nahm ein Thunfischfilet vom Grill, zerteilte es und legte jedem ein Stück auf den Teller.

Wiebke stellte das Glas ab, schlug die Beine übereinander und umfasste ihre Knie mit den Händen. »Was haltet ihr von diesem Plan?«

Robert setzte sich hin, rückte den Stuhl an den Tisch und kräuselte die Lippen. Er nickte langsam, wandte sich Dorit zu und guckte sie fragend an.

Dorit saß angespannt da und stierte in die Luft. Hinter ihrer Stirn schien es zu brodeln.

Wiebke spürte, dass ihrer zurückhaltenden Freundin tausend Fragen und Ängste durch den Schädel huschten. Sie würde sie ein bisschen in die richtige Richtung lenken müssen und sie wusste auch schon, wie.

Dorit hatte ihr des Öfteren anvertraut, dass sie unter ihrem Hausfrauendasein litt. Vor langer Zeit, nach ihrem Schulabschluss, hatte sie eine Ausbildung in einer Gemäldegalerie in Leer absolviert. Ihren Traum, eine eigene Galerie zu eröffnen, hatte sie jedoch nie umgesetzt. Zu wenig Traute, hatte sie Wiebke einmal eingestanden. Für solch ein Projekt hätte sie einen Partner gebraucht. Jemanden, der selbstbewusster und mutiger war als sie und die Dinge anging, statt nur von ihnen zu träumen.

Wiebke stellte ihr Glas ab und neigte sich vertraulich zu Dorit hinüber. »Das Wichtigste hab ich ganz vergessen. Du, Dorit, wirst natürlich voll mit eingesetzt. Da kannst du endlich all deine Talente ausleben. Du kannst doch so nett schreiben. Also kümmerst du dich um die Public Relations. Du erstellst einen Flyer, in dem du unser Museum vorstellst. Ich darf doch von *unserem Museum* sprechen?« Gewieft lächelnd blickte sie Dorit und Robert an.

Beide nickten wie hypnotisiert. Offenbar hatte sie ihre Freunde mit ihrer Idee eingefangen.

»Prima!«, fuhr Wiebke fort. »Was machst du noch? Du wirst unsere wichtigste Verbindung zur Außenwelt sein. Schreibst regelmäßig Pressemeldungen und hältst den Kontakt zu den Leitern der Kulturredaktionen aller wichtigen und weniger wichtigen bundesdeutschen Zeitungen. Sprichst du nicht auch ein bisschen Niederländisch?«

»Ein bisschen? Ich darf ruhigen Gewissens behaupten, ich beherrsche es fließend.«

»Na also. Dann schmeißt du dich auch an die Presseleute in unserem Nachbarland ran. Immer volle Power. Gäste aus Holland sind dreimal schneller bei uns als die aus Bayern oder Brandenburg.«

Dorit wurde auf einmal mutig. »Ein bisschen Französisch kann ich auch. Für Kontakte nach Belgien sollte das reichen.«

»Na also, passt doch! Glaubt mir, innerhalb eines Jahres haben wir Suse Perk aus dem Rennen geworfen. Dann kommen die Leute zu uns statt zu ihr. Und du, Robert, kannst sicher auch bald deinen Lehrerjob an den Nagel hängen und uns mithelfen. Wie wäre es mit Vorträgen über ostfriesische Kunstgeschichte?«

Robert winkte ab. »Och nee. Nachher kommen ganze Schulklassen zu uns und wir haben genau die Meute an der Backe, die wir überhaupt nicht mehr um uns haben wollen.«

»Und die Lehrerkollegen«, warf Dorit ein und winkte ab. »Wenn die auf die Idee kommen, ihre Klassenausflüge zu uns zu machen, tanzen sie uns auf der Nase herum. Die reden uns bloß oberschlau rein.«

Robert runzelte die Stirn. »Hey, ich bin auch Lehrer! Findest du, dass ich oberschlau bin?«

Dorit wandte sich Hilfe suchend zu Wiebke um.

Die bewahrte sie davor, Roberts Frage beantworten zu müssen. »Nein, also lieber keine Schulklassen. Wir wenden uns direkt an Reiseveranstalter. Dann werden Ostfrieslandurlauber und Kunstliebhaber gleich busseweise zu uns angekarrt.«

Roberts üblicherweise blasse Wangen nahmen auf einmal Farbe an. Er öffnete noch eine Flasche Wein. »Wir müssten nur ein passendes Gebäude finden. Eins, das genug Platz für die Exponate bietet und gut erreichbar ist. Es sollte an einem idyllisch gelegenen Ort stehen, mit viel Landschaft drumherum, aber auch über gute Verkehrsanbindungen verfügen. Nicht, dass die Busse durch ein Naturschutzgebiet gurken müssen. Das gibt nur Ärger mit den Anliegern und den Grünen.«

Dorit dachte nach. »Wie wäre es, wenn wir uns einen alten leer stehenden Gulfhof suchen würden? Was Rustikales, das hätte Stil.«

Roberts Sinn fürs Praktische schlug durch. »Ein verlassener Gulfhof dürfte erschwinglich sein. Vielleicht können wir den auch für wenig Geld mieten? Noch wissen wir ja nicht, wie viele Milliönchen wir mal in der Kasse haben werden, wenn's denn so weit ist mit Dorits Paps.«

Noch heute wunderte Wiebke sich darüber, wie locker der sonst so korrekte Robert schon vor Max Feddersens Tod über das Erbe seiner Frau verfügte.

Sie selbst hatte den beiden zugeprostet und begeistert gesagt: »Auf unsere Zukunft! Glaubt mir, was wir heute ausgeheckt haben, wird sich als beste Idee unseres Lebens erweisen.«

Robert hatte sich nachdenklich in den Schultern gewiegt, die Augen zusammengekniffen und die beiden Frauen versonnen angelächelt. »Hmhm, es ist wirklich eine tolle Idee. Noch schöner wäre natürlich ...« Feierlich hatte er die Flasche Weißwein aus dem Eiskühler genommen und jedem nachgeschenkt. »Noch schöner wäre natürlich, wenn wir konkurrenzlos wären.«

Wiebke hatte sich über die Lippen geleckt. »Du meinst, wenn das Museum von Suse Perk zum Zeitpunkt der Eröffnung unseres eigenen Instituts gar nicht mehr existieren würde?«

4. Kapitel

Das Haus von Max und Martha Feddersen, in dem Hanno trotz seiner achtundfünfzig Jahre heute noch lebte, war ein stattliches Gebäude. Es lag auf einem großen Grundstück am Ortsrand von Greetsiel und war umgeben von einem zwei Meter hohen schmiedeeisernen Zaun. Dahinter wuchs eine Hecke aus Lebensbäumen, die den Blick auf die Räumlichkeiten im Erdgeschoss verdeckte oder – von der anderen Warte aus betrachtet – den traumhaft schönen Blick aus dem Parterre über die unendlich weite, grüne Landschaft der Krummhörn versperrte.

Tammo parkte den Dienstwagen vor der Zufahrt zum Grundstück. »Da wären wir.« Er zögerte, auszusteigen.

Die Pforte war nur angelehnt. Ein gelbes Hinweisschild informierte die Besucher darüber, dass das Gelände von mehreren Videokameras überwacht wurde.

Unsicher öffnete der Kommissar die Wagentür. »Ob die Feddersens uns im Fall Suse Perk weiterhelfen können?«

»Wenn wir nicht wenigstens einmal mit ihnen reden, werden wir es nie erfahren.« Fenna stieg aus und musterte die Hauswand, soweit sie von der Straße aus zu sehen war. »Wo sind denn all die Kameras? Ich sehe nur eine, die da oben.« Sie deutete mit dem Finger auf das Gerät, das direkt auf die Einfahrt gerichtet war.

»Ich vermute, die anderen sind gut versteckt.«

Die Ermittler stiegen die Treppe zur Eingangstür der Feddersens empor. Oben auf dem Podest angekommen, ließ Tammo seiner Partnerin den Vortritt. Schließlich ging es darum, einer Familie kurz vor der geplanten Beerdigung des Vaters mitzuteilen, dass diese auf vorerst unbestimmte Zeit verschoben werden musste, weil eine Tote am Grabstein saß, die absolut nicht dorthin gehörte. Da würde Fenna die passenderen Worte finden. So etwas war Frauensache. Immerhin stellte Tammo sich schützend hinter sie.

Fenna bewegte die Hand auf die Schelle zu. Noch bevor sie den schwarzen Klingelknopf auf dem messingfarbenen Schild gedrückt hatte, wurde die Tür aufgerissen.

Tammo und Fenna zeigten sich von der plötzlichen Begegnung mit der ganz in Schwarz gekleideten, hochgewachsenen Frau nicht weniger überrascht als die Dame selbst.

Deren Blicke forderten eine rasche Erklärung.

Die Kommissarin hielt ihren Dienstausweis, den sie noch im Auto hervorgeholt hatte, in die Höhe. Tammo zog seinen aus der Jackentasche und streckte ihn der Frau in der Tür an Fennas rechtem Arm vorbei ebenfalls entgegen.

»Polizei?« Die Dame wirkte konsterniert.

»Fenna Stern, Hauptkommissarin bei der Kripo Greetsiel«, brachte Fenna mit belegter Stimme hervor. »Das hier«, sie wandte sich halb um und wirkte dabei unwillkürlich so, als wollte sie sich an Tammo kuscheln, »ist mein Kollege Tammo Anders. Sie sind Frau Feddersen?«

Die stämmige Person in Trauerkleidung brauchte noch einen Augenblick, um ihre Sprache wiederzufinden. Sie faltete die Hände vor der Brust zusammen und nickte. »Ja, Feddersen, so heiße ich. Ich gehe allerdings davon aus, dass Sie nicht zu mir wollen. Oder stehe ich etwa im Halteverbot?« Ihr Blick wanderte zu einem der Autos, die vor dem Haus abgestellt waren. Sie schien sich vergewissern zu wollen, ob ein Knöllchen unter dem Scheibenwischer steckte.

Fenna schüttelte den Kopf und schob ihren Dienstausweis von einer Hand in die andere. »Wir möchten Ihnen unser tiefes Mitgefühl zum Tod von Max Feddersen aussprechen. Er war, soweit wir wissen, eine herausragende Persönlichkeit im Bereich der ostfriesischen Kunst und Kultur.«

Die Frau mit dem strengen Blick staunte. »Deswegen kommen Sie hierher?«

Fenna schüttelte den Kopf. »Nicht direkt deswegen. Aber es ist uns natürlich ein Anliegen, Ihnen unser Beileid zu übermitteln. Eigentlich kommen wir wegen der Beerdigung Ihres ...«

Fenna fiel der Ausweis aus der Hand.

Kein Wunder, dachte Tammo, so wie dieses Wesen sie mit ihren Blicken in die Mangel nahm. Fenna war taff und sie war einiges gewohnt. Aber ihr Gegenüber hatte sich im Türrahmen aufgebaut wie eine Klosterfrau, die ihre Novizinnen mit dem Messer zwischen den Zähnen vor einer Horde lebensfroher Mönche schützen wollte.

Er studierte das Gesicht dieser Frau. Unwillkürlich fühlte er sich an einen Film erinnert, den er als Zwölfjähriger in den Ferien bei seinem Opa gesehen und der ihn noch lange in seinen Träumen verfolgt hatte. Die Geschichte spielte in einem Internat, das eher einem Straflager glich als einem Heim für Schüler. Die Internatsleiterin hatte haargenau den gleichen Gesichtsausdruck gehabt wie die Person, die ihnen jetzt gegenüberstand, und am Ende wurde sie als brutale Mörderin einer sympathischen jungen Lehrerin des Instituts überführt.

Tammo schluckte, stieg drei Stufen hinab und hob Fennas Dienstausweis auf. Fürsorglich steckte er ihn zusammen mit seinem eigenen in die Innentasche seines Lederblousons. Er blieb auf der Stufe stehen, um etwas Abstand zu der schwarzen Dame zu wahren.

Langsam gewann Fenna ihre Sicherheit zurück. Sie straffte die Schultern und nahm einen neuen Anlauf. »Wir müssten bitte dringend die Familie von Max Feddersen sprechen. Es eilt leider sehr. Sonst wären wir ganz sicher nicht gerade zu diesem Zeitpunkt zu Ihnen gekommen. Uns ist ja bekannt, dass Sie gleich zur Trauerfeier wollen, und genau darum geht es. Genauer gesagt: um die Beerdigung.«

Die Frau, die den Namen Feddersen trug, hob den Kopf und trat einen Schritt zurück. Spätestens jetzt schien sie zu begreifen, dass es um Wichtigeres ging als um ein Auto im Halteverbot. »Na, dann kommen Sie mal rein. Sie haben Glück, die Familie ist gerade vollzählig versammelt. Viel Zeit haben wir allerdings nicht. Ich bin übrigens Urte, die Älteste von Max und Martha Feddersen.«

Sie ließ die Ermittler in die düstere, rot geflieste Diele eintreten und schloss die Tür hinter ihnen. Mit ausgestreckter Hand zeigte sie auf eine Gruppe von Personen, die sich gerade im Halbkreis in der Diele aufstellten, als hätte ein Regisseur sie dazu aufgefordert, und begann damit, die Anwesenden vorzustellen: »Meine jüngste Schwester Leni. Meine mittlere Schwester Dorit. Rechts daneben mein Schwager, Dorits Ehemann Robert. Meine Cousine Agathe Clemens. Gertrude Hagenkötter, nennen wir sie der Einfachheit halber den guten Geist dieses Hauses. Und last but not least Hanno, der Zweitälteste von uns Geschwistern und mein einziger Bruder.« Anschließend stellte Urte ihrer Familie kurz und bündig die Besucher vor: »Die Herrschaften sind von der Kripo Greetsiel.«

Ihrer beider Namen hatte sie wohl schon wieder vergessen. Oder sie spielten für sie einfach keine Rolle.

Die Familienmitglieder und der gute Geist des Hauses blickten die Kommissare erwartungsvoll an. Tammo fiel vor allem die jüngste Schwester auf. Wie hieß sie noch? Leni. Er glaubte, aus ihren ausdrucksvollen Augen ihre Gedanken lesen zu können: Was hatte der Besuch zweier Kriminalkommissare so kurz vor der Beerdigung des Vaters zu bedeuten?

Die Frau mochte in seinem Alter sein, Ende vierzig. Trotzdem wirkte sie auf eine fast bemitleidenswerte Weise zart, kindlich und unsicher. Als sie seinen kritischen Blick auffing, hob sie die Hand zum Mund und biss auf den Fingernägeln herum.

Fenna wandte sich an die Anwesenden. »Ich darf Ihnen allen unser Mitgefühl aussprechen und ich kann Ihnen versichern, dass es uns ausgesprochen leidtut, Sie heute hier aufsuchen zu müssen. Wir kommen in einer denkbar unschönen Angelegenheit.«

Urte sah unverhohlen auf die Uhr.

Fenna bemühte sich, eine Spur schneller zu sprechen, ohne ihrem Ton die Würde zu nehmen, die die ums Leben gekommene Museumsdirektorin Suse Perk sicherlich verdient hatte. »Sie alle kennen Frau Doktor Perk.« Sie sah fragend in die Runde und erlaubte sich eine Pause von zwei, drei Sekunden.

Hanno Feddersen ergriff die Gelegenheit, der Kommissarin in ihre Ansprache hineinzugrätschen. »Wenn Sie noch ein bisschen länger reden, werden Sie das Vergnügen haben, Frau Doktor Perk hier anzutreffen.« Er lächelte stolz, ahmte die Merkel-Raute nach und hievte sich auf die Fußspitzen.

»Eben nicht«, rutschte es Tammo heraus. Er musterte Hanno eingehend. Vermutlich konkurrierte der einzige Sohn der Feddersens mit seiner allmächtigen Schwester Urte um den Familienvorsitz. »Da muss ich Sie enttäuschen und genau das ist der Grund unseres Kommens. Frau Doktor Perk wird nicht hierherkommen. Heute nicht und leider niemals mehr.« Er unterbrach sich, um seine Worte wirken zu lassen. Wenn er den Anwesenden die Gelegenheit ließ, eine Vorahnung zu entwickeln, würde es sie hoffentlich nicht ganz so unvorbereitet treffen. Als die arglose Spannung im Raum ihn zu erdrücken drohte, sprach er die Tatsache aus. »Suse Perk ist leider heute Morgen verstorben.«

»Wie bitte?« Gertrude Hagenkötter ließ die Hände, die sie vor der Brust gefaltet hatte, kraftlos sinken. »Das ist doch wohl ...« Ihr Gesichtsausdruck schwankte zwischen Entsetzen, Ungläubigkeit und Empörung.

»Es tut uns leid, Ihnen das mitteilen zu müssen«, fuhr Tammo fort. »Frau Doktor Perk wurde in den frühen Morgenstunden dieses Tages leblos vorgefunden. Auf dem Friedhof.«

Plötzlich gab es einen dumpfen Aufschlag und Leni lag ihrer Verwandtschaft zu Füßen. Schneller, als irgendjemand hatte reagieren können, war sie in sich zusammengesackt und auf die Fliesen gefallen.

Gertrude kreischte auf, Dorit tat es ihr nach und deren Mann ließ sich zu einem »Na, so was aber auch. Guckt doch mal, die Leni!« hinreißen, das von einem fassungslosen Kopfschütteln begleitet wurde. Einen Augenblick später hockte Fenna neben der Ohnmächtigen, drehte sie vorsichtig auf die Seite, um die aufgeschlagene Stirn zu begutachten, und warf Urte zu: »Nun rufen Sie doch schon den Notarzt.«

Doch Leni kam wieder zu sich. Der gute Geist des Hauses kam aus der Diele gestürzt und brachte eilig ein Glas Wasser und ein Fläschchen 4711 herbei.

Tammo wunderte sich, dass es diesen Duft noch immer gab. Seine Großtante, die weit im letzten Jahrhundert gestorben war, hatte ihn gerne benutzt.

Hanno und Robert hievten Leni hoch und setzten sie auf einen Stuhl, den Dorit herbeigeschleppt hatte. Dorit ergriff das Duftwässerchen, öffnete den Drehverschluss und hielt Leni die Flasche dicht unter die Nase. Es schien nicht das erste Mal zu sein, dass Leni so etwas passierte, und Tammo hätte fast erwartet, dass die Jüngste der Feddersens eine Vorrichtung an der Nasenspitze trug, an der man das Fläschchen hätte festschrauben können.

Urte fühlte sich bemüßigt, die Zeremonie zu erklären. »Das passiert meiner kleinen Schwester öfter. Dafür brauchen wir keinen Arzt. Wir wissen, wie wir damit umzugehen haben.«

»Na, dann ist ja alles in Butter.« Fenna zog eine Augenbraue hoch. Ein Ausdruck höchsten Missfallens, nur in Mimik gefasst statt in Worte, wie Tammo aus eigener leidiger Erfahrung wusste.

Der Kommissar wartete einen Augenblick, bis sich die Gesellschaft beruhigt hatte und Leni wieder zu Kräften kam. Er vergewisserte sich, dass Dorit und ihr Mann, die sich zu beiden Seiten des Stuhls aufgestellt hatten, bereit waren, die jüngste Schwester aufzufangen, falls sie wieder wegsacken würde. Dann kam er zum wichtigsten Anliegen, das Fenna und er vorzutragen hatten.

»Wir wissen, dass die Trauerfeier für Ihren werten Herrn Vater und Schwiegervater ...«

»Und Onkel«, rief Agathe vorlaut dazwischen.

Tammo nahm den Einwurf nickend zur Kenntnis. »... unmittelbar bevorsteht. Wir werden Sie auch gleich dorthin entlassen. Leider müssen wir Ihnen aber mitteilen, dass die Beerdigung verschoben werden muss.«

»Waaas?« Mehrere Mitglieder der Familie entrüsteten sich gleichzeitig.

Bevor irgendjemand eine Diskussion darüber anfing, ob diese Verschiebung wirklich sein müsse, trat Fenna hervor. »Es ist leider so, dass Frau Doktor Perk in unmittelbarer Nähe des Grabes Ihres Vaters gefunden wurde. Unsere Kollegen von der Kriminaltechnik suchen zurzeit noch das Gebiet rund um die Grabstätte nach Spuren ab. Daher ist dieser Bereich des Friedhofs derzeit für Besucher gesperrt. Und leider sind damit auch Beerdigungen in den Gräbern, die hier liegen, ausgeschlossen.«

Das Gemurmel der Familienangehörigen wurde so laut, dass Fenna ihre Rede unterbrach. Sie wartete einige Augenblicke, hob beschwichtigend die Hände, bis das Raunen erstarb, und fuhr fort. »Wir wissen, was das für Sie bedeutet, aber wir müssen Sie bitten, die Polizeiarbeit zu respektieren.«

Der Mann der mittleren Schwester trat zwei Schritte vor und hob die Hände wie ein Pastor, der die Gemeinde segnen wollte. »Wenn ich recht verstehe, Frau Kommissarin, stellen Sie uns vor vollendete Tatsachen.«

»Uns bleibt leider nichts anderes übrig.«

»Die Trauerfeier für meinen Schwiegervater findet also statt wie geplant. Aber die Beisetzung, der wichtigste Akt der gesamten Zeremonie, wird auf unbestimmte Zeit verschoben?«

»Sie haben die Situation erfasst.« Fenna blieb erstaunlich sachlich angesichts des Tons, den Max Feddersens Schwiegersohn angeschlagen hatte und der mit einer Mischung aus Drohung und Entrüstung unterlegt war.

»Und das Kaffeetrinken, das im Anschluss an die Beerdigung erfolgen sollte?«, fuhr er fort. »Wir haben schließlich das Restaurant gebucht. Sollen wir da nachher hingehen und so tun, als hätte die Beisetzung stattgefunden? Also, das alles bedeutet für uns eine Planänderung, die ans Makabre grenzt.« Empört suchte der Mann die Zustimmung seiner Angehörigen.

Hanno Feddersen trat aus dem Halbkreis heraus, der sich nach Lenis Ohnmacht zu dem Stuhl hin verschoben hatte, auf dem die Jüngste saß. Er stellte sich neben seinen Schwager. »Wieso ist eigentlich die Spurensicherung am Grab?« Ungläubig guckte er Tammo und Fenna an. »Soll das etwa heißen, dass ein Verbrechen vorliegt?«

Tammo antwortete ihm. »Offensichtlich ist es so, dass Frau Doktor Perk keines natürlichen Todes gestorben ist. Mehr können wir Ihnen zum jetzigen Zeitpunkt leider nicht mitteilen.«

Fenna, die in Lenis Nähe geblieben war und deren Gesichtsfarbe besorgt im Auge behalten hatte, stellte sich an Tammos Seite. »Uns wurde berichtet, dass Frau Perk eine Freundin Ihrer Familie war. Da die Tote nach unserem Wissen keine Verwandten und auch sonst keine engeren Freunde hatte, würden wir Sie gerne bitten, uns für ein paar Fragen zur Verfügung zu stehen. Aber jetzt lassen wir Sie erst einmal zur Trauerfeier gehen. Die kann natürlich stattfinden wie geplant. Mein Kollege und ich würden gern am späteren Nachmittag noch einmal bei Ihnen vorbeischauen und erste kurze Gespräche mit Ihnen führen.«

»Na, das ist ja wirklich ...« Hanno brachte den Satz nicht zu Ende.

Tammo konnte sich nicht zurückhalten. »Was ist das, bitte?«

Hanno schnaubte etwas Unverständliches, ging dann zur Garderobe und zog einen leichten schwarzen Mantel über seinen Anzug. »Kommt, wir gehen«, sagte er in einem Ton, den Tammo eher Urte zugetraut hätte.

Urte lehnte sich mit dem Rücken gegen die Haustür. Die Hand auf der Klinke, verharrte sie wie ein schläfriger Wachhund. Mit blinzelnden Augen sah sie die Ermittler an. Dann drückte sie die Klinke herunter und öffnete die Tür mit einem undurchdringlichen, müden Lächeln.

Tammo hätte zu gern gewusst, was in ihr vorging.

Fenna blieb an der Türschwelle stehen und drehte sich zu Urte um. »Ist es in Ordnung, wenn wir am Nachmittag noch einmal vorbeikommen?«

Urte zog eine Augenbraue hoch. »Könnte ich es Ihnen verbieten?«

Auch bei Fenna schnellte eine Augenbraue in die Höhe: »Hätten Sie denn das Bedürfnis, das zu tun?«

Urte gab sich einen Ruck und änderte den Ton von hochnäsig zu ironisch. »Ich denke, zwischen sechzehn und achtzehn Uhr passt es am besten, falls Sie dann nicht längst im Feierabend sind.«

»Das geht in Ordnung. Es ist genau die Zeit, zu der wir zu Hochtouren auflaufen. Also, bis später.« Fenna drehte sich zu Tammo um, der am Fuß der Treppe auf sie wartete. Demonstrativ hakte sie sich bei ihrem Kollegen ein, als sie den schmalen, gepflasterten Weg durch den Vorgarten gingen.

Die Trauergesellschaft folgte ihnen und verteilte sich auf die bereitstehenden Wagen. Während Tammo auf die Hauener Hooge zusteuerte, bogen die Feddersens, ihre Cousine und ihr guter Geist ab, um in der Nähe der Kirche zu halten, in der die Trauerfeier stattfinden sollte.

Tammo atmete auf, als sie die Wache erreichten. »Jetzt erst mal ’nen Tee. Ich hol uns noch schnell was Leckeres vom Bäcker. Ich glaube, eine kleine Stärkung kannst du auch gebrauchen, oder?«

»Es darf ruhig eine größere sein, wenn ich daran denke, dass ich Urte Feddersen heute noch einmal ertragen muss.« Sie stiegen aus. »Ich setz schon mal das Wasser auf«, rief Fenna dem Kommissar über das Autodach hinweg zu.

Fennas Augen leuchteten, als er mit zwei riesigen Stücken Ostfriesentorte, ihrem Lieblingsgebäck, ins Büro zurückkehrte. Kuchenteller und Becher mit dampfendem Tee standen auf dem kleinen Besprechungstisch in der Ecke ihres gemeinsamen Büros bereit. Fenna war eigenartig schweigsam, als sie Platz nahmen.

Tammo pflügte mit einem Löffelchen durch den Tee, damit er schneller abkühlte. Dabei beobachtete er eine Fliege, die geräuschvoll gegen die Innenseite des schräg gestellten Fensters flog. »Manche Wesen brettern immer wieder vor dieselbe Wand und kommen einfach nicht auf die Idee, sich einen anderen Weg zu suchen.«

Fenna nippte an ihrem Tee. »Geht es uns nicht auch manchmal so?«
»Hey, was willst du denn damit sagen? Du willst doch nicht etwa andeuten, dass wir genauso blind und hilflos sind wie dieser Brummer?«
Fenna lehnte sich zurück und schob die Füße unterm Tisch von sich weg. Nachdenklich zog sie die Stirn kraus. »Ist vielleicht nur ein dummes Vorurteil, aber mir gefällt die Familie Feddersen nicht. Bei den Geschwistern hab ich so ein komisches Gefühl. Ich fürchte, an die kommen wir nicht ran. Da werden wir uns genauso vergeblich abmühen wie die Fliege da vorne am Fenster.«
Tammo rührte weiter in seinem Tee herum und stützte das Kinn in die andere Hand. »Was war eigentlich vorhin mit dir los, als Urte Feddersen vor uns stand? Ich hatte den Eindruck, sie hat dich im ersten Moment total verunsichert. Deine Stimme klang so anders. Dann hast du auch noch den Dienstausweis fallen lassen. Du hast doch sonst jede Situation im Griff.«
Fenna setzte sich wieder gerade hin und umklammerte ihren Teebecher mit beiden Händen. »Diese Frau hat mich an etwas erinnert.« Sie machte eine wegwerfende Handbewegung und guckte aus dem Fenster.
»Woran hat sie dich erinnert? Jetzt sag nicht, du hast auch diesen Film gesehen?«
Fenna wandte sich Tammo zu. Ihre sonst so hellgrauen Augen erschienen jetzt düster wie schwere Regenwolken. »Du meinst den mit der Internatsleiterin, die eine Mörderin war?«
Tammo nickte sprachlos.
Fenna senkte die Stimme. »Wenn ich an Wiedergeburt glauben würde und wenn es kein Spielfilm gewesen wäre, was wir gesehen haben, sondern die Dokumentation eines echten Mordfalles, dann würde ich glatt behaupten, Urte Feddersen ist die Reinkarnation der furchterregenden Mörderin aus diesem Film.« Sie schüttelte sich.
»Sag mal ehrlich«, sagte Tammo, »hast du dich in all den Jahren, seit du den Film gesehen hast, beim Anblick einer realen Person schon einmal so stark an diese Internatsleiterin erinnert gefühlt? Dass wir beide die gleichen Gedanken hatten, als wir Urte Feddersen gegenüberstanden, kann doch kein Zufall sein.«
»Stopp.« Fenna hob beide Hände. »Das ist jetzt wirklich Kaffeesatzleserei und hat mit kriminalistischer Arbeit herzlich wenig zu tun. Lass uns mal ernsthaft an die Sache herangehen.«
Tammo setzte sich zackig hin, als wollte er einen Befehlsempfänger imitieren, der strammsteht. »Okay, Frau Profilerin. Dann fang mal an. Auch wenn wir noch keinen Obduktionsbericht und keine Erkenntnisse

der Spurensicherung haben, wüsste ich gern, wie dein erster Eindruck von diesem Fall ist.«

Fenna ließ sich ein Stück Kuchen genüsslich auf der Zunge zergehen. Während sie kaute, wurde es plötzlich still im Raum. Das verzweifelt summende Geräusch der Fliege, die ständig gegen die Scheibe geflogen war, war mit einem Mal verstummt. Fenna zeigte mit der Kuchengabel auf das Fenster. »Sie ist weg! Sie war gar nicht so dumm, wie wir geglaubt haben.«

Tammo klatschte in die Hände. »Na prima! Nehmen wir das als Anreiz für uns und den Fall Suse Perk. Ich höre dir gebannt zu.«

Fenna seufzte. »Also, da wäre zunächst einmal die Frage nach dem Motiv. Wir wissen noch nicht, ob ein Sexualdelikt vorliegt.«

Tammo schob den Kuchenteller von sich fort. »Ohne unserer Gerichtsmedizinerin vorgreifen zu wollen: Das sehe ich anders. Die Art, wie die Leiche bekleidet war, lässt keinen Hinweis auf eine Vergewaltigung zu.«

»Im Prinzip teile ich deine Meinung. Auch die Haltung, so wie Suse Perk an den Grabstein gelehnt war, deutet nicht auf ein solches Verbrechen hin. Dennoch könnten wir in der Hinsicht noch eine Überraschung erleben und deshalb würde ich die Untersuchungsergebnisse von Gerhild abwarten wollen. Wir wissen nämlich derzeit nicht, ob es kurz vor dem Mord oder Totschlag ungewollten Geschlechtsverkehr gegeben hat, die Frau dann vor ihrem Peiniger davongelaufen ist und er sie eingeholt und umgeschubst hat, weil er Angst hatte, sie zeigt ihn an.«

Tammo nickte ergeben. »Stimmt auch wieder.«

»Ein Raubmord liegt mit Sicherheit nicht vor, denn die Handtasche von Suse Perk lag im Gebüsch und die Brieftasche mit einigen Fünfzig-Euro-Scheinen und der Geldkarte war darin.«

Tammo hob den Finger. »Außerdem hatte die Tote eine goldene Kette um den Hals und sie trug eine Uhr.«

»Wobei wir nicht wissen, wie wertvoll die Sachen sind. Aber ein Raubmörder hätte sie sicherlich auf Verdacht hin mitgenommen. Einen Ring hat sie nicht getragen, soweit ich mich erinnere.«

Tammo schenkte Fenna und sich selbst Tee nach. »Auf die Hände hab ich nicht so geachtet.«

»Schließen wir also einen Raubmord und meinetwegen auch ein Sexualdelikt fürs Erste aus. Auch ein Eifersuchtsdrama halte ich für nicht gegeben, denn Frau Perk war nicht verheiratet und hatte offenbar auch keine Verehrer, wenn wir der Aussage des Friedhofsleiters folgen dürfen, nach der sie außer den Feddersens keine Freunde hatte. Warum also kommt jemand, der diese klassischen Motive nicht hat, auf die Idee, eine Frau auf dem Friedhof umzubringen?«

Bei all den Überlegungen, die Fenna anstellte, kam endlich auch Tammos Gedankenkarussell in Bewegung. Er beugte sich zu ihr hinüber und tippte mit den Fingern auf die Tischplatte. »Dann zu dieser frühen Stunde. Wer wusste überhaupt davon, dass sie zu der Uhrzeit auf dem Friedhof war? Was hat sie da gewollt?«

Fenna schmunzelte. »Siehst du, jetzt kommen wir der Sache schon näher. Aber eins nach dem anderen, mein Lieber. Ja, warum geht jemand so früh auf den Friedhof? Ich behaupte: Sie war dort verabredet. Das beantwortet deine zweite Frage: Mit welcher Absicht sie zum Friedhof gegangen ist, wird uns derjenige sagen können, mit dem sie das Rendezvous hatte.«

Tammo stützte die Ellenbogen auf und rieb die Hände aneinander. Der Fall fing an, ihm zu schmecken. »Du gehst davon aus, dass es im weitesten Sinne des Wortes eine Beziehungstat war?«

Fenna nickte. »Ich bin sicher, dass eine interpersonale Beziehung zwischen Täter und Opfer bestand, sprich: dass die beiden sich kannten, aller Wahrscheinlichkeit nach sogar relativ gut.«

Tammo zog die Augenbrauen zusammen. »Wie kommst du darauf? Ich denke, wenn sie sich so gut kannten, hätten sie sich an einem intimeren Ort getroffen. Die Wohnung eines der beiden hätte sich in dem Fall angeboten. Zumindest das Haus von Suse Perk, da hätte sie niemand anderer beobachtet.«

Die Kommissarin spitzte nachdenklich die Lippen. »Es hätte aber jemand beobachten können, wie der Täter das Haus betrat oder, noch schlimmer, verließ. Dann wäre die Tat eindeutig dieser Person zuzuordnen gewesen und sie hätte schon ein sehr gutes Alibi vorweisen müssen, um den Verdacht von sich abzuwälzen.«

An einer Wand des Büros hing ein überdimensionaler Ortsplan von Greetsiel. Fenna stand auf und stellte sich vor die Karte. Sie nahm einen Stab und deutete mit der Spitze auf den Friedhof. »Mit wem trifft man sich am frühen Morgen an einem Ort, der doch etwas Unheimliches, im wahrsten Sinne des Wortes Mortales hat? Doch nur mit einer Person, zu der man ein gewisses Vertrauen hat. Die einem seriös und ungefährlich erscheint. Oder was meinst du dazu?«

Irgendwie hatte Fenna recht. Tammo hob die Hände. »Ich geb mich geschlagen. Aber wer kann das gewesen sein? Sie hatte doch kaum Freunde.«

Fenna zielte mit dem Stab auf Tammo. »Suse Perks beste Freunde waren laut dem Friedhofsdirektor die Feddersens.«

Tammo ließ sich gegen die Rückenlehne seines Stuhls fallen. »Das würde bedeuten, dass wir dem Mörder oder der Mörderin vorhin gegenübergestanden haben. Wir müssten uns dann nur noch die richtige Person aus dem Kreis herauspicken.«

»Mit Glück ist es so. Wobei ich in diesem Fall wirklich nicht von Mord sprechen möchte. Ich habe den Eindruck, dass es sich um Totschlag handelt.«

»Du wirst einem armen, unbedarften Kriminalhauptkommissar sicher noch erläutern, was dich zu dieser Annahme geführt hat.« Tammo grinste sein frechstes Grinsen und wartete interessiert auf die Antwort. Fenna war die einzige Frau in seinem Leben, die ihn belehren durfte, ohne dass er sich unterlegen fühlte.

»Zunächst einmal ...« Fenna unterbrach sich. Sie stand noch immer vor der Wand mit dem Ortsplan und schlug den Stab locker in die Handfläche. »Welche Waffe hat er benutzt?«

Tammo guckte verdutzt. »Gar keine.«

»Eben. Er hat die Tat nicht vorbereitet, er hat sich nicht bewaffnet. Wenn die Untersuchungen von Gerhild Linnenbrügger und die Arbeit von Jan Peters und seinen Leuten nichts Anderslautendes hervorbringen, ist Suse Perk an den Verletzungen gestorben, die sie sich beim Sturz auf die Kante des Grabsteins zugezogen hat. Der Täter hat sie also nicht erschlagen, sondern schlimmstenfalls den Sturz herbeigeführt, und selbst das hat er vermutlich nicht einmal mit Absicht getan.«

Tammo stand auf und setzte sich auf den Tisch. »Wenn ich die Geschichte mal weiterspinnen darf: Täter und Opfer haben sich getroffen, um etwas zu besprechen. Es ist zu einem Streit gekommen. Der Täter hat Suse Perk gegriffen, gerüttelt und umgestoßen. Sie ist unglücklich gefallen und das war's. Mit anderen Worten: Die Perk hat einfach unglaubliches Pech gehabt.«

Fenna nickte. »Dann stellt sich noch die Frage, ob sie sich selbst nach dem Sturz in die Haltung bringen konnte, in der wir sie vorgefunden haben, oder ob der Täter sie so hingesetzt hat.«

Tammo stellte sich neben Fenna, drehte sie mit dem Gesicht zu der Karte an der Wand und legte einen Arm um ihre Schultern. Mit dem Finger der anderen Hand fuhr er auf dem Plan den Weg entlang, der rechts vom Friedhof in eine Sackgasse mündete. An einem der Häuser stoppte er und tippte mit dem Finger darauf. »Wenn wir Glück haben, hat ein Bewohner dieses oder eines der beiden benachbarten Häuser die Tat gesehen.«

Fenna lächelte mitleidig zu Tammo empor. »Das wäre schön. Aber glaubst du ernsthaft, es gibt einen Augenzeugen, der sich nach der Tat noch mal eine Runde schlafen gelegt oder sich ein üppiges Frühstück genehmigt hat und jetzt darauf wartet, dass wir anklingeln und fragen, ob er die Tat beobachtet hat?«

Tammo setzte sich auf seinen Schreibtisch und stierte weiter auf die Karte. »Lass mir doch den Traum vom schnell gelösten Fall.«

»Ich mach dir gern ein bisschen Mut, denn möglicherweise können wir die Sache wirklich schnell aufklären.«

»Wie das? Erzähl!«

»Ich glaube, der Täter hat ein weiches Herz. Der wird nicht ewig mit der Tat leben können.« Fenna machte eine Kunstpause.

»Wie kommst du darauf?«

»Ich denke, wir können ausschließen, dass Suse Perk sich nach dem Sturz selbst so hingesetzt hat, wie sie vorgefunden wurde. Ich schätze, der Täter war maßlos erschrocken über das, was geschehen war. Er hat Suse Perks Tod womöglich vor sich selbst gar nicht wahrhaben wollen. Also hat er sie so positioniert, dass es aussieht, als müsste sie sich nur ein wenig erholen und würde gleich wieder aufstehen und weitergehen. Er wollte sich selbst die Illusion verschaffen, dass der Sturz harmlos war.«

»Dann hat er sich vom Acker gemacht. Und womöglich hat er vor lauter Schreck gar nicht wahrgenommen, dass man von einigen Häusern aus auf den Friedhof gucken kann und dass ihn rein theoretisch jemand hätte beobachten können.«

»So denke ich mir das auch.«

Tammo guckte hoffnungsvoll. »Dann müssen wir jetzt nur noch herausfinden, wer das weiche Herz hat.« Er stockte und griff sich ans Kinn.

Fenna setzte sich wieder an den Besprechungstisch und nahm noch einen Bissen Kuchen. »Was überlegst du gerade?«

Der Kommissar hob die Schultern. »Urte als Wiedergeburt der hartherzigen Internatsleiterin käme dann aber nicht infrage?«, frotzelte er.

»Wer weiß?« Fenna lehnte sich zurück und wippte mit dem Stuhl. »Auch sie kann im Grunde ihrer Seele ein herzensguter Mensch sein. Vielleicht kaschiert sie es nur allzu gut.«

Tammo legte zweifelnd die Stirn in Falten.

Plötzlich taxierte Fenna ihren Kollegen wie jemanden, den sie zum ersten Mal sah. »Sag mal, vom Alter her müsstest du doch mindestens eins der Feddersen-Kinder gut kennen. Die Jüngste, Leni, zum Beispiel. Sie ist nicht zufällig mit dir zusammen in einer Klasse gewesen?«

Tammo schüttelte den Kopf. »Nicht jeder Bewohner von Greetsiel, der Ende vierzig ist, hat mit mir die Schulbank gedrückt. Die Geschwister Feddersen waren allesamt auf einem Internat irgendwo am Bodensee.«

Fenna drückte die Spitzen ihrer Kuchengabel leicht gegen die Unterlippe. »Auf einem Internat waren sie?«

Tammo zwinkerte ihr zu. »Gibt es also möglicherweise doch einen Zusammenhang mit der mörderischen Internatsleiterin?«

5. Kapitel

Leni schob sich auf die Rückbank von Hannos Wagen und gab sich ihren Gefühlen hin: Trauer, Wut und Angst. Die Trauerfeier für ihren Vater war überstanden. Der Pastor hatte eine Rede gehalten, die schön geklungen, aber so glatt und einstudiert gewirkt hatte, als hätte er sie von einem Redenschreiber anfertigen lassen, der ihrem Vater nie im Leben begegnet war. Die Worte hätten genauso gut auf den Bürgermeister von New York City gepasst, auf den Leiter einer ehrbaren gemeinnützigen Organisation oder jeden anderen Würdenträger in Deutschland oder der Welt. Wenn das alles war, was von einem Leben übrig blieb – gedrechselte Worthülsen und ein Grabstein ...

Ein Grabstein, an dem Suse Perk ihr Leben gelassen hatte. Ausgerechnet an dem Tag, an dem Papa hatte beerdigt werden sollen!

Bei dem Gedanken an das, was heute in aller Frühe auf dem Friedhof geschehen war, wich die Wut über die Rede des Pastors wieder der Angst, die Leni die Luft genommen hatte, als die beiden Kripobeamten am Morgen die Nachricht von Suse Perks Tod überbrachten. Ein Glück, dass niemand nachgefragt hatte, warum ihr die Beine weggesackt waren!

Es war so ungeheuerlich: Urte hatte Ernst gemacht. Diese Frau setzte ihre perfiden Pläne einfach um, gnadenlos. Und sie selbst, Leni als die Jüngste und Schwächste von allen Geschwistern, konnte nichts dazu und steckte trotzdem ganz tief mit drin in der Sache. Sie hatte gehört, was Urte kürzlich angedroht hatte, und sie hatte nichts dagegen unternommen, dass der Plan Realität wurde.

Aber wie hätte sie es auch verhindern sollen?, fragte die Weinerliche in ihr.

Darauf antwortete die Entschlossenere: Du hättest zur Polizei gehen müssen.

Verrät man denn seine eigene Schwester?, fragte die Ängstliche in ihr.

Ja, antwortete die Vernünftige, wenn es darum geht, den Mord an einer Person zu verhindern, die im Grunde genommen nichts für die Streitigkeiten kann, die unter den Geschwistern herrschen, dann macht man das. Wenn man es unterlässt, ist man für die Konsequenzen mitverantwortlich.

Wie kam sie jetzt bloß aus der Sache heraus? Wenn die Kommissare Urte entlarven würden, was würde dann mit ihr selbst geschehen? Würden sie sie gleich mit verhaften?

Leni unterdrückte einen Schluchzer. Sie hatte geahnt, dass es so kommen würde. Wenn sie doch das Rad zurückdrehen könnte!

Warum hatte Hanno es nicht verhindert?

Urte war von Anfang an dagegen gewesen, als Hanno ihnen das Projekt erläutert hatte, das er gemeinsam mit Vater und der Museumsleiterin ins Auge gefasst hatte. Suse Perk sollte den Sammlungen der Eltern einen würdigen Rahmen in ihrem Museum geben. Die bislang vor der Öffentlichkeit verborgenen Schätze würden dadurch einem großen Kreis von Kunstfreunden zugänglich und das Lebenswerk der Eltern würde von unzähligen Menschen gebührend bewundert werden. Darüber hinaus bliebe die Bedeutung des Namens Feddersen in der Kunstwelt weit über den Tod von Max und Martha Feddersen hinaus bewahrt. Hanno war begeistert gewesen. Als Nachfolger seines Vaters und Kurator der Familiensammlung legte er großen Wert auf das, was Suse ihm in Aussicht stellte.

Als er seinen Vortrag beendet hatte, hatte Urte mit der flachen Hand so heftig auf den Tisch geschlagen, dass die Teetassen tanzten, und lauthals protestiert. ›Nur über meine Leiche!‹

Hanno hatte sie amüsiert angesehen. ›Du willst dich also durch Freitod der Verantwortung für die Wahrung des Erbes entziehen?‹, hatte er in ironischem Ton gefragt. ›Fein, dann sind wir nur noch drei. Dorit dürfte auf meiner Seite stehen.‹ Sie alle wussten genau, wie stolz und eitel die mittlere Schwester und ihr Mann waren. Beide träumten davon, in Zukunft zu Beginn jeder neuen Ausstellung in Suse Perks Museum von der Presse als Nachfahren des berühmten Ehepaars Feddersen gefeiert zu werden.

Zum Schluss hatte Hanno Leni angesehen. ›Und du, kleine Schwester ...‹ Er hatte sich die Hände gerieben. Das war alles gewesen. Wer nahm sie schon ernst?

Urte hatte die Mundwinkel schnippisch nach unten gezogen. ›Ich korrigiere meine Aussage. Auf meine Leiche werdet ihr verzichten müssen. Aber *eine* Leiche wird es geben. Macht euch darauf gefasst.‹ Entschlossen war sie aufgestanden. ›Komm, Leni‹, hatte sie gesagt und war gegangen.

Und nun hatten sie die Leiche.

Leni gefror das Blut in den Adern, wenn sie daran dachte, wie ruhig und emotionslos Urte heute Morgen in aller Frühe, als sie selbst noch bei Tee und Brötchen in der Küche saß, das Haus verlassen hatte. Die Trauerkleidung schon angelegt, hatte sie ihr erklärt, sie müsse noch kurz zu einem Kunden, würde aber rechtzeitig zurück sein, um mit Leni zum Elternhaus zu fahren, in dem sich die Geschwister vor Beginn der Trauerfeier treffen wollten.

Ein toller Kundentermin war das gewesen! Ein Treffen mit Suse Perk auf dem Friedhof. Ob Urte auch mit ihr so verfahren würde, wenn sie mal nicht so wollte wie die Tonangeberin unter den Geschwistern? Würde Urte auch sie mit einem Schlag ins Jenseits befördern? Es wurde wirklich höchste Zeit, dass sie über ihre Zukunft nachdachte und darüber, wie sie von Urte unabhängig werden und sich dann unauffällig aus dem Staub machen könnte.

Die Kommissare hatten nichts darüber gesagt, wie die Museumsleiterin ums Leben gekommen war. Auf der Trauerfeier hatten einige hinter vorgehaltener Hand gemunkelt, sie wäre wohl erschossen worden. Andere meinten, man habe sie erdolcht, und wieder andere behaupteten, sie wäre mit einem Stein erschlagen worden.

Urte war alles zuzutrauen. Wenn es um Geld ging, war diese Frau zu vielem fähig und die Kunst war ihr piepegal. ›Was könnte man sich Nützliches dafür kaufen!‹, hatte sie immer gesagt, wenn Mutter wieder ein sündhaft teures, handbemaltes Teeservice erstanden hatte, das in einer Vitrine verschwand und niemals benutzt werden durfte, weil es nicht zum Gebrauch bestimmt war, sondern dazu, bewundert zu werden.

Leni, die auf der Rückbank des Wagens in sich zusammengesunken war, schreckte auf. Hanno hupte einen Radfahrer an, der über die Straße radelte, statt den parallel dazu verlaufenden Radweg zu nehmen. Das markdurchdringende Geräusch riss die jüngste Feddersen aus ihren schweren Gedanken.

Einen Moment später traf ein Ellenbogen Leni in die Seite. Urte! Sie hatte nicht auf dem Beifahrersitz Platz nehmen können, weil Agathe behauptete, ihr Knie schmerze vom vielen Stehen im Salon und damit könne sie nur vorne sitzen. Die große Schwester hatte sich mit dem Rücksitz begnügen müssen. Nun warf sie Leni einen ungehaltenen Blick zu. »Mach jetzt nicht so ein Gesicht. Was sollen die Leute von dir denken? Flennen kannst du, wenn wir zu Hause sind.«

Bisher hatte Leni ihre Tränen zurückhalten können. Damit war es jetzt vorbei. Sie drehte sich demonstrativ zum Fenster und weinte still in sich hinein. Welcher Fußgänger sollte sie denn sehen? Die Scheiben von Hannos Wagen waren abgedunkelt. Und selbst wenn das nicht der Fall wäre: Wer von all denen da draußen würde sie beachten?

Leni begann, zu träumen. Eine Wohnung, in der sie die Tür hinter sich schließen und sicher sein konnte, dass Urte nicht ständig hinter ihr herdackelte. Ein bisschen eigenes Geld, von dem sie sich Kleidung kaufen konnte, ohne dass Urte schimpfte: ›Bezahle ich dich von meinem hart erarbeiteten Geld dafür, dass du es für solche Klamotten ausgibst?! Wenn es wenigstens was Schickes wäre!‹

Leni seufzte. Aus ihrer desolaten Situation heraus betrachtet war Urtes Wunsch, die Sammlung der Eltern zu verkaufen und den Erlös unter den Geschwistern aufzuteilen, gar nicht mal so schlecht. Wenn Hanno sich dazu überreden ließe oder wenn Urte darauf bestand, sich selbst und Leni auszahlen zu lassen, würde sie endlich über eigenes Geld verfügen. Das Gehalt, das ihre Schwester ihr zahlte, war und blieb doch Urtes Geld. Es war ein Almosen, das ihr so zugestanden wurde, wie man einem alten, nutzlos gewordenen Ackergaul auf einem Bauernhof das Gnadenbrot gewährte.

Wie würde es jetzt weitergehen? Ob sie sich jemals aus Urtes Dunstkreis würde lösen können? Was gäbe sie darum, endlich unabhängig und frei zu sein!

Ihre Freundin Lovise hatte es richtig gemacht. Sie hatten gemeinsam die Ausbildung zur Reiseverkehrskauffrau absolviert. Dabei hatten sie sich angefreundet und schnell festgestellt, dass sie ein ähnliches Schicksal hatten. Lovise stand unter dem Pantoffel ihres Vaters wie Leni unter dem von Urte. Doch anders als sie selbst hatte Lovise blitzschnell gehandelt, als sich die erstbeste Gelegenheit ergab, ihrem familiären Gefängnis zu entfliehen: Auf einer Reise nach Brighton, auf die ihre Chefin sie geschickt hatte, um sich einige Hotels in der englischen Küstenstadt anzusehen, hatte sie sich in den Inhaber eines der dortigen Reisebüros verliebt. Kennengelernt hatten sie sich im Restaurant des Hotels, in dem Lovise übernachtete. Nach nur einer Woche war klar, dass sie zusammenbleiben würden. Lovise war schneller verheiratet, als sie ihren Namen buchstabieren konnte. Und das Unfassbare war: Sie war glücklich. Heute noch, wie Leni den gelegentlichen Mails, die Lovise ihr sandte, entnehmen konnte.

Warum konnte ihr so etwas nicht passieren?

Leni tupfte sich die Augen mit einem Papiertaschentuch trocken, vorsichtig, um die Wimperntusche nicht zu verschmieren.

Hanno lenkte den Wagen an den Straßenrand vor dem Elternhaus und stellte den Motor ab. Sie würden noch eine Weile im Esszimmer zusammensitzen, Gertrude würde einen kleinen Imbiss zubereiten. Später würden die Kommissare noch einmal zu ihnen kommen.

Wie der Tag wohl enden würde?

Bevor Leni ausstieg, versuchte sie, an Urtes Miene zu erkennen, was in ihr vorging. Doch das Gesicht ihrer Schwester verriet nichts. Wie immer.

***

Hanno schloss die Tür auf, stob in den Flur und stürzte ins Wohnzimmer. Agathe heftete sich an seine Fersen, Hannos Schwestern und Robert folgten.

»Gertrude, Sie kümmern sich?«, rief Hanno der Haushälterin gebieterisch über die Schulter hinweg zu.

Die Luft roch abgestanden. Obwohl er selbst hier wohnte, schien es Hanno so, als wäre mit Vaters Tod das Leben in diesem Haus erloschen. Er öffnete die Terrassentür und trat hinaus in den Garten. Mitten auf dem Rasen blieb er stehen, breitete die Arme aus, legte den Kopf in den Nacken und atmete durch.

Richtig frei fühlte er sich nicht. Solange sie Vater noch nicht unter die Erde gebracht hatten, stand er im Schatten des verstorbenen Familienvorstands. Zu seiner großen Erleichterung hatte sich gleich nach der Trauerfeier im Gespräch mit dem Pfarrer und dem Bestatter ein neuer Termin für die Beisetzung finden lassen. Nächste Woche Mittwoch sollte es so weit sein. Wenn der Sarg in der Gruft lag und Erde darübergeschaufelt war, würde für ihn ein neues Kapitel in der Familiengeschichte beginnen. Dann endlich war er der Chef und dann würde er alles daransetzen, dass der Wunsch seiner Eltern in die Tat umgesetzt wurde.

Wenn nur alle Schwestern mitziehen würden! Eine würde er zur Not noch auszahlen können, aber zwei? Er durfte nicht zulassen, dass ein Teil der Sammlung verkauft werden musste.

Siedend heiß fiel ihm wieder ein, was er während der Trauerfeier verdrängt hatte: Das Museum von Suse Perk war plötzlich verwaist.

Ob er selbst das Haus übernehmen könnte? Das fachliche Wissen dafür hatte er. Er war lang genug Sohn seiner Eltern und Vertrauter der Museumsinhaberin gewesen. Doch anders als Suse konnte er nicht Tag für Tag von morgens bis abends in dem Museum verbringen. Es gab viele andere Dinge, um die er sich kümmern musste. Der Verlag, das Magazin ...

Stimmengewirr und das Klappern von Geschirr drangen aus dem Wohnzimmer nach außen. Hanno wandte sich um. Durch die offen stehende Terrassentür beobachtete er, wie Gertrude und Leni den Tisch deckten. Urte stand mit Dorit und Robert in einer Ecke am Fenster und unterhielt sich lebhaft gestikulierend mit ihnen.

Die Wasserspülung des Gästeklos an der Seite des Hauses rauschte. Kurz darauf erschien auch Agathe auf der Bildfläche. Sie stand unschlüssig neben dem Esstisch, bot ihre Hilfe an, wurde aber von Gertrude abgewiesen.

Beleidigt wandte die Cousine sich ab, stolzierte an Urte vorbei, die sie nicht ausstehen konnte, und stellte sich in die Terrassentür.

Hanno lächelte sie an.

Sie schien das als Aufforderung zu verstehen, ihm Gesellschaft zu leisten. Zielstrebig lief sie auf ihn zu, hakte sich bei ihm unter und zog ihn tiefer in den Garten hinein. »Sag mal, was wird eigentlich aus dem Porzellan?«

Zorn stieg in Hanno auf. Er zog seinen Arm von ihr weg und blieb stehen. »Ist das alles, was dich interessiert? Robbst du dich deshalb an mich heran?«

»Ach komm, nun reg dich nicht künstlich auf.« Erneut griff sie nach seinem Arm und führte Hanno zu der Bank, die am Ende des Gartens unter einer Pergola stand. Den Blick auf sein Gesicht gerichtet, setzte sie sich hin und zog ihn zu sich hinab. Nachdenklich legte sie einen Finger an die Nasenspitze. »Die Gemälde deines Vaters interessieren mich, wenn ich ehrlich sein soll, herzlich wenig.«

»Na, da kann ich ja von Glück reden.« Hanno kniff die Lippen zusammen und lockerte seine Krawatte. Er vermied es, Agathe anzusehen.

»Aber die Porzellansammlung deiner Mutter ...«

»Die steht nicht zur Disposition.« Hanno musste sich zusammenreißen, um nicht fauchend wie ein Löwe auf seine Cousine loszugehen. »Es wird keinen Ausverkauf unseres Erbes geben. Aber was geht dich das überhaupt an?«

Agathe warf den Kopf zurück und lachte. »Ich weiß, dass du der Ansicht bist, das Porzellan gehört euch. Aber mir ist auch bekannt, dass die Sammlung nicht von deiner Mutter allein zusammengetragen wurde.«

Überrascht wandte Hanno sich seiner Cousine zu. »Wer sagt das?«

»Ich sage das. Meine Mutter hat es mir selbst erzählt. Die hat nämlich als junge Frau das gleiche Faible für handbemaltes Porzellan gehabt wie eure Mutter. Die beiden haben ungefähr zur gleichen Zeit angefangen, Einzelstücke oder Serien zu sammeln, und sie waren damals schon Konkurrentinnen. Du erinnerst dich sicher daran, dass die beiden sich am liebsten aus dem Weg gingen. Wenn sie sich aber auf Auktionen trafen, haben sie sich verbissen gegenseitig überboten. Deine Mutter hatte meist das Glück, das dickere Portemonnaie in der Tasche zu haben. Aber meine Mutter hat auch das ein oder andere wertvolle Stück erstanden.«

»Und was hat das mit unserer Sammlung zu tun?«

»Mein Vater hat sich nie für das Porzellan interessiert. Als meine Mutter so früh starb, hat Martha es ihm kurzerhand abgeschnackt. Sie hat behauptet, als meine Mutter unheilbar krank wurde, hätte sie es ihr für den Fall ihres Todes zugesprochen. Ich wette, das war gelogen. Ob ich selbst Interesse an dem Porzellan hätte und ob ich es als Erinnerung an meine Mutter behalten wollte, danach hat niemand gefragt. Mein Vater war einfach nur froh, das Zeug, wie er es nannte, aus dem Haus zu bekommen. Er hatte immer Angst, dass er versehentlich etwas davon zerdeppern und meine Mutter ihm noch im Tod die Hölle deswegen heiß machen würde.«

Hanno wurde mulmig zumute. Für das, was Agathe behauptete, gab es keine Beweise. Aber er ahnte, dass sie recht hatte. Er erinnerte sich, wie seine Mutter eines Tages, kurz nach dem Tod seiner Tante, von Agathes Elternhaus zurückkam und Kisten voller Porzellan mitbrachte.

Trotzdem – er war nicht bereit, sich auf Agathes Argumentation einzulassen. Nach so vielen Jahren war die Sammlung von Agathes Mutter in den Besitz der Feddersens übergegangen, egal, ob das im Sinn seiner Tante lag oder nicht.

Er lehnte sich auf der Gartenbank zurück, streckte die Beine von sich und verschränkte die Arme. »Einmal geschenkt bleibt geschenkt. Du hast kein Recht, die Geschenke deines Vaters an meine Mutter nach so vielen Jahren zurückzufordern.«

Agathe suchte in ihrer Handtasche nach einem Spiegel und einem Lippenstift. Aufreizend langsam zog sie sich ihre vollen Lippen mit dem blutroten Stift nach, schraubte ihn zu und steckte ihn wieder in die Handtasche zurück. »Bist du dir eigentlich sicher, dass die Sammlung das ist, was du glaubst?«

Jetzt wurde es Hanno wirklich zu bunt. »Was glaubst du denn, was das ist? Eine Spielzeugsammlung vielleicht?«

Seine Cousine setzte ein geheimnisvolles Lächeln auf.

Was sollte das Theater? Hanno wandte sich brüsk von ihr ab.

Agathe lehnte sich zu ihm hinüber, als wollte sie in ihn hineinkriechen. Er spürte ihren feuchten Atem an seinem Ohr. »Schon mal darüber nachgedacht, dass Fälschungen darunter sein könnten?«

Hannos Herz blubberte. Hatte Suse etwa mit Agathe über Mutters Porzellansammlung gesprochen? Hatten sie über Dinge geredet, die nur Max und Hanno Feddersen etwas angingen?

Hanno schüttelte die unliebsame Verwandte ab und rutschte auf der Bank ein Stück von ihr weg. Am liebsten wäre er aufgesprungen und hätte sie des Grundstücks verwiesen. Das Einzige, was ihn davon abhielt, war die Befürchtung, sie würde aus Rache oder verletzter Eitelkeit irgendwelche dummen Gerüchte in die Welt setzen. Er wusste, dass sie dazu fähig war. Agathe konnte ein lieber, netter Mensch sein. Aber manchmal war sie ein zänkisches, billiges Stück Dreck.

Agathe begann, unangenehm und, was den Ruf der Familie Feddersen betraf, sogar gefährlich zu werden. Wenn ein Gerücht einmal in Umlauf gebracht war, ein falsches Wort zur falschen Person in ihrem Friseursalon, dann würde das Gerede nicht mehr aufzuhalten sein.

Hanno geriet ins Schwitzen. Er legte sein Jackett ab, löste den Knoten der schwarzen Krawatte und riss sie sich vom Hals. Er wollte Agathe warnen, wollte ihr klarmachen, wer der Mächtigere von ihnen beiden war.

Doch sie stand auf und lächelte auf ihn hinab. »Du weißt, wie du mich erreichen kannst, wenn du bereit bist, mir meinen Teil der Sammlung zu übergeben. Ich habe Fotos von dem, was deine Mutter von meinem Vater übernommen hat. *Diese* Stücke sind echt, glaube mir. Und wenn du noch ein Sümmchen obendrauf legst, verspreche ich dir, für alle Zeit gegenüber der Öffentlichkeit über das zu schweigen, was ich über eure Sammlung weiß.« Beschwingt wandte sie sich um und ging auf das Haus zu.

Hanno blieb kraftlos auf der Bank zurück.

Gertrude erschien in der Terrassentür. »Ich habe eine Kleinigkeit zubereitet. Wenn Sie mögen, es ist serviert.«

Kurz vor der Terrassentür blieb Agathe stehen und drehte sich nochmals zu Hanno um. Lauthals fragte sie ihn: »Hast du keinen Hunger?«

Der Appetit war ihm tatsächlich vergangen. Wie in Zeitlupe erhob er sich, zog sein Jackett über, band die Krawatte wieder um und trottete über den Rasen.

Urte empfing ihn an der Terrassentür. »Du machst ja ein Gesicht!«

»Ich denke an Vater. Immerhin haben wir die Beerdigung noch vor uns, wenn ich dich daran erinnern darf.«

Robert, ganz Gentleman, zog einen Stuhl vom Tisch und bedeutete Doris mit einer Geste, dass sie sich setzen möge. Sie trippelte auf ihren hochhackigen Schuhen aus feinstem Leder heran, strich ihren Rock glatt und setzte sich. Robert nahm neben ihr Platz und drückte ihre Hand im stummen Einverständnis. Geräuschvoll holte er Luft und wandte sich an Hanno. »Deine Pläne, die Sammlungen der Familie an das Museum von Suse Perk zu geben, sind nun wohl hinfällig.«

Hanno bemühte sich vergeblich, den Sarkasmus zu zügeln, der schlagartig in ihm aufkam. »Entschuldige bitte, Robert, aber darüber habe ich noch nicht nachgedacht. Ich komme nämlich gerade von einer Trauerfeierlichkeit, musst du wissen.«

Robert beugte den Kopf nach vorn, massierte sich mit zwei Fingern die Stirn und gab vor, nachzudenken. Schließlich schob er energisch das Kinn vor. »Ich denke, du brauchst dir über das Thema keine weiteren Gedanken zu machen. Dorit und ich ...« Er tätschelte Dorits Hand. »Wir beide haben schon vor einiger Zeit mit einer guten Freundin über die Angelegenheit gesprochen. Wiebke ist eine Kollegin von mir, ebenfalls sehr kunstverständig. Wir könnten gemeinsam eine Lösung finden, die für alle Beteiligten ... Um es kurz zu machen: Wir spielen mit dem Gedanken, selbst ein Museum zu gründen, das dem von Suse Perk in nichts nachstehen würde und das wir mittel- bis langfristig zu einem kulturellen Highlight für Freunde ostfriesischer Kunst ausbauen würden.«

Hanno stöhnte innerlich auf. Reichte es nicht schon, dass Urte und damit auch Leni die Sammlung verscherbeln wollten und dass Agathe jetzt einen Teil des Porzellans einforderte, der angeblich ihr zustand? Mussten Dorit und Robert nun auch noch mit eigenen Museumsplänen in Konkurrenz zu ihm treten?

Urte unterbrach seine verzweifelten Gedanken. »Einspruch! Ich bleibe dabei, dass wir die Sachen meistbietend verscherbeln. Ich jedenfalls lege keinen gesteigerten Wert darauf, ein Familie-Feddersen-Museum zu gründen, oder wie auch immer ihr das Haus nennen wollt. Ich will einfach nur meine Kohle und dann meine Ruhe haben. Ich bin sicher, Leni sieht das genauso. Nicht wahr?«

Ihre eindringlichen Blicke trafen Leni unvorbereitet. Die kleine Schwester zuckte zusammen. »Also ich ... ich ... Geld wäre natürlich nicht schlecht.« Leni blickte hilflos um sich.

Urte strahlte und reckte eine Faust verhalten in die Höhe. »Na, seht ihr! Damit sind wir schon zwei. Und du, Agathe, wie stehst du dazu?«

Agathe riss die Augen auf und hörte auf, zu kauen. Ihr Gesicht verdüsterte sich, während sie die Gabel auf den Teller legte. »Bevor ihr so großartige Pläne macht, wie ihr eure Familienschätze zu Geld machen oder in schickem Rahmen der Weltöffentlichkeit präsentieren könnt, solltet ihr mal einen Gutachter draufgucken lassen. Ich meine speziell das Porzellan. Bekanntlich ist nicht alles Gold, was glänzt.«

Unter den sezierenden Blicken der Geschwister Feddersen und der Gesellschafterin Gertrude Hagenkötter tupfte Agathe sich den Mund mit der Serviette ab. Mit völlig unbeteiligter Miene faltete sie das schneeweiße Tuch, an dem nun dunkelrote Lippenstiftspuren hafteten, zusammen und legte es neben den Teller. Dann schob sie seelenruhig ihren Stuhl zurück und erhob sich. Ohne irgendjemanden anzusehen, schwang sie ihre Handtasche, die über der Rückenlehne gehangen hatte, über die Schulter. »Danke für die Einladung zum Essen. Aber eigentlich hab ich gar keinen Hunger. Ich denke, ich sollte jetzt mal nach Hause fahren. Es wird mir sonst zu spät. Wir sehen uns nächste

Woche bei der Beerdigung von Onkel Max.« Mit hoch erhobenem Kopf stakste sie am Tisch vorbei, schritt durch die Diele und ließ die Tür ins Schloss fallen.

Die Blicke der Zurückgebliebenen konzentrierten sich auf Hanno. Der tat, als bemerkte er das nicht, und widmete sich wieder den köstlichen Happen, die auf seinem Teller lagen. Gertrude war eine wahrhaft göttliche Köchin.

Das markdurchdringende Geräusch des Kavalierstarts, den Agathe hinlegte, zerriss die Stille. Hanno bemühte sich darum, sich seine Missbilligung nicht anmerken zu lassen. Die Cousine war es einfach nicht wert, dass man ein Wort über ihr Benehmen verlor.

Dorit war die Erste, die die Frage äußerte, die wohl allen auf der Zunge lag. »Was war denn das jetzt für ein Auftritt? Und was meinte Agathe überhaupt?«

Hanno legte das Besteck auf den Teller und stützte die Ellenbogen auf. Über die zusammengefalteten Hände hinweg guckte er seine mittlere Schwester an. »Später, Dorit, später. Das ist kein Thema für heute Abend. Wenn es denn überhaupt eines ist.« Er nahm das Besteck wieder auf.

***

Agathe war es leid. Wut und Frust kochten in ihr hoch. Die Geschwister Feddersen waren genauso machtbewusst wie Onkel Max und Tante Martha. Was glaubten sie denn, welchen Wert ihre Sammlungen für die Nachwelt hatten, dass sie solch ein Theater um deren Erhalt machten?!

Ihr Vater konnte ihr nicht mehr helfen. Er lebte in einem Heim und erkannte seine eigene Tochter nicht mehr. Manchmal hielt er sie für ihre Mutter. Dann tat sie so, als wäre sie Ines Clemens. Aber schon bei ihrem nächsten Besuch konnte es passieren, dass er Agathe für seine eigene Mutter hielt.

Sinnlos, ihn nach dem Porzellan zu fragen. Er war ein hilfloser, alter Mann, der in einer anderen Welt lebte. Wenn er vor der Porzellansammlung von Martha Feddersen stehen würde, die jetzt in den Besitz von Hanno, Urte, Dorit und Leni überging, würde er kaum noch wissen, welche der Stücke seiner Frau gehört hatten. Und selbst wenn er sie erkennen würde, welchen Glauben würden Rechtsanwälte und Richter seinen Erinnerungen schenken?

Sie musste selbst einen Weg finden, zu ihrem Recht zu kommen. Heute verfluchte sie, dass sie sich all die Jahre nie darum gekümmert hatte. Sie war noch ein Teenager gewesen, als ihre Mutter starb. Der

Vater war nach dem Tod seiner Frau in Depressionen versunken. Kein Wunder: Ines hatte mehr Lebenszeit mit dem Zusammentragen und Bestaunen der Porzellanmalereien von Voskea Smid verbracht als mit ihrem eigenen Ehemann. Nun war sie verstorben, aber ihr Porzellan stand in den Schränken, als wäre nichts passiert.

Mutter hatte noch nicht ganz unter der Erde gelegen, da wickelte Vater die Stücke in Unmengen von Seidenpapier, verstaute sie in zwei großen Kisten und übergab sie Martha Feddersen.

Unter den Stücken, die ihrer Mutter gehört hatten, waren mindestens ein Dutzend Teetassen und Becher, die Voskea Smid bemalt hatte. Seit deren Tod vor mehr als fünfzehn Jahren war ihr Wert unter Sammlern nochmals deutlich gestiegen. Es gab in ganz Deutschland keine Malerin, die Blumenmotive und Dekore so liebevoll auf das Porzellan gezaubert hatte wie sie.

Auch ohne die Fotos, die sie gemacht hatte, konnte Agathe heute noch genau sagen, welche der Stücke, die in verschiedenen Zimmern des Hauses Feddersen in Vitrinen standen, ihrer Mutter gehört hatten. Und immer war ihr klar gewesen, dass es nur eine Frage der Zeit sein würde, bis Hanno und seine Schwestern ihr das rechtmäßige Erbe zurückgeben würden. Und nun? Es war überhaupt nicht die Rede davon. Aber sie würde sich zurückholen, was ihr zustand.

Sie fuhr auf ihr Grundstück, das in der Nähe des Leuchtturms von Pilsum lag. In der Vorfreude auf ein Glas französischen Rotweins, mit dem sie sich heute Abend Mut für ihr Vorhaben antrinken wollte, schloss sie die Eingangstür ihres Hauses auf, das von innen geräumiger wirkte, als sich von außen erahnen ließ.

Im Erdgeschoss hatte sie ihren Friseursalon eingerichtet. An dessen Ende, hinter einer kunstvoll dekorierten Trennwand verborgen, ging es hinauf in ihre privaten Räumlichkeiten.

Der erste Stock bestand aus einem studioähnlichen Wohnzimmer, einem komfortabel ausgestatteten Bad und einer offenen Küche. Agathe öffnete den Vorratsschrank und deckte sich mit Knabbereien ein. Aus dem Weinregal griff sie sich eine Flasche Rebensaft von der Sorte, die sie sich genehmigte, wenn es einen besonderen Anlass gab.

Über die hölzerne Freitreppe mit dem weiß gestrichenen, kunstvoll geschnitzten Geländer stieg sie in den zweiten Stock. Hier oben, unter dem Schrägdach, hatte sie sich ihr Nest eingerichtet: ein Schlafzimmer, an dessen Westseite eine Tür auf eine Loggia führte. Von dort aus genoss sie einen weiten Blick über das Land und die See und wenn sie an Sommerabenden hier saß, meinte sie oft sogar, das Meer rauschen zu hören.

Ein nie gekanntes Glücksgefühl stieg in ihr auf. Die Familie Feddersen, allen voran Hanno, würde ein kleines Vermögen dafür zahlen, dass ihr Name in der Kunstwelt nicht lächerlich gemacht würde. Zum ersten Mal in ihrem Leben war Agathe mächtiger als alle noch lebenden Familienangehörigen zusammengenommen. Diesmal war sie nicht die unbedeutende kleine Cousine, die notgedrungen dazugehörte. Diesmal mussten die Feddersens nach ihrer Pfeife tanzen.

Berauscht von dieser Aussicht entkorkte sie die Flasche. Übermütig gluckste der Wein ins Glas. Wein, so rot wie Blut. Genüsslich trank sie einen Schluck, lehnte den Kopf zurück und schloss die Augen.

Plötzlich überkam sie ein ungutes Gefühl. Von ganz tief unten aus dem Sumpf der Erinnerungen arbeiteten sich die Worte ihres Vaters an die Oberfläche. Worte aus einer Zeit, als er noch klar denken konnte:

›Nimm dich in Acht, mein Kind! Wenn es um ihre Ehre geht, kennen die Feddersens kein Pardon.‹

Ein Frösteln durchzog Agathes Körper.

6. Kapitel

Tammo und Fenna machten sich auf den Weg zum Museum von Suse Perk. Vor der Einfahrt zu dem Institut war ein Schild mit dem Hinweis angebracht, dass das Haus bis auf unbestimmte Zeit geschlossen bleiben würde. Unter den Urlaubern hatte es sich offenbar herumgesprochen, dass es sich derzeit nicht lohnte, einen Ausflug zu der Einrichtung zu machen. Nur gelegentlich verirrten sich Neugierige hierher, die in gebührendem Abstand von einem Fuß auf den anderen traten und die Spurensicherer angafften, die in ihren weißen Overalls über das Gelände liefen.

Jan Peters und seine Kollegen waren direkt vom Friedhof hierher gefahren und hatten im Haus und auf dem Grundstück jeden Winkel abgesucht. »Es sieht alles völlig normal und geordnet aus. Keine durchwühlten Schubladen, keine herausgerissenen Ordner, keine umgeworfenen Stühle. Auch der Computer steht unterm Schreibtisch wie ein frommes Lamm auf der Weide. Mit anderen Worten: Meine Leute und ich überlassen euch das Feld.«

Tammo ließ sich den Hausschlüssel von dem Kollegen aushändigen. »Türen oder Fenster sind auch nicht aufgebrochen worden?«

Jan schüttelte den Kopf. »Alles heil.«

»Dann können wir ausschließen, dass sie vor einem Einbrecher davongelaufen und auf der Flucht getötet worden ist.«

Jan nickte. »Nach unseren Erkenntnissen hat sie das Gebäude aus freien Stücken verlassen. Die Haustür war abgeschlossen, den Schlüssel hat sie zweimal umgedreht.«

»Dann ist sie entweder zu so früher Stunde spazieren gegangen«, sagte Tammo zu Fenna, »und ihrem Schicksal ausgerechnet am Grabstein der Feddersens über den Weg gelaufen oder sie hat eine Verabredung auf dem Friedhof gehabt. Sie wird doch einen Terminkalender gehabt haben. Den sollten wir gleich suchen.«

Jan schlug ihm auf die Schulter. »Ich will euch nicht die Hoffnung nehmen, aber es wäre zu schön, um wahr zu sein, wenn ihr darin eine heiße Spur finden würdet.«

Fenna runzelte die Stirn. »Erinnert ihr euch: Suse Perk hatte überhaupt kein Handy in ihrer Handtasche. Ist das nicht ungewöhnlich? Das steckt man doch heutzutage ganz automatisch ein, wenn man außer Haus geht, erst recht, wenn man eine Verabredung mit jemandem hat.«

»Das Handy liegt hier.« Jan Peters ging zu einer Kommode in der Diele. »Vielleicht hat sie es nur vergessen.«

Die Ermittler gingen auf den Schrank zu und betrachteten das Mobiltelefon so skeptisch, als hätten sie die Befürchtung, dass es jeden

Moment zubeißen könnte. »Wir sollten das Telefonprotokoll anfordern«, sagte Tammo. »Beide Protokolle, das vom Festnetz und das vom Mobilfunk. Ich möchte wissen, mit wem sie ihre letzten Telefonate geführt hat.« Er zog sich Latexhandschuhe über und steckte das Smartphone in eine Asservatentüte. Fenna öffnete ihre Umhängetasche, damit er es darin unterbringen konnte.

Jan verabschiedete sich von den Ermittlern. »Wir hören voneinander, sobald der Bericht fertig ist.«

Die Kommissare gingen andächtig von Raum zu Raum und bestaunten die Exponate.

Fenna berührte mit spitzen, ebenfalls behandschuhten Fingern eine Teekanne, die zusammen mit Tassen des gleichen Dekors auf einem rustikalen Holztisch stand. »Auch wenn ich Ostfriesin bin, in diesem Haus komme ich mir vor wie in einer anderen Welt.«

»Oder wie in einer anderen Zeit.« Tammo schob vorsichtig ihre Hand von dem Porzellan weg und drohte scherzhaft mit dem Finger. »Aber berühren darf man das trotzdem nicht. Steht extra dran, guck dir das Schild da vorne an.« Er deutete mit dem Kopf auf einen Hinweis an der Wand.

Fenna zuckte mit den Schultern. »An solche Verbote hab ich mich schon als Kind nicht gehalten. Ich muss die Dinge anfassen. Ich will wissen, wie sich das, was ich sehe, anfühlt.«

Die Ermittler gingen zur Wohnung von Suse Perk hinüber, die in einem Anbau lag, und sahen sie sich mit Argusaugen an. Doch auch dort fanden sie nichts, was sie in ihren Ermittlungen weiterbringen konnte.

»Das macht schon einen sehr speziellen Eindruck«, sagte Tammo, als sie wieder ins Museum zurückkehrten. »Ich kann mir gut vorstellen, dass so ein Haus einen hohen Zulauf hat. Wo sonst findet man so viel ostfriesische Kunst unter einem Dach?«

Fenna dachte praktisch. »Schön wäre allerdings, wenn es hier auch ein Café geben würde, in dem man sich eine ordentliche Ostfriesenmischung und typisches Gebäck der Region schmecken lassen könnte.«

Tammo legte ihr einen Arm um die Taille und drückte sie an sich. »Willst du damit andeuten, dass du Hunger hast?«

Die Kommissarin knuffte ihn in den Magen. »Wie gut du mich inzwischen kennst! Aber vergiss nicht, bevor wir ans Abendessen denken können, müssen wir bei den Feddersens vorbeigucken.«

Tammo dachte nach. »Was hältst du davon, wenn wir denen nur einen Blitzbesuch abstatten und uns von allen die Telefonnummern geben lassen? Nach dem heutigen Tag bekommen wir aus denen sowieso nichts Brauchbares mehr heraus.«

»Hast mal wieder recht. Vermutlich wäre es auch geschickter, mit den Gesprächen zu warten, bis wir den Obduktionsbericht von Gerhild Linnenbrügger, die Ergebnisse der Spurensicherung und die Telefonprotokolle haben.«

Die Ermittler schlossen die Tür zum Museum ab und setzten sich ins Auto.

»Eigentlich reicht auch ein Telefonat mit Hanno Feddersen«, überlegte Fenna laut. »Er kann uns sicher die Kontaktdaten seiner Angehörigen nennen.«

Während Tammo den Wagen in Richtung der Greetsieler Wache steuerte, telefonierte Fenna mit Hanno.

Er teilte ihr mit, dass er und seine Geschwister gerade zu Tisch säßen und dankbar wären, wenn sie heute nicht mehr gestört würden. Bereitwillig gab er ihr die Telefonnummern seiner Schwestern und der Cousine und dachte über einen Termin nach, an dem er den Kommissaren für erste Fragen zum Umfeld von Suse Perk zur Verfügung stehen könnte. »Am Montagmorgen zwischen zehn und elf, da hätte ich eine Lücke, die ich für Sie reservieren könnte. Sofern Sie sich etwas von dem wenigen versprechen, das ich Ihnen über Suse Perk erzählen kann, empfange ich Sie gern in meinem Elternhaus.«

Fenna bedankte sich und steckte das Mobiltelefon weg. »Ein ziemlich hochgestochener Kerl, aber zum Glück auch ein geschmeidiger Typ. Das macht ihn halbwegs umgänglich.«

Tammo schaltete den Motor aus. »Kunstgeschniegelt eben. So einer verliert nie die Contenance, auch nicht an solch einem Tag.«

***

Nach Dienstschluss genehmigten die Ermittler sich ihre Fischpfanne für zwei Personen in Jonne Kruskopps Hafenrestaurant. Bei einem Deichspaziergang genossen sie anschließend die laue Spätsommerluft. Dann schlenderten sie Arm in Arm heimwärts.

Alles an Onkel Frido wirkte traurig, als sie das Haus betraten – sein Blick, seine Körperhaltung, seine kraftlosen Bewegungen. Die Stimmung war derart gedämpft, dass selbst Buddy, der sonst freudig an Fenna emporsprang, sich mit hängenden Ohren und leisem Winseln an sie heranschlich.

Tammo befürchtete schon eine ernsthafte Beziehungskrise. Seit Frido sich mit Fennas Mutter Magda Alves zusammengeschlossen hatte, war er aufgeblüht wie ein Teenager, der seine erste große Liebe gefunden hatte. Sogar ein würzig duftendes Rasierwasser hatte er sich zugelegt, obwohl er das während seiner gesamten, nach Jahrzehnten gescheiterten Ehe für Schnickschnack gehalten hatte. So etwas passte zu Porschefahrern und vielleicht noch zu Kriminalhauptkommissaren, aber nicht zu einem Greetsieler Urgestein, hatte er immer behauptet. Nun haftete noch ein Hauch des Wässerchens an ihm. Er musste es heute Morgen aufgetragen haben. Doch Fridos Gesichtsausdruck wirkte so, als gäbe es in seinem Leben niemanden mehr, den er damit betören wollte.

Magda trat in den Flur. Offensichtlich war sie in ähnlicher Stimmung wie ihr Lebensgefährte. Also tatsächlich eine Beziehungskrise?

Fenna guckte abwechselnd ihre Mutter und Onkel Frido an und sprach aus, was Tammo dachte. »Euch müssen ja ganze Scharen von Läusen über die Leber gelaufen sein, so wie ihr dreinschaut. Habt ihr euch etwa zerstritten?«

Frido schüttelte den Kopf und blickte betrübt auf Buddy, der daraufhin lauter winselte und mit seiner Schnauze gegen Fennas Knie stupste.

Tammo bückte sich erschrocken zu Buddy hinab und kraulte ihn. »Ist was mit dem Hund?«

»Ach was.« Magda stellte sich neben Frido, der sofort seinen Arm um sie legte und seinen Kopf gegen ihren lehnte.

Fenna ließ sich von Buddys traurigem Gesicht erweichen. Sie ging in die Küche und klopfte sich gegen den Schenkel, um Buddy anzudeuten, dass er ihr folgen solle. Augenblicklich hob der Hund den Kopf, stellte die Ohren auf und tapste hinter ihr her. Sie öffnete den Kühlschrank und holte ein Glas Bockwürstchen hervor. In dem Moment war Buddys Traurigkeit verflogen. Lechzend sprang er an ihrer Hüfte hoch und schnappte nach dem Würstchen, das sie in die Höhe hielt. Eins war klar: An diesem Abend würde der Hund nicht mehr von ihrer Seite weichen. Er klebte an ihren Fersen, als sie ins Wohnzimmer ging, in dem Frido und Magda gerade Platz nahmen.

Tammo und Fenna setzten sich auf ihre Stammplätze, zwei nebeneinander stehende Sessel gegenüber dem Sofa, auf dem Frido und Magda saßen.

Tammo nahm eine Flasche Wein und den Korkenzieher zur Hand. »Nu erzählt doch mal, was los ist. Ihr wirkt ja gerade so, als wäre die Welt untergegangen.«

Frido strich sich ein paar Haarfusseln aus der Stirn. »Du müsstest es dir doch denken können.«

Magda schaltete sich ein. »Frido mag es gar nicht aussprechen, aber es ist, wie es ist. Es geht um Suse Perk. Wir waren ganz schön geschockt, als wir von ihrem Tod erfahren haben, und wir trauern natürlich um sie.«

»Ein bisschen war sie schließlich eine von uns«, sagte Frido trotzig. Er schob die Hände zwischen die Knie und guckte zwischen Tammo und Fenna hindurch.

Tammo musste tief durchatmen, bevor er reagieren konnte. Es war typisch. Wem auch immer in Greetsiel etwas zustieß, Frido kannte ihn. »Sie hat aber doch nicht zu eurer Rentnergang gehört?«

»Das nicht, aber sie war ab und zu mit uns im Literaturzirkel bei Leonie Altinga.«

»Ach ja, selbstverständlich.« Tammo entkorkte die Weinflasche mit solcher Ungeduld, dass der Korken beinahe zerbrochen wäre. »Bei Leonie Altinga tummelt sich natürlich alles, was in Ostfriesland im Bereich von Kunst und Kultur Rang und Namen hat.«

Frido blickte gierig auf sein Weinglas, das Tammo gerade mit goldgelbem Rebensaft füllte. »Na ja, zumindest die Literaturprominenz trifft sich da.«

»Zu der Suse Perk aber doch nicht zählte?« Fenna warf Frido einen erstaunten Blick zu.

Magda stieß mit Frido an, trank einen Schluck und wandte sich ihrer Tochter zu. »In gewisser Weise schon. Sie hat schließlich publiziert, wenn auch keine Romane.«

»Was hat sie denn so geschrieben?«

»Sachbücher. Aber was für welche!« Fridos Augen leuchteten kurz auf, um dann wieder einen melancholischen Ausdruck anzunehmen. »Sie konnte wunderschön über die ostfriesischen Künstler erzählen. Über das Leben und Wirken von Porzellanmalerinnen wie der berühmten Voskea Smid zum Beispiel. Die hat eine ganz bewegende Kindheit gehabt. Sie ist als Waisenkind bei ihren Großeltern auf dem Land aufgewachsen, die eine Gärtnerei hatten und ein Haus mit einem riesigen Blumengarten. Daraus sind dann in Verbindung mit ihrem Maltalent diese tollen Blumenmuster entstanden.« Frido guckte Tammo und Fenna eine Weile schweigend an. »Ich glaube, ihr habt gar keine Ahnung, von wem die Rede ist.«

Tammo zuckte mit den Schultern. »Porzellanmalerei war nie mein Metier.«

Frido rutschte auf die Sofakante vor und ließ die Hand mit dem ausgestreckten Zeigefinger durch die Luft wirbeln. »Was nicht ist, kann noch werden. Auch auf künstlerischem Gebiet passieren Krimis.«

Der Kommissar im Feierabend zog müde eine Augenbraue hoch. »Das ist uns wohlbekannt. Wenn ich an unseren letzten Fall mit Leonie Altinga denke ... Ich hoffe, sie ist nicht auch in den Tod der Suse Perk verwickelt. Aber davon abgesehen, dir schwebt jetzt speziell ein Porzellanmalerkrimi vor?«

Frido wiegte sich in den Schultern. »Suse Perk hat sich mit Fälschungen befasst. Kunstfälschungen, wenn ihr versteht. Sie hat auf diesem Gebiet regelrecht detektivisch geforscht.«

Mit dem Hinweis auf die Kunstfälschungen und seinem geheimnisvollen Blick hatte Frido offensichtlich etwas in Fenna zum Schwingen gebracht. Trotz des anstrengenden Tages und der vorgerückten Stunde wirkte sie auf einmal quicklebendig. »Erzähl doch mal, Frido. Um was für Fälschungen geht es genau?«

Der bedrückte Ausdruck wich aus der Miene des Onkels. »Suse Perk hat sich viele Jahre mit den künstlerischen Eigenheiten der bedeutendsten Porzellanmaler Ostfrieslands beschäftigt. Mit den Maltechniken, mit In-, Auf- und Unterglasur, mit den verschiedenartigen Farben und mit Edelmetallen wie Gold und Silber, die wie andere Farben auch mit dem Pinsel auf das Porzellan aufgetragen wurden. Worauf sie spezialisiert ist, das sind ...«

»Worauf sie spezialisiert war«, korrigierte Magda ihn.

»Okay, war. Also, ihre Spezialität waren die Signaturen, mit denen die Porzellanmaler ihre Werke kennzeichneten. Das ist spannend wie ein Krimi, sag ich euch, denn die Maler wurden oft genug imitiert.« Er guckte die Ermittler an, als wollte er sich vergewissern, ob sie die Bedeutung seiner Worte erfasst hatten.

Fenna hatte Frido interessiert zugehört. »Imitiert meint nachgemacht und unter falschem Namen verkauft?«

»Genau. Die Werke der herausragendsten Porzellankünstler wurden von sehr geschickten Betrügern kopiert und signiert. Oft lässt sich die Technik, die beim Bemalen und Glasieren der Originale angewandt wurde, nicht von den Kopien unterscheiden. Aber die Signaturen, die verraten den Fälscher.«

»Wie das?« Fenna hing förmlich an Fridos Lippen.

Magda folgte der Unterhaltung der beiden gespannt, während Tammo sich ein wenig zu langweilen begann. Er suchte Blickkontakt mit Buddy, um ihn dazu zu bewegen, sich zu ihm zu legen. Doch der Schnauzermischling wich nicht von Fennas Seite. Er schien auf ein zweites Bockwürstchen zu hoffen.

Frido ließ sich einen Schluck Wein schmecken und holte tief Luft, um Fenna sein Wissen über gefälschte Signaturen zu vermitteln. »Jede Signatur eines Malers ist ein Kunstwerk für sich. Voskea Smid zum Beispiel, die als die bekannteste und extravaganteste ostfriesische Porzellanmalerin gilt, hat sich ganz bestimmte Feinheiten in der Art und Weise ausgedacht, mit der sie ihre Werke signierte. Winzige Kleinigkeiten nur, die lange Zeit niemandem aufgefallen sind.«

Fenna hörte auf, Buddy zu streicheln. »Und die bestehen worin?«

Frido lachte hinterlistig. »Eine Eigenheit der Signatur von Voskea Smid liegt im i-Punkt.« Er giggelte wie ein alberner Teenager und schlug sich auf die Schenkel. »So kurz ihr Nachname war, so dick war der Punkt, den sie auf das i setzte. Sie hat ihre Signatur immer in der Farbe auf die Unterseite des Porzellans gezeichnet, die sie für ein Stück hauptsächlich verwendet hat. Auch für den i-Punkt hat sie diese Farbe gewählt. Und in diesen i-Punkt hat sie noch ein Fitzelchen in Gold hineingetupft. So minimal, dass man es nur mit einer stark vergrößernden Lupe sehen kann. Aber es gibt noch ein paar andere klitzekleine Merkmale, die Voskea Smids Signatur charakterisieren und die kaum reproduzierbar sind. Suse Perk könnte jetzt mehr darüber berichten.«

Fenna nickte zum Zeichen, dass sie die Problematik der Kopien verstanden hatte. »Mit bloßem Auge wäre die Fälschung also nicht zu erkennen.«

»Keine Chance. Lange Zeit hat man auch gar nicht darauf geachtet. Erst als vor fünfzehn Jahren, nach Voskea Smids Tod, auf einmal Werke von ihr wie Pilze aus dem Boden schossen, haben sich Kunstsammler gewundert, wie kreativ die Künstlerin und wie umfassend ihr Werk gewesen ist und woher all die bisher verborgenen Stücke plötzlich kamen. Dann hat man angefangen, sich näher damit zu befassen. Und dabei ist die Sache mit dem i-Tüpfelchen und den anderen Eigenheiten zum Vorschein gekommen.«

Magda setzte das Gespräch fort. »Viele Kunstsammler haben ihre Sammlungen dann begutachten lassen und mussten leider feststellen, dass sie Fälschern auf den Leim gegangen waren. Der Wert der Malereien von Voskea Smid stieg daraufhin, da sich der Umfang ihres Werkes plötzlich wieder reduzierte.«

Fenna kraulte Buddy mit der einen Hand, während sie sich mit der anderen in Gedanken versunken ans Kinn griff. »Aber wenn die Fälschungen so gut waren, müssten die Fälscher doch ebenfalls Genies gewesen sein, die ihre eigenen Werke zu hohen Preisen hätten verkaufen können.«

Magda lachte. »Natürlich waren die Fälscher auch geniale Handwerker. Sie beherrschten die Technik so gut oder fast so gut wie Voskea Smid. Aber sie verfügten nicht über die Kreativität der berühmten Malerin. Sie war diejenige, die Blumenmalereien wie die tausendblättrige Rose oder andere Dekore auf eine ganz besondere Weise umsetzte. Nur sie hatte diesen genialen Schwung und diese hohe

Ausdruckskraft. Die anderen haben nicht aus eigener schöpferischer Kraft heraus Motive erdacht, sondern lediglich abgepinselt, um es mal ganz platt auszudrücken.«

Frido nickte heftig dazu. »Um den Unterschied zu sehen, muss man allerdings Original und Fälschung nebeneinanderstellen. Und man muss natürlich Kenner sein.«

»So wie ihr.« Tammo warf den Korken der Weinflasche, den er immer noch in der Hand gehalten hatte, in hohem Bogen in einen leeren Aschenbecher. Der Korken hopste heraus und weckte Buddys Jagdinstinkt. Stolz apportierte der Schnauzermischling den Korken, warf ihn Fenna vor die Füße und sah sie mit hochgestellten Ohren in Erwartung einer Belohnung an.

»Natürlich sind wir Kenner. In gewissem Maß zumindest.« Fridos Gesicht wurde wieder traurig. »Wir haben unser Wissen von Suse Perk und nun ist sie tot.«

»Nicht nur tot, sondern ermordet.« Magda senkte den Kopf und schniefte. Dann warf sie den Ermittlern einen flehentlichen Blick zu. »Ihr müsst den Mörder finden, unbedingt!«

»Das ist unsere Aufgabe, ja.« Tammo schenkte Wein nach. »Ich weiß nicht, ob es euch tröstet, aber es war wohl kein heimtückischer Mord. Sieht eher nach Totschlag aus.«

»Ändert das was?«, fragte Magda.

Hinter Fennas Stirn arbeitete es. Sie streckte ihren Arm in Tammos Richtung aus und versuchte, seine Hand zu ergreifen. »Ob Suse Perks Tod mit ihren Erkenntnissen über Fälschungen zu tun hat?«

Ein Hoffnungsschimmer huschte über Fridos Gesicht. »Seht euch doch mal in ihrem Büro um. Könnte sein, dass ihr in den Ordnern, die da rumstehen, Hinweise auf ihre Forschungen auf diesem Gebiet findet. Sie hat einige Artikel zu diesem Thema geschrieben und manche sind sogar in bedeutenden Kunstzeitschriften erschienen. Auch wenn ihr Museum klein war, sie war international bekannt und sehr geschätzt.«

»Das ist doch ein Tipp«, meinte Fenna. »Wir sollten Hanno Feddersen darauf ansprechen.«

Tammo zuckte mit den Achseln. »Wenn du meinst, dass er was dazu sagen kann?«

Magda stieß Frido mit der Schulter an. »Haben die Feddersens nicht auch Porzellan, das von Voskea Smid bemalt wurde?«

Frido hob die Augenbrauen. »Die haben reichlich davon. Einzelne Stücke und ganze Sammlungen.« Er blickte die Ermittler an. »Ihr müsst in Fälscherkreisen fahnden! Vielleicht wollte Suse einen Fälscherring hochgehen lassen.«

Fenna griff in die Schale mit gesalzenen Erdnüssen, die vor ihr auf dem Couchtisch stand. »Hat Suse Perk Freundschaften mit Teilnehmern eures Literaturzirkels gepflegt?«

Frido runzelte die Stirn. »Das sicher nicht. Sie wurde von allen Teilnehmern unseres Kreises sehr respektiert. Aber sie war nicht der Typ, der sich öffnet und Menschen an sich heranlässt. Einerseits wirkte sie sympathisch, aber wenn man versuchte, näher an sie heranzukommen, ging sie gleich zu wie 'ne Auster. Wir selbst, Magda und ich, haben es auch nicht geschafft, nähere Bekanntschaft mit ihr zu schließen.« Frido grinste. »Ich hätt ja gern auf meine alten Tage einen Malkurs bei ihr gemacht.«

»Ach, du schon wieder!« Magda blickte entrüstet drein.

Tammo grinste. »Suse Perk hatte wohl Schlag bei den Männern, was?«

Magdas Lippen wurden schmal. »Zumindest bei Männern, die sich Anerkennung in der Kunstwelt von ihr erhofften. Aber keiner von denen konnte bei ihr landen. Nur der Max Feddersen und sein Sohn, die standen ihr sehr nahe. Rein platonisch natürlich.«

»Und die Schwestern Feddersen?«

Frido und Magda blickten sich an. »Geliebt haben die sich nicht«, stellte Magda fest. »Die Suse hat mal so eine Bemerkung losgelassen ...«

»Was denn?«, fragte Fenna.

Magda hielt sich erschrocken die Hand vor den Mund. »Da forscht ihr mal selbst nach. Ich will niemanden leichtfertig in ein schlechtes Licht rücken.«

7. Kapitel

Gestern, am Samstag, hatten die Geschwister das Testament der Eltern erhalten, dessen Inhalt ihnen schon lange bekannt war. Der Notar hatte die Kopien auf Wunsch des Verstorbenen am Tag der geplanten Beerdigung versandt, nicht ahnend, dass die Beisetzung noch auf sich warten lassen würde.

Hanno hatte für heute Nachmittag ein Krisentreffen mit seinen Schwestern und seiner Cousine einberufen. Drei Stunden lang hatten sie zusammengesessen und jeder hatte seine Vorstellungen, wie mit dem gemeinsamen Erbe verfahren werden sollte, mehr oder weniger offen dargelegt. Niemand war von seiner bisherigen Position abgerückt. Am Ende waren alle im Unfrieden auseinandergegangen. Hanno und seine Schwestern wollten eine Nacht drüber schlafen und sich dann erneut treffen.

Während der gesamten Autofahrt von Greetsiel bis Moordorf, kurz vor Aurich, hatten Robert und Dorit beharrlich geschwiegen, jeder für sich tief in Gedanken versunken, die der andere nur ahnen konnte.

»Vertrackte Situation«, waren die ersten Worte, die Robert von sich gab.

Dorit stimmte ihm mit einem stummen Nicken zu.

»Was meinst du, sollen wir noch auf ein Gläschen bei Wiebke vorbeischauen?« Robert warf Dorit einen Seitenblick zu.

»Pass auf, der Radfahrer da vorne.« Dorits eine Hand wies auf die Straße, die vor ihnen lag. Die andere umfasste panisch den Sicherheitsgurt, als wollte sie sich vergewissern, dass er stramm saß, falls Robert gleich eine Vollbremsung hinlegen musste.

Robert drückte auf die Hupe, als der Radfahrer die Bundesstraße achtlos überquerte. »Der hat nicht ein einziges Mal nach rechts und links geguckt!«

»Trotzdem kannst du ihn nicht einfach über den Haufen fahren.«

Robert sah auf die Uhr. Es war halb acht. Er wusste, Dorit wollte nur noch eins: die Beine hochlegen, die Zeitung lesen und Abstand zu ihren Schwestern gewinnen. Urte in ihrer diktatorischen, besserwisserischen Art war kaum mehr zu ertragen. Es war, als wollte sie sich als Gegenpol zu Hanno positionieren und mit ihm einen Wettkampf um die Vorherrschaft in der Familie führen: die Erstgeborene gegen den einzigen Sohn.

Und wer glaubte, die arme, schwache Leni, die sich immer und überall Urtes Willen beugte, sei so viel angenehmer als die dominante große Schwester, der irrte gewaltig. Wann immer sie etwas von sich gab, war es furchtbar anstrengend, herauszufinden, was sie wirklich meinte. Redete sie wieder einmal Urte nach dem Mund? Steckte etwas

Unausgesprochenes hinter ihren Worten, das es zu erraten galt? Oder hatte sie es tatsächlich gewagt, ihre ureigene Meinung zu äußern? Ein einziger Tag mit diesen zwei mörderisch anstrengenden Schwestern und Dorit war urlaubsreif.

Robert klammerte sich am Lenkrad fest und ruckelte zweimal vor und zurück. »Was hattest du jetzt zu meinem Vorschlag gemeint? Fahren wir noch bei Wiebke vorbei oder nicht?« Er merkte, dass seine Stimme aggressiver wurde, fand aber keine andere Tonlage.

Seine Frau drückte sich in die rechte Ecke ihres Sitzes und lehnte den Ellenbogen gegen das Fenster. »Was willst du denn bei Wiebke?«

»Über unsere Pläne reden.«

»Deshalb warst du die ganze Fahrt über so still. Das hätte ich mir denken können. Wenn du so beredt schweigst, brütest du etwas aus.«

Robert wurde wütend. »Was heißt, ich brüte was aus? Wir haben doch beide gemeinsam mit Wiebke über unser Konzept gesprochen.«

»Darüber zu reden ist das eine. Aber ich hätte nie geglaubt, dass du ernsthaft und konsequent in Erwägung ziehen würdest, es umzusetzen. Ist dein Frust in der Schule wirklich so groß? Das ist ein sicherer Job, den du da hast. Kein Vergleich mit einem Museum.«

Robert bremste scharf vor einer Ampel, die schneller auf Rot sprang, als er damit gerechnet hatte. »Sei doch mal ehrlich: Du selbst sehnst dich doch auch nach einer Veränderung in deinem Leben. Ein bisschen mehr Schwung im Alltag täte dir bestimmt gut. Die Chancen standen noch nie so gut. Also, was ist: Wiebke oder nicht?«

Dorit nahm ihr Smartphone hervor. »Ich kündige uns an.«

Mit flinken Fingern suchte sie die Telefonnummer von Roberts Kollegin aus den gespeicherten Kontakten und drückte das Gerät ans Ohr. »Hallo Wiebke, Dorit hier. Hast du Lust auf einen Klönschnack mit uns? Robert will unsere Pläne vertiefen.«

Wie erwartet, musste Wiebke nicht lange überlegen. »Der Weiße Burgunder hat gerade die richtige Trinktemperatur und ich sitze hier und warte auf euch wie ein Kanzlerkandidat auf das Ergebnis der Bundestagswahl.«

Dorit steckte das Smartphone wieder ein und nickte Robert zu.

Er lächelte selig und gab Gas.

Wiebke stand in der Haustür, als Robert den Wagen vor ihrem Grundstück ausrollen ließ. Jede Faser ihres Körpers wirkte angespannt. Sie begrüßte das Ehepaar stürmisch mit Küsschen und fragte mit weit aufgerissenen Augen: »Wie war euer Tag?« Ohne die Antwort abzuwarten, ging sie ins Wohnzimmer.

Robert und Dorit nahmen um den marmornen Couchtisch herum Platz.

Wiebke schloss die Terrassentür. »Auch wenn niemand in Hörweite wohnt«, sagte sie bedeutungsvoll, »schließe ich lieber die Tür.«

Dorit fielen Wiebkes glühende Wangen auf, als sie ihren Gästen und sich selbst Wein einschenkte. Sie prosteten sich gegenseitig betont aufgeräumt zu.

Die Dame des Hauses stellte ihr Glas klirrend auf den Tisch. »Was meint ihr, könnten wir nicht das Haus von Suse Perk übernehmen?«

Typisch Wiebke. Sie kam ohne Umschweife auf den Punkt und wartete nicht einmal ab, was Robert vorschlagen würde.

Dorit machte eine ungeduldige Geste in Richtung ihres Mannes. »Erzähl doch mal, was dir so durch den Kopf geht.«

Robert genoss die geballte Aufmerksamkeit gleich zweier nicht unattraktiver Damen. Er lehnte sich zurück, schlug die Beine übereinander und räusperte sich. »Suse Perks Haus wäre eventuell eine Option, darüber habe ich natürlich auch schon nachgedacht. Drei Dinge stehen jedenfalls fest. Erstens und ohne zynisch klingen zu wollen: Suse Perk stellt definitiv keine Konkurrenz mehr für uns dar. Unser Haus wird einzigartig sein.«

Wiebke und Dorit klatschten begeistert Beifall.

Robert hob geschmeichelt die Hände. »Zweitens: Wir haben dennoch eine Konkurrenz, und zwar innerhalb der eigenen Familie. Mein lieber Schwager Hanno wird alles daransetzen, derjenige zu sein, der den letzten Wunsch von Max und Martha Feddersen umsetzt.«

Wiebke zeigte sich entschlossen. »Aber den Hanno stecken wir doch in die Tasche. Wir sind zu dritt. Gegen uns kommt der nicht an.«

Dorit wiegte ihren Kopf zweifelnd hin und her. »Du kennst Hanno nicht. Wenn es um die Familientradition geht, ist er ein Kämpfer.«

Robert wartete ab, bis beide Frauen schwiegen und sich wieder auf ihn konzentrierten. »Drittens.« Er machte eine Kunstpause und kniff die Lippen zusammen. »Wir haben eine beinharte Gegnerin namens Urte Feddersen. Sie und mit ihr Leni werden mit allen Mitteln versuchen, uns einen Strich durch die Rechnung zu machen. Unterstützt werden sie von Agathe, die im Grunde genommen nichts zu sagen hat, die aber unberechenbar ist und meiner Meinung nach etwas im Schilde führt.«

Wiebke zog die Stirn kraus. »Kann Urte sich denn wirklich querstellen?«

Dorit nickte ihr heftig zu. »Das frage ich mich auch. Ich meine, Testament ist Testament und unsere Eltern haben darin nun mal den Wunsch formuliert, dass die Sammlungen erhalten bleiben.«

»Es ist eben nur ein Wunsch, nicht der eigentliche letzte Wille eurer Eltern, und das ist der Knoten, den wir zuallererst lösen müssen, bevor wir überhaupt darüber nachdenken können, in welchem Gebäude wir das Museum unterbringen.« Robert beugte sich vor und stützte die Unterarme lässig auf die Oberschenkel. »Soweit ich die Sache verstehe, liegt das Problem darin, dass deine Eltern sich gegenseitig als Alleinerben eingesetzt haben und das gesamte Erbe nach dem Tod des letzten Elternteils an die Kinder fällt. Ihr Geschwister seid eine Erbengemeinschaft. Jedem von euch gehört ein gleich großer Anteil an den Kunstsammlungen und wenn die eine Hälfte von euch die Sammlungen als Ganzes erhalten will, die andere aber nicht, können die beiden verlangen, dass ihr sie auszahlt. Möglicherweise muss letztlich ein Richter darüber befinden. Ob Urte Klage einreichen wird ...«

Dorit fiel ihm ins Wort. »Das macht sie ganz bestimmt. Wenn sie diese Chance riecht, dann könnt ihr euch darauf verlassen, dass sie vor Gericht geht. Sie will keine Kunstwerke, sie will Kohle sehen. Und Leni zieht mit, das ist das Üble an der Sache.«

Wiebke ging zur Stereoanlage und legte eine CD ein. »Nach allem, was ich aus euren Erzählungen weiß, bleibt Leni nichts anderes übrig, als derselben Meinung zu sein wie Urte.«

Romantische Instrumentalmusik erklang aus den Lautsprecherboxen. Robert fand sie unpassend für diesen Abend. Dorit schloss die Augen, lauschte den entspannenden Melodien und ließ einen Schluck Weißen Burgunder die Kehle hinabrollen.

Robert setzte eine zwielichtige Miene auf. »Es muss ja nicht dabei bleiben, dass zwei gleich große Parteien einander gegenüberstehen.« Er sah die beiden Frauen an und beobachtete, wie seine Worte nachwirkten.

Dorit schüttelte verständnislos den Kopf. »Wie willst du das ändern?«

Mit einem Ruck setzte Robert sich gerade hin. »Überleg doch mal: Urte hat eure jüngste Schwester gewissermaßen einer Gehirnwäsche unterzogen. Sie hat Leni ganz geschickt wirtschaftlich von sich abhängig gemacht und ihr über all die Jahre hinweg eingebläut, dass sie gefälligst immer die gleiche Meinung haben muss wie sie selbst. Spurt sie nicht, ist ihre Verdienstquelle in Gefahr.«

»Nicht nur das. Sie wird obdachlos«, ergänzte Dorit die Überlegungen ihres Mannes.

»Ganz so drastisch würde ich das nicht sehen«, meinte Robert. »Der Rest der Familie würde sie nicht unter der Brücke schlafen lassen. Aber du hast insofern recht, als Leni ihr Zimmer in Urtes Haus mit einem Schlag verlieren würde. Folglich müsste sie zu Hanno oder uns angekrochen kommen und um Unterschlupf bitten.«

Robert wartete, bis sich das Bild, das er beschrieben hatte, in den Köpfen seiner Zuhörerinnen verfestigt hatte. »Seht ihr, und an dem Punkt setze ich an.« Wieder unterbrach er sich.

Dorit griff zum Weinglas, schlug die Beine übereinander, die in viel zu sexy glänzenden Seidenstrümpfen steckten, und strich den Rock ihres Kostüms glatt. »Mein Gatte spricht heute in Rätseln.«

»Ich bin sicher, er wird uns gleich erklären, worauf er hinauswill.« Wiebke lächelte albern. Sie wirkte ziemlich überspannt. Vermutlich war diese Flasche Weißburgunder nicht die erste, die sie heute geöffnet hatte.

Robert räusperte sich. »Ich denke mir, was Urte kann, schaffen wir auch. Wir können Leni so beeinflussen, dass sie das will, was wir wollen.«

Wiebke lehnte sich so weit über die Armlehne ihres Sessels, dass sie Robert unverschämt nahe kam. »Bitte mal Klartext. Was genau machen wir mit Leni?«

»Na, ist doch ganz einfach.« Robert kniff die Augen zusammen. »Wir müssen Leni auf unsere Seite bringen. Wir müssen sie aus Urtes Umfeld rausholen, sie isolieren und ihr einbläuen, wo es langgeht.«

Wiebke guckte entgeistert. »Du willst sie doch nicht entführen und einer Gehirnwäsche unterziehen?«

Robert wurde unsicher. »Na ja, so ungefähr hatte ich mir das schon gedacht. Natürlich nicht mit richtiger Gewalt.«

Dorit hob ihre Hand, um sich Gehör zu verschaffen. »Was verstehst du denn unter *nicht richtiger Gewalt*?«

Robert fuhr mit dem Finger die Bügelfalte seines Hosenbeins entlang. »Ich dachte mir, wir bringen sie irgendwie hierher. Wiebke, dein Haus hat doch Kellerräume. Und es liegt so schön weit ab von den nächsten Nachbarn.«

Wiebke hob erschrocken den Kopf. »Das glaub ich einfach nicht!«

»Fürs Erste, wirklich nur für die allerersten Tage«, betonte Robert, »könnten wir sie da unterbringen. Oder nicht? Wir stellen ein Klappbett rein und ein Campingklo. So was gibt's schon für weniger als fünfzig Euro, ich spendiere das. Ein Waschbecken ist doch auch da unten. Das hab ich gesehen, als ich dir im letzten Winter geholfen hab, die Heizung zu regulieren. Wir stellen Leni einen Kasten Wasser in den Raum, und die Mahlzeiten bekommt sie mehrmals täglich von uns reingereicht. Ein Transistorradio, ein paar Bücher ...«

»Ein Verbrechen, in meinem Haus, über mehrere Tage?«

»Das ist Freiheitsentzug«, pflichtete Dorit Wiebke bei. »Aber ...« Sie begann, nachdenklich zu werden, und je länger sie es sich überlegte, desto mehr schien ihr Roberts Idee zu gefallen. »Letztlich wäre es ein

Akt der Befreiung für Leni. Sie käme aus der Abhängigkeit von Urte heraus und ...«

Wiebke hielt sich die Hand vor den Mund und prustete vor Lachen. »... purzelt direkt in die Abhängigkeit von dir und Robert hinein.«

»Sehr witzig.« Dorit spitzte beleidigt die Lippen und zupfte an ihrem Rocksaum.

Robert hob die Arme hoch und winkte wie ein Flugzeuglotse auf dem Rollfeld, der dem Piloten Signale gibt. »So dürft ihr das nicht sehen. Wir bieten ihr ja eine neue Chance. Wir führen jeden Tag Gespräche mit ihr.« Robert klatschte beide Hände gegen seine Brust. »Also, ich jedenfalls, ich würde diese Aufgabe übernehmen. Ist alles nur eine Frage der Rhetorik. Ihr werdet sehen, es wird nicht lange dauern und sie dreht sich um hundertachtzig Grad. Wenn es so läuft wie geplant, und ich bin sicher, das wird es, dann kann sie bei uns im Museum mitarbeiten.«

»Was soll sie denn machen?«, fragte Wiebke.

Robert hatte sofort die Antwort parat. Schließlich hatte er alles sehr gut durchdacht. »Wir integrieren einen Kiosk in unser Konzept. Wenn sich alles nach Plan entwickelt, kann ein Bistro daraus werden. Das liegt dann in Lenis Zuständigkeit. Dann hat sie einen eigenen Job und eigenes Geld.«

»Klingt gut.« Dorit schien überzeugt.

Wiebke lehnte sich zurück und drehte gedankenverloren den Ring an ihrem Finger.

»Na, liebe Frau Kollegin?« Roberts Blicke drangen in sie ein. »Was meinst du dazu? Bist du mit dabei?«

Wiebke bewegte den Kopf im Takt der Musik. Es war nicht ersichtlich, ob ein Nicken oder ein Kopfschütteln daraus werden wollte. Schließlich gab sie sich einen Ruck. »Okay, ich stelle meine Räumlichkeiten zur Verfügung und wenn es sein muss, bringe ich Leni das Frühstück und bekoche sie auch, wenn ich nicht gerade vor einer Schulklasse stehe. Aber entführen?« Sie presste die Lippen zusammen und schüttelte den Kopf. »Nee, das müsst ihr schon selber machen.« Sie griff zur Fernbedienung und stellte die Musik lauter.

Dorit ließ die Klänge auf sich wirken und spielte in Gedanken die Entführung der jüngsten Schwester durch. »Robert?«

»Süße?«

»Wie willst du Leni aus Urtes Klauen befreien, ohne dass meine große Schwester dir an den Hals springt?«

»Leni ist doch nachmittags meist allein zu Hause. Dann klingeln wir an. Reinlassen wird sie uns bestimmt. Wir sind doch ihre nächsten Verwandten.«

»Und dann? Willst du sie zusammenschlagen und in den Kofferraum packen?«
»Ach was! Ich dachte an ein bisschen Chloroform.« Robert lächelte verschmitzt zu Wiebke hinüber. »Unser Kollege aus der Chemie könnte uns dabei behilflich sein.«
Wiebke wehrte vehement ab. »Auf gar keinen Fall! Wenn du den Müller involvierst, mach ich nicht mit. Der kann nicht dichthalten. Dann haben wir ganz schnell die Kripo auf dem Hals und alles fliegt auf. In den Knast geh ich nicht. Das ist es mir nicht wert.«
»Ruhig Blut.« Robert tätschelte ihr beschwichtigend die Hand, die die Armlehne umklammerte.
Wiebke bemerkte Dorits scharfen Blick und zog den Arm zurück.
Robert hatte gleich einen Alternativvorschlag parat. »Die harmlosere Variante wäre, sie hierhin einzuladen.«
»Zu mir?« Wiebke zog die Stirn in Falten. »Abgelehnt. Wenn du Leni meine Adresse gibst, legt sie den Zettel garantiert irgendwo hin. Urte wird ihn finden und eine Stunde, nachdem sie ihre kleine Schwester vermisst, steht die Polizei bei mir vor der Tür. Mach einen anderen Vorschlag.«
Dorit kam eine Idee. »Wie wär's mit einem kleinen Ausflug, zu dem wir sie einladen, wir beide, Robert? Wir könnten es unter dem Vorwand machen, dass wir uns nach dem Tod unseres Vaters ein bisschen mehr umeinander kümmern wollen. Dass wir Urte nicht mit dabeihaben wollen, wird Leni ohne jede Erklärung verstehen. Wer will schon mit einer Frau wie ihr seine Freizeit verbringen?«
Robert lockerte seine Krawatte. »Wir könnten mit Wiebke vereinbaren, dass sie uns nach einer Weile anruft und uns alle drei auf ein Tässchen Tee zu sich einlädt. In Lenis Tasse landen dann unauffällig ein paar K.-o.-Tropfen.«
Wiebke, obwohl sie die eigentliche Antreiberin gewesen war, als es um die Gründung des Museums ging, bremste erneut. »Woher sollen wir die denn nehmen?«
Robert warf seiner Kollegin einen ungehaltenen Blick zu. »Wiebke, sei doch nicht so fantasielos! Es müssen ja nicht unbedingt K.-o.-Tropfen sein. Du hast doch sicher ein Schlafmittel im Medikamentenschränkchen, oder? Wenn nicht, ist es doch eine Kleinigkeit, das zu besorgen.«
Wiebke zuckte mit den Achseln und nickte zaghaft.
»Na also. Wir lösen hinter Lenis Rücken zwei, drei Tabletten in der Tasse auf, bisschen Zucker und Sahne dazu, damit es nicht durchschmeckt. Dann brauchen wir noch eine kleine Hand voll Geduld, bis das Zeug wirkt, und schwups ...«, Robert schlug sich mit

der Faust in die Hand, »... findet Leni sich nach dem Aufwachen in deinem Heizungskeller wieder, der besser ausgestattet sein wird als manch ein altes Wohnmobil.«

Dorit nickte respektvoll. »Gut durchdacht. Aber was sagen wir dann Urte, wo Leni abgeblieben ist?«

»Wir erzählen ihr, wir hätten sie an einer bestimmten Stelle abgesetzt und von dort aus wollte sie zu Fuß nach Hause gehen. Wenn sie nicht angekommen ist, was können wir dazu?« Er machte eine Unschuldsmiene.

»Okay«, sagte Dorit. »Ein bisschen fadenscheinig, aber immer noch halbwegs plausibel.«

»Nein!« Wiebke guckte streng. »Wenn ihr euch mit ihr verabredet, wird sie es irgendwem erzählen, Urte oder Hanno. Dann geratet ihr in Verdacht und wenn die Polizei erst die Spur zu euch hat, ist der Weg zu mir nicht mehr weit. Da mach ich nicht mit. Dann doch lieber die Variante mit dem Chloroform.«

Robert zeigte Anzeichen von Nervosität. »Und wo sollen wir das Chloroform herbekommen, wenn nicht vom Müller?«

Wiebke wippte mit dem Fuß. »Ich hätte eventuell eine Quelle, eine Bekannte von mir. Sie ist mir noch einen Gefallen schuldig. Ich horch da mal nach.«

»Na, dann hätten wir das ja so gut wie geklärt«, sagte Dorit. »Nur weiß ich noch nicht, ob ich wirklich dabei sein will, wenn wir Leni betäuben. Robert, kannst du das nicht alleine machen? Sag Leni doch, ich läge zu Hause im Bett und bräuchte ihre Hilfe. Wenn sie ihre Schuhe anzieht, kommst du von hinten mit dem Lappen mit Chloroform. Dann trägst du sie ins Auto und bringst sie hierher.«

Robert atmete scharf ein. »Typisch Weiber. Okay, also notfalls ziehe ich das auch alleine durch.«

»Ich helfe dir«, sagte Wiebke nach kurzem Nachdenken. »Du holst sie aus dem Haus und ich passe im Auto auf, falls sie sich übergeben muss.«

Dorit atmete auf, kam aber gleich mit dem nächsten Problem daher. »Und was machen wir mit Agathe?«

Robert winkte ab. Die Sache mit Leni beschäftigte ihn nun zu sehr und er hatte keine Energie mehr, sich heute Abend noch eine Lösung für Agathe auszudenken. »Ach, die hat nichts zu sagen. Eure Cousine gehört doch gar nicht richtig dazu. Die hat keine rechtlichen Ansprüche.«

»Das sieht sie aber anders. Du hast es doch vorhin mitbekommen. Die zieht ihr Ding genauso durch wie Urte. Vergiss nicht: Unsere

Mütter waren Schwestern und sie waren nicht von schlechten Eltern. Urte und Agathe haben deren Gene geerbt.«

»Du aber auch«, traute Wiebke sich zu sagen. »Ihr schreckt beide vor nichts zurück. Ihr seid schon Mordsschwestern.«

Dorit fühlte sich geschmeichelt, auch wenn sie nicht sicher war, ob Wiebkes Worte als Kompliment gemeint waren.

Robert stierte ins Leere und wippte nervös mit dem Fuß. Plötzlich hielt er inne und guckte Dorit an. »Agathe wird uns keinen Strich durch die Rechnung machen. Sollte sie das versuchen, werde ich es zu verhindern wissen.«

Dorit zog die Augenbrauen hoch. »Aha?«

Die Gastgeberin wurde sehr still, hielt sich an ihrem leeren Weinglas fest und kaute auf der Unterlippe herum.

»Du denkst an Leni?«, fragte Dorit zaghaft.

Wiebke nickte.

Dorit stupste sie an. »Wir drehen das so, dass du möglichst wenig damit zu tun hast. Und du wirst sehen, wenn wir unsere kleine Schwester überzeugt haben, wird sie es uns allen danken.«

»Wenn sie mitspielt ...« Wiebke guckte tief in ihr Weinglas.

»Was bleibt ihr anderes übrig?«, fragte Robert selbstsicher.

Wiebke guckte ihn unverwandt an. »Ich kenne sie ja nicht, ich weiß nicht, welches Potenzial sie hat. Aber was ist, wenn sie eine eigene Meinung entwickelt?«

Robert lachte laut auf und schlug sich auf die Schenkel. »Die Leni?«

8. Kapitel

Heute war einer der seltenen Tage, an denen die Ermittler nicht gemeinsam und Hand in Hand zum Dienst erschienen.

Tammo, Benno und Ole, ein Praktikant, fachsimpelten in der Teeküche über die optimale Ziehzeit von Ostfriesenmischungen im Allgemeinen und im Besonderen. Der Praktikant war seit Anfang des Monats in der Wache beschäftigt. Nach Tammos Ansicht suchte er viel zu häufig Fennas Rat und auch jetzt leuchteten seine Augen viel zu hell auf, als Fenna die Wache betrat.

Tammo ließ Benno und Ole stehen und ging der Kommissarin entgegen, als wäre sie der Sonnenschein persönlich, den er in seine weit geöffneten Arme schließen wollte. »Wenn du kommst, geht hier das Licht an.«

»Und die Heizung ebenfalls«, murmelte Benno und verdrehte die Augen. »Der Tee muss noch eine Minute ziehen. Dann könnt ihr den Filter rausnehmen, vorausgesetzt, ihr schafft es, euch bis dahin aus eurer Umarmung zu lösen.« Er marschierte an den Ermittlern vorbei. Ein Tablett mit Teebechern und eine Schale mit Keksen in den Händen, stiefelte er auf den Besprechungsraum zu.

Tammo kehrte Ole demonstrativ den Rücken zu und legte Fenna sanft die Hände auf die Schultern. »Warst du im Reisebüro?« Mit einer Mischung aus Verliebtheit und Gespanntheit versuchte er, in ihren Augen zu lesen.

Sie lächelte. Ihr Blick schweifte an ihm vorbei zur Wanduhr mit dem Sekundenzeiger. »Der Tee!« Sie drehte sich aus seinen Armen und huschte in die Teeküche.

Er folgte der Kommissarin und blieb dicht hinter ihr stehen. »Warst du nun dort oder nicht?«

»Klar war ich.«

»Und?« Er platzte vor Neugier. Seine Liebste machte aber auch ein Geheimnis aus der Hochzeitsreise.

Fenna legte den Teefilter in der Spüle ab und setzte den Deckel auf die Kanne. Tammo stand immer noch dicht hinter ihr. Sie lehnte sich gegen ihn, wandte den Kopf zur Seite und flüsterte: »Mehr verrate ich nicht. Wer von uns beiden wollte sich denn unbedingt überraschen lassen? Du erfährst es, wenn es so weit ist.« Die Kanne in der Hand, eilte sie zum Besprechungsraum.

Tammo blieb an der Schwelle zwischen Teeküche und Flur stehen und rief ihr lauthals hinterher: »Und wann ist es so weit?«

Benno, der gerade vom Besprechungsraum zurückkehrte, blieb stehen und blickte erst Fenna, die an ihm vorbeizog, dann Tammo verblüfft an. Plötzlich riss er die Augenbrauen hoch und hielt sich die Hand vor den Mund.

Er musste die Frage falsch verstanden haben.

»Was ist denn hier los? Komme ich ungelegen?« Gerhild Linnenbrügger stand auf einmal im Eingang der Wache. Niemand hatte bemerkt, dass die Gerichtsmedizinerin auf dem Parkplatz angekommen war.

»Ist es schon neun Uhr?«, fragte Tammo.

Gerhild musterte den wie eine deutsche Eiche im Sturm dastehenden Benno, den jungenhaft erröteten Tammo und Fenna, die heute etwas von einem flatternden Zitronenfalter an sich zu haben schien. »Ich bin fünf Minuten zu früh. Wenn ihr noch Zeit braucht, um euch zu sortieren, warte ich draußen.«

Fenna verschwand noch einmal in der Teeküche, wischte sich die Hände an einem Tuch ab und ging auf Gerhild zu, um sie zu begrüßen. »Es steht alles bereit. Wir können gleich anfangen.«

»Wollte Jan Peters nicht auch dazukommen?«, fragte Benno. »Ich hab für ihn mit eingedeckt.«

»Der Teebecher wird sicher still in sich hineinweinen, wenn Jan nicht rechtzeitig erscheint«, frotzelte Tammo. »Aber er hat Glück. Ich glaub, ich hab das Auto unseres Kollegen gerade vorfahren gesehen.« Er zeigte auf das Fenster von Bennos Büro, durch das er vom Flur aus sehen konnte.

Kurz darauf stand auch der Leiter der Spurensicherung im Foyer und begrüßte das Team.

»Dann los, bevor der Tee kalt wird.« Fenna schwebte beschwingt davon.

»Habt ihr denn etwas herausgefunden, das uns ein Stück weiterbringen kann?«, fragte Tammo. Am liebsten hatte er es, wenn ihm die Quintessenz der Obduktion und der kriminaltechnischen Untersuchungen gleich zu Beginn auf den Tisch gelegt wurde. Dann hatte er mehr Geduld, sich die Ausführungen der Gerichtsmedizinerin und des Spurensicherers anzuhören.

»Ich hab den Täter nicht in der Tasche«, antwortete Jan und wandte sich an Gerhild. »Du vielleicht?«

»Ihr wisst doch, Tammo und seine Ungeduld.« Fenna schob jedem der Reihe nach die Dose mit den Kluntjes zu, schenkte Tee ein und reichte das Kännchen mit der Sahne herum. »Kekse?«, fragte sie und deutete auf die Schale.

Tammo fragte sich, ob seine Liebste es heute darauf angelegt hatte, seine Geduld überzustrapazieren. Fenna zwinkerte ihm zu. Hatte sie seine Gedanken gelesen?

Gerhild faltete die Hände auf dem Tisch zusammen, beugte sich weit vor und strahlte Fenna und Tammo abwechselnd an. »Wann ist es denn bei euch beiden endlich so weit?«

Tammo hüstelte.

»Ich meine, mit dem Hochzeitstermin. Steht der nun fest?«

Fenna strahlte zurück. »Ja, wird aber noch nicht verraten. Auf jeden Fall im Herbst.«

Gerhild nickte nachdenklich. »Herbst. Also kein Sonnenmonat. Wohin geht es denn dann in die Flitterwochen?«

»Das hätte ich auch gern gewusst«, platzte es aus Tammo heraus.

Gerhild und Jan blickten erschrocken zu ihm hinüber. Er hatte wohl eine Spur zu viel Groll in seine Stimme gelegt. Wie auch nicht? Er wusste genauso wenig wie jeder Außenstehende, was Fenna plante. Dabei war er die eine Hälfte des Hochzeitspaares. Ja, er hatte ihr gesagt, er wolle sich überraschen lassen. Aber ganz so strikt hatte er das doch nicht gemeint. Hatte er etwa kein Recht darauf, wenigstens ansatzweise zu erfahren, wo er die ersten und voraussichtlich einzigen Flitterwochen seines Lebens verbringen würde?

Fenna setzte dieses zauberhafte Lächeln auf, das er normalerweise liebte, nur jetzt gerade nicht. »Das Ziel bleibt vorerst ein Staatsgeheimnis«, erklärte sie. »Es ist mein Hochzeitsgeschenk an Tammo. Er hat es sich so gewünscht.«

»Na, dann wollen wir nicht weiter insistieren. Aber ich bestehe darauf, eine Postkarte zu erhalten. Eine richtige, aus Papier und mit einem Landschaftsfoto drauf.«

Fenna grunzte. »Wenn es Ansichtskarten und ein Postamt gibt, da, wo wir hinfahren ...«

Tammo wurde mulmig zumute. Das Reisen zählte nicht zu seinen Hobbys und wenn er ehrlich sein sollte, zog es ihn nicht wirklich über die Grenzen Ostfrieslands hinaus. Was hatte Fenna jetzt mit ihm vor? Abenteuerurlaub im Dschungel, mit Maden zum Frühstück und Schlangen zum Mittagstisch? Gipfelstürmen am Himalaya, wo die Luft so dünn war, dass jedem Norddeutschen, der frischen Wind um die Nase gewohnt war, Erstickungsanfälle drohten? Löwenjagd in Afrika? Er vergrub das Gesicht in den Händen.

»Tammo? Ist dir nicht gut?« Fürsorglich legte die Gerichtsmedizinerin ihm eine Hand auf den Arm.

Erschrocken blickte Tammo auf. Er hatte ganz vergessen, wo er war. »Alles okay. Leg ruhig los mit deinem Bericht, ich bin ganz Ohr.«

Jan beäugte ihn zweifelnd. »Danach sah das aber gerade gar nicht aus. Du bist ein bisschen blass um die Nase geworden und hast ausgesehen, als wärst du gedanklich am anderen Ende der Welt.«

»Ein Zeichen dafür, dass er urlaubsreif ist«, stellte Gerhild fest. »Ich bin sicher, Tammo, deine bessere Hälfte sorgt dafür, dass du mal so richtig rauskommst aus dem Alltagstrott. Am besten fahrt ihr ganz weit weg.« Sie schlug ihre Unterlagen auf und räusperte sich. »Kommen wir zu Suse Perk. Ein bisschen was Tragisches hat ihr Tod.«

»Von welchem Opfer eines Mörders oder Totschlägers könnte man das nicht behaupten?«, warf Tammo ein.

»Schscht«, machte Fenna.

Gerhild fuhr fort. »Wäre der Friedhofsgärtner ein Stündchen eher an seinem Arbeitsplatz gewesen, hätte er die Tat womöglich verhindern können. Soweit ich informiert bin, fängt er um acht Uhr morgens an. Der Tod von Suse Perk ist ziemlich genau eine Stunde zuvor eingetreten, gegen sieben.«

»Womit wir dem Friedhofsgärtner jetzt aber ausdrücklich keinen Vorwurf machen«, stellte Fenna klar.

Gerhild hob die Hände. »Um Himmels willen, nein. Ihn trifft natürlich überhaupt keine Schuld. Ich wollte lediglich darauf hinweisen, in welchem Maß es oft nur unglückliche Umstände sind, die darüber bestimmen, wie ein Schicksal verläuft.«

Fenna machte ein betretenes Gesicht. »Wie ist Frau Perk denn zu Tode gekommen? War es die Verletzung am Schädel?«

Gerhild nickte der Kommissarin zu. »Sie hatte keine weitere Verletzung als diese, auch keine inneren Blutungen, abgesehen von Hirnblutungen, die eine Folge des Aufpralls auf dem Grabstein waren.«

Tammo meldete sich zu Wort. »Ist sie vergewaltigt worden?«

»Nein, es handelt sich definitiv nicht um ein Sexualdelikt. Die Leiche von Suse Perk war insgesamt nahezu unversehrt bis auf die Kopfwunde, ein Hämatom an der linken Schulter und ...« Gerhild blätterte in ihren Unterlagen, bis sie eine Seite mit Fotos gefunden hatte. Sie hob die Mappe hoch und zeigte die Bilder. »Hämatome an den Oberarmen.«

Ungefähr in der Mitte an beiden Oberarmen waren Flecke zu erkennen, die auf einen festen Zugriff hindeuteten. Fenna wies mit einem Stift darauf. »Es hat einen Kampf gegeben.«

»Zumindest eine Rangelei. Diese Hämatome wurden dem Opfer unmittelbar vor dem tödlichen Sturz beigebracht. Der Täter hat Suse Perk offensichtlich an den Armen gepackt und so stark zugedrückt, dass es zu diesen Verletzungen kam.«

Tammo ahnte, wie die Begegnung von Täter und Opfer verlaufen war. »Er hat sie gepackt, sie haben miteinander gerungen. Dabei ist vermutlich auch ihre Handtasche ins Gebüsch geflogen. Dann hat er sie von sich gestoßen und sie ist mit dem Kopf auf dem Grabstein aufgekommen.«

»So muss es gewesen sein. Wie ich schon vermutet hatte, ist sie mit der Ferse an dem Kantstein hängen geblieben, der den Weg von dem Stück Rasen hinter dem Grabstein abgrenzte. Das belegen die Hautabschürfungen.«

»Und der Strumpf war gerissen«, warf Jan Peters ein.

»Dieser Kantstein«, fuhr Gerhild fort, »ist ihr zum Verhängnis geworden.«

»Einspruch«, rief Tammo. »Zum Verhängnis geworden ist ihr derjenige, der sie von sich gestoßen hat.«

Gerhild verteidigte ihre These. »Wenn sie nicht an dem Kantstein hängen geblieben wäre, hätte sie einen Schritt zurück machen können und hätte sich womöglich gefangen. Dann wäre sie nicht der Länge nach hingefallen und mit dem Kopf so unglücklich aufgeschlagen.«

Tammo tat, als würde er sich ergeben. »Dann verhaften wir also den Kantstein.« Er fand diese Diskussionen sinnlos, bei denen es darum ging, ob ein Opfer kein Opfer geworden wäre, wenn nicht zufällig ein Hinkelstein auf dem Feld gelegen hätte.

Fenna schlug mit dem Kugelschreiber gegen den Teebecher und wartete, bis Tammo und Gerhild aufhörten, über Hypothetisches zu diskutieren. »Lasst uns mal wieder auf die Tat zu sprechen kommen. Die beiden Personen, die sich Donnerstag am frühen Morgen schicksalhaft auf dem Friedhof begegnet sind, haben sich nicht in inniger Liebe umfasst. So viel steht fest.« Ihr Blick kehrte sich nach innen. »Welche Art von Beziehung könnte zwischen Täter und Opfer bestanden haben? Entweder ist Suse Perk zufällig jemandem begegnet, der etwas von ihr verlangte, worüber sie mit ihm in Streit geraten ist ...«

Jan Peters hob die Hand, um sich zu Wort zu melden.

Tammo gab ihm mit einer abschlägigen Geste zu verstehen, dass er mit seinem Beitrag später dran sei, und sah Fenna mit hochgezogenen Augenbrauen an. »Also zum Beispiel ein versuchtes Sexualdelikt. Sie hat sich gewehrt, er hat sie gepackt, sie hat sich noch mehr gewehrt ...«

»Das glaube ich nicht«, rief Gerhild Linnenbrügger dazwischen. »Dann hätten wir sicher Hautabschürfungen unter ihren Fingernägeln gefunden.«

»Habt ihr aber nicht?«, vergewisserte Fenna sich.

»Nein.«

Die Kommissarin setzte ihre Überlegungen fort. »Wenn es keine zufällige Begegnung war, muss Suse Perk sich mit dem späteren Täter verabredet haben. Da ihr weiter keine Gewalt angetan und sie nicht ausgeraubt wurde, ist dies die Variante, die ich für wahrscheinlicher halte, auch wenn Uhrzeit und Ort sehr ungewöhnlich sind.«

»Da geb ich dir recht.« Tammo langte nach der Teekanne. »Noch jemand?«

Gerhild und Fenna schoben ihm ihre Becher zu, Jan stierte mit zusammengekniffenen Lippen vor sich hin und schüttelte den Kopf.

Während er den beiden Frauen und sich selbst nachschenkte, nahm Tammo Fennas Gedanken auf. »Ich bin sicher, sie hat sich bewusst mit jemandem getroffen.«

Jan trommelte mit den Fingerspitzen auf die Tischplatte.

Fenna übersah das in ihrem Eifer. »Das setzt voraus«, ergänzte sie, »dass sie und der Täter ein gemeinsames Thema hatten, irgendein Anliegen, das sie beide so intensiv beschäftigte, dass es dringend war. Und damit können wir der Sache näher kommen. Wir müssen recherchieren, ob Suse Perk privat etwas Besonderes vorhatte und womit sie sich zuletzt beruflich befasst hat.«

»Goldrichtig«, sagte Tammo. Er wandte sich an Gerhild und Jan. »Soweit wir wissen, hatte sie null Privatleben. Keinen Partner, keine Verwandten, kein gar nichts.«

»Freunde?«, fragte Jan Peters.

»Niemand außer den Feddersens, sagt Piet Baßner, unser Friedhofsdirektor.«

»Na, der muss das ja wissen.«

»Mein Onkel Frido und Fennas Mutter bestätigen das.«

Jan nickte anerkennend. »Ja dann.« Er räusperte sich. »Also, wenn ich dann unsere Untersuchungsergebnisse noch vortragen dürfte?«

»Dazu bist du hier, oder?« Tammo schlug ihm auf die Schulter. »Nur raus damit.«

Jan blickte strahlend in die Runde. »Wir haben den Zugangscode des Handys von Suse Perk geknackt.«

»Na, Glückwunsch!« Tammo konnte eine Spur von Ironie in seiner Stimme nicht verbergen.

Jan grinste unbeirrt weiter. »Der Akku war ziemlich ausgelutscht, als wir das Gerät gefunden haben«, erklärte er, »und auf dem Weg ins Labor hat er sich verabschiedet. Wir mussten ihn erst wieder aufladen. Dann haben wir uns die Kommunikation von Frau Perk angesehen. Und jetzt haltet euch fest.« Er legte eine Kunstpause ein, bevor er mit wichtiger Miene verkündete: »Die Museumsdirektorin hat am Abend vor ihrem Tod eine SMS erhalten. ›Treffen morgen 7 Uhr an Vaters Grab. Dringend!‹ Absender war Hanno Feddersen. Seine Nummer und der Name sind auf Suse Perks Handy gespeichert.«

Tammo pfiff durch die Zähne. »Das ist der Sohn des Mannes, dessen Grabstein Suse Perk zum Verhängnis geworden ist«, erklärte er der Gerichtsmedizinerin und dem Spurensicherer. Dann blickte er Jan tadelnd an: »Und damit rückst du jetzt erst raus?«

»Du hast mich ja nicht gelassen.«

Tammo zog den Kopf ein. »Haben wir die Telefonprotokolle eigentlich schon?«, fragte er Fenna kleinlaut.

Sie schüttelte den Kopf. »Nicht, dass ich wüsste. Aber es sollte nicht mehr lange dauern, bis sie uns auf den Schreibtisch flattern.«

»Das ist aber noch nicht alles, was ich euch zu bieten habe«, fuhr Jan Peters fort. »Suse Perk hat zum Zeitpunkt ihres Todes eine Angorajacke getragen, wie euch aufgefallen sein dürfte.«

»Nicht direkt«, sagte Tammo. »Was Schwarzes hatte sie an. Flauschig war es. Aber dass es Angora war, wäre mir nicht so direkt aufgefallen.«

»War aber so. Das Zeug flust wie verrückt. Da es zu einem engeren Kontakt zwischen ihr und dem Täter gekommen sein muss, dürften an der Kleidung des Täters Angorafusseln haften.«

»So, wie sie da gesessen hat«, fügte Gerhild Linnenbrügger hinzu, »muss er intensiv mit ihr in Kontakt gekommen sein. Nach dem Aufprall auf dem Grabstein ist sie offenbar auf die linke Schulter gefallen. Daher das Hämatom dort. Der Täter muss sie anschließend so hingesetzt haben, wie ihr sie vorgefunden habt. Demnach müssten reichlich Fusseln an der Kleidung zu finden sein.«

»Da kommt wahrscheinlich so viel Material zusammen, daraus könnt ihr fast eine neue Jacke stricken«, polterte Jan los und fing sich damit einen strafenden Blick von Fenna ein.

Tammo jaulte auf und stützte den Kopf in die Hände. »Wenn der Täter die Kleidung nicht nach der Tat in die Waschmaschine gesteckt oder in die Reinigung gegeben hat.«

»Dann dürfte es allerdings schwierig werden, die Fasern nachzuweisen«, gab Jan zu bedenken. »Also, findet den Täter, bevor er die große Reinigungsaktion startet. Besser als mit den Angorafasern könnt ihr ihm die Tat kaum nachweisen.«

»Habt ihr denn rund um den Fundort der Leiche noch Spuren gefunden, die uns weiterhelfen könnten?«, fragte Fenna.

Jan betrachtete seine Fingernägel und schüttelte bedauernd den Kopf. »Der Weg ist mit Steinplatten belegt, wie du weißt, und es war trocken an dem Tag. Da hinterlässt man keine Fußabdrücke wie in Lehm oder Matsch. Es lagen auch keinerlei Gegenstände herum, die wir dem Täter zuordnen könnten. Nicht mal eine Zigarettenkippe. Vor einem Friedhof haben die Leute eben Respekt. Da schmeißen sie nichts achtlos weg.«

»Das dürfte Suse Perk anders sehen, wenn man sie noch fragen könnte.« Fennas Stimme klang bitter.

Tammo guckte auf die Uhr. »Wir müssen bald los zu Hanno Feddersen.«

»Sind wir denn durch oder habt ihr noch was?«, fragte Fenna die Kollegen aus Aurich.

Gerhild packte ihre Unterlagen zusammen. »Von meiner Seite aus war's das.«

Jan zeigte die offenen Handflächen. »Ich hab euch auch nichts weiter zu bieten. Tut mir leid, ist 'ne magere Ausbeute diesmal.«

Fenna lächelte milde. »Weniges ist besser als nichts. Wir werden schon was daraus stricken.«

»Stricken ist gut«, meinte Jan. »Viel Erfolg bei der Suche nach den Fusseln. Am besten setzt ihr Spürhunde ein, haha!«

Gerhild schob ihre Unterlagen in die Aktentasche. »Und klappert vielleicht auch die Reinigungen der Umgebung ab.«

Tammo wurde kribbelig. »Sonst noch was, woran wir denken müssen? Oder wollt ihr uns zur Sicherheit am besten gleich begleiten? Wer weiß, ob zwei so unerfahrene Kriminalhauptkommissare wie Fenna und ich überhaupt in der Lage sind, einen derart vertrackten Fall ganz alleine zu lösen.«

Gerhild blickte sich plötzlich suchend um. »Hab ich meinen Rezeptblock hier irgendwo liegen lassen?«

Tammo guckte irritiert. Seit wann stellte eine Gerichtsmedizinerin Rezepte aus? »Rezeptblock? Was willst du denn damit?«

»Dir eine Packung Baldrian verschreiben. Oder einen Entspannungskurs.«

Die Ermittler begleiteten Gerhild und Jan bis zum Ausgang. Gerhild zog Tammo zur Seite. »Glaube mir, was sich zurzeit in dir abspielt, ist völlig normal. Wenn man sich in deinem Alter zum ersten Mal auf das Abenteuer Ehe einlässt, liegen die Nerven erfahrungsgemäß blank. Nach der Hochzeit legt sich das alles wieder. Und dann habt ihr ja die Flitterwochen, in denen du dich von der ganzen Anspannung, die vorher von dir Besitz ergriffen hat, erholen kannst.« Sie tätschelte seine Wange und nickte ihm mütterlich zu. »Ich hoffe, ihr macht eine richtig schöne, große Reise. Ganz weit weg.«

Tammo lächelte gequält. Das schummrige Gefühl stieg erneut in ihm auf. Er beobachtete Fenna, die Jan und Gerhild fröhlich hinterherwinkte. Wie er sie um ihre Unbeschwertheit beneidete!

Die Kommissarin drehte sich zu ihm um und ihr Gesicht wurde wieder ernst. »Ich fürchte, das wird eine heikle Geschichte«, sagte sie, als sie in ihr Büro zurückgingen, um vor der Fahrt zu Hanno Feddersen noch einen Blick in ihre Mailboxen zu werfen.

»Wegen der SMS von Hanno Feddersen?«

Fenna nickte. »Hanno Feddersen ist durch die SMS in den Fokus gerückt. Und wenn sich erweisen sollte, dass nicht er derjenige ist, der in der Sache drinsteckt …«

»Du meinst, dann müssen wir uns die anderen Familienmitglieder genau ansehen?«

Fenna stieß ihm einen Finger vor die Brust. »Erraten. Oder wo sonst würdest du anfangen, den Täter zu suchen?«

Tammo blies die Backen auf. Fenna hatte recht. Was sie vor sich hatten, war eine heikle Mission. Hanno Feddersen würde sie in aller Öffentlichkeit zerreißen, wenn sie ihn oder jemand anderen aus der Familie grundlos in Verdacht bringen würden.

Fenna schielte an ihrem Monitor vorbei zu ihm hinüber. »Bei dir noch was Interessantes im Eingangskorb?«

Tammo schüttelte den Kopf. Die Ermittler schalteten ihre PCs in den Ruhemodus und gingen auf die Tür zu, als Wachtmeister Benno Pötzschke in ihr Büro platzte.

Er wedelte mit Blättern vor ihren Gesichtern herum. »Die Telefonprotokolle von Suse Perk und eine Zusammenstellung der Nachrichten, die auf ihrem Handy eingegangen sind. Ist gerade alles per Mail eingetrudelt. Ich hab die Berichte für euch ausgedruckt.«

Tammo guckte ihn pikiert an. »Wieso du?«

»Weil ich sie angefordert habe.«

»Hast du nicht dazugeschrieben, dass sie an mich gehen sollten?«

Fenna stöhnte. »Könnt ihr eure Hahnenkämpfe nicht bei anderer Gelegenheit austragen?« Sie nahm Benno die Ausdrucke aus der Hand und überflog die letzten Einträge des Telefonprotokolls. Wie versteinert stierte sie auf das Papier.

Tammo wurde ungeduldig. »Was ist denn?«

»Noch mal Hanno Feddersen.« Fenna hob den Kopf und blickte gedankenverloren ins Leere. »Der Letzte, der mit Suse Perk telefoniert hat, war Hanno Feddersen. Er hat sie am späten Abend vor ihrem Todestag angerufen. Um zweiundzwanzig Uhr dreißig. Und zwar von seinem Festnetztelefon aus auf ihrem Festnetzanschluss.«

Tammo wollte nach den Unterlagen greifen.

Fenna wich ihm aus. »Jetzt guck dir das an.« Sie machte eine Pause und nickte, als müsse sie sich selbst bestätigen, was die Protokolle offenbarten. »Eine Stunde nach diesem Anruf hat er ihr die SMS gesandt.« Endlich reichte sie ihm die Unterlagen rüber. »Sieh selbst.«

Benno trat von einem Fuß auf den anderen. »Wollt ihr gleich einen Haftbefehl beantragen?«

»Nein.« Fennas Stimme klang entschieden. »Ich glaube, da stimmt was nicht.«

»Aber es steht schwarz auf weiß hier.« Tammo fuchtelte mit den Papieren herum.

Doch Fenna ließ sich nicht so leicht von ihrer Meinung abbringen. »Der Typ ist mir zu sortiert. Der sendet doch nicht so eine SMS und bringt die Frau anschließend um. Er musste damit rechnen, dass wir die Nachricht finden würden, mit ihm als Absender. Er hätte doch alles versucht, das Handy an sich zu bringen.«

Tammo sah sie zweifelnd an. »Tötung im Affekt? Vielleicht hat er gar nicht mehr daran gedacht, dass er so eine Spur hinterlassen hat. Oder er hat in der Handtasche nach dem Smartphone gesucht und sie dann vor Wut darüber, dass er es nicht fand, ins Gebüsch geworfen.« Er seufzte. »Lass uns endlich zu ihm gehen. Ich möchte wissen, ob du nach dem Gespräch mit Feddersen junior immer noch von deiner These überzeugt bist.«

Fenna holte einen großen Briefumschlag aus ihrer Schublade, schob die Unterlagen hinein und steckte das Kuvert in ihre Umhängetasche.

Tammo deutete mit dem Kopf darauf, während er seine Jacke überzog. »Du nimmst sie gleich mit?«

»Sicher ist sicher. Für den Fall, dass er unsere Behauptung anzweifeln sollte.«

Hand in Hand stürmten die Ermittler aus dem Büro.

»Halt!«, rief Benno ihnen hinterher.

Tammo ließ Fenna los, die gleichzeitig mit ihm stehen blieb, und drehte sich abrupt um. »Was denn noch?«

»Wollt ihr denn gar nicht wissen, was aus meiner Befragung der Anlieger des Friedhofs rausgekommen ist?«

Fenna hakte sich bei Tammo unter und zog ihn wieder zurück in ihr Büro. »Schieß los. Aber im Telegrammstil bitte. Wir wollen nicht zu spät bei Hanno Feddersen erscheinen. Bei der Familie würde das 'nen schlechten Eindruck machen.«

Benno war der Einzige, der sich hinsetzte. Der schmale Stuhl an dem Besprechungstisch ächzte bedrohlich, als der Wachtmeister daraufplumpste. »Aus zweien der drei Häuser, die meiner Ansicht nach infrage kamen, konnte man gar nicht auf den Friedhof gucken, wie ich feststellen musste. Zumindest nicht auf das Grab von Max Feddersen. Die Sicht ist durch Bäume und Büsche verdeckt.«

»Spannend«, frotzelte Tammo grimmig.

»Das mittlere der Häuser war für mich das spannendste. Aus dem obersten Stockwerk wäre die Sicht auf den Friedhof möglich.« Benno schnaufte vor Aufregung.

»Aber?«, fragte Tammo.

Benno zuckte mit den Achseln. »Der Mann, der da oben wohnt, will da gar nicht hinsehen. Er findet den Ausblick nicht sonderlich erbaulich, hat er mir erzählt. Deshalb hat er eine Jalousie montiert, die immer runtergelassen ist. Ist sowieso nur das Bad, das zu der Seite liegt, meinte er. Da muss er nicht rausgucken und beim Duschen oder auf dem Klo kann er auch keine neugierigen Blicke von Friedhofsbesuchern gebrauchen.«

»Hat denn jemand von den Anwohnern Schreie gehört?«, wollte der Kommissar wissen.

»Nein, niemand.«

Fenna stützte die Stirn in die Hand. »Also ein Satz mit x.«

»Und dafür hältst du uns von dem Termin mit Hanno Feddersen ab?« Tammo stieß den Papierkorb mit dem Fuß in eine Ecke. »Wir hätten jetzt wirklich Wichtigeres zu tun, als uns langatmig über nicht vorhandene oder nicht erwünschte Aussichten auf den Friedhof aufklären zu lassen.«

Er schoss an Benno vorbei auf den Flur. Fenna hielt ihre Umhängetasche fest, damit sie nicht von der Schulter rutschte, und lief hinter ihm her.

Während sie den Gang in Richtung der Ausgangstür rannte, hörten sie Bennos beleidigte Stimme.

»Ich möchte nicht wissen, was ihr gesagt hättet, wenn ich euch erst später ...«

Dann knallte die Tür der Wache zu.

9. Kapitel

Hanno sortierte die Post, die Gertrude ihm in den Wintergarten gebracht hatte. Die meisten Umschläge enthielten Beileidsbekundungen. Noch immer trafen sie aus allen Himmelsrichtungen ein. Wenn Vater unter der Erde lag, der ganze Trubel vorüber war und das Leben sich wieder normalisierte, würde er sich um die Beantwortung kümmern. Vielleicht würde er diese Aufgabe aber auch Gertrude aufs Auge drücken. Ihr lagen solche Dinge bestimmt mehr als ihm.

Er selbst musste sich jetzt auf seine Zukunft konzentrieren. Und dafür sorgen, dass sie ihm nicht verbaut wurde. Verbaut von der eigenen Familie. Er durfte nicht zulassen, dass das passierte. Um ehrlich zu sein: Ihm lag nicht nur daran, den Wunsch seiner Eltern zu verwirklichen. In erster Linie ging es ihm um seine eigene Person, um sein Ansehen und seine berufliche Existenz.

Was sollte er machen, wenn nicht die Arbeit des Vaters fortführen? Wovon sollte er leben? Er hatte nichts anderes gelernt, als der Sohn von Max und Martha Feddersen zu sein. Diesen vorgezeichneten Weg würde er sich nicht versperren lassen. Nicht von Urte und Leni, nicht von Dorit. Aber auch nicht von Agathe.

Hanno blickte zur Standuhr. Gleich zehn. Die Kommissare würden jeden Moment eintreffen. Was wollten die eigentlich von ihm? Wie kamen sie darauf, ihn als Ersten befragen zu wollen? Musste ihn dieser Umstand nervös machen?

Bloß nicht! Immer ruhig Blut. Diese Leute mussten ihre Recherchen durchführen und mit irgendwem mussten sie schließlich anfangen. Was lag da näher, als sich mit ihm zu verabreden?

Er kannte Suse Perk, seit er ein kleiner Junge war. Sie war Mutters beste Freundin gewesen. Vater und er hatten sich oft mit ihr getroffen, sie hatten gemeinsame Pläne geschmiedet.

Sicher würden die Ermittler ihn fragen, welcher Art seine Verbindung zu Suse Perk gewesen war. Das mussten sie tun, es war völlig normal. Deshalb musste er jetzt nicht nervös werden.

Hitze stieg in ihm auf. Eilig zog er ein Taschentuch aus der Seitentasche seines Jacketts und tupfte sich die Stirn ab. Einen Moment lang hielt er das Tuch in der Hand und blickte nachdenklich aus dem Fenster. Dann steckte er es wieder weg und zupfte das Jackett zurecht, wie er es immer tat, wenn Unruhe ihn überkam.

Wie ein Blitz durchzuckte ihn ein Gedanke. Der Anzug!

Hanno sprang auf, lief in den Flur und setzte einen Fuß auf die unterste Stufe der Treppe. »Gertrude, ist mein Anzug schon aus der Reinigung zurück?«

Die Haushälterin trieb sich im elterlichen Schlafraum und im Ankleidezimmer herum. Sie guckte die Schränke von Max Feddersen durch, um die Kleidungsstücke zusammenzulegen, die sie in die Altkleidersammlung geben wollten.

Auf Hannos Frage hin tauchte sie am Treppenabsatz auf. »Nein, Hanno. Ein bisschen müssen Sie sich noch gedulden.«

Hannos Blutdruck stieg an. »Aber ich hatte Ihnen doch gesagt, das ist eilig. Der Hund der Bartelsens ist nach der Trauerfeier an mir hochgesprungen und hat seine Schnauze an den Hosenbeinen abgewischt. Eklig, dieser Schnodder. Und wer weiß, durch welchen Dreck der Köter vorher gelaufen ist. Alles, was er unter den Pfoten hatte, klebt jetzt an der Hose. Was soll ich denn zur Beerdigung meines Vaters anziehen?«

»Sie haben doch noch den Anzug, den Sie zur Beisetzung Ihrer Mutter getragen haben.«

»Da ist der Hosenbund zu eng.«

Gertrude hob vorwurfsvoll die Stimme. »Am Freitag habe ich es nicht mehr geschafft, am Samstag hatte ich frei, wie Sie wissen, und gestern war Sonntag. Heute habe ich im Haus genug zu tun. Vor morgen schaffe ich es nicht zur Reinigung und bis Mittwoch werde ich den Anzug nicht zurückbekommen. Sie werden schon den Bauch ein wenig einziehen können, Ihrem Vater zuliebe.«

Unwillig wandte Hanno sich ab. In ihren graubraunen Plüschpuschen, die sie im Haus trug, wenn kein Besuch zugegen war, schlurfte Gertrude in Max Feddersens Zimmer zurück.

Hanno setzte sich ins Wohnzimmer.

Auf dem Couchtisch stand der Tee bereit. Jeden Moment konnten die Kripobeamten klingeln. Hanno legte Wert darauf, dass alles picobello aussah, so wie zu Lebzeiten seiner Eltern. Er würde sich in jeder Hinsicht als würdiger Nachfolger seines Vaters erweisen. Wenn schon die Familie selbst im Aussterben begriffen war, so würde zumindest ihr guter Ruf noch lange Zeit Bestand haben. Und er, Hanno Feddersen, war fest entschlossen, dafür zu sorgen, dass der Name nicht beschmutzt würde, auch nicht mit einem winzigen Körnchen Staub.

Die Türglocke läutete.

»Ich komme«, rief Gertrude.

Hanno stellte sich vor eine der Vitrinen mit Mutters Porzellan. In dem spiegelnden Glas prüfte er noch einmal den Sitz seiner Krawatte. Gertrude begrüßte in der Diele die Kommissare. Er rief sich deren Namen in Erinnerung. Tammo Anders und Fenna Stern. Nichts war peinlicher, als Besucher fragen zu müssen: ›Wie war noch Ihr Name?‹

***

Tammo straffte unwillkürlich die Schultern, als die Wohnzimmertür sich öffnete.

»Frau Stern, Herr Anders.« Überfreundlich streckte Hanno Feddersen Fenna und ihm beide Hände entgegen. »Bitte, treten Sie ein.« Er führte sie ins Wohnzimmer und zeigte auf den Couchtisch. »Der Tee steht schon bereit.«

Noch im Stehen füllte er die Tassen. Er stellte die Kanne ab, ließ sich auf das Sofa fallen und schlug ein Bein über das andere. Mit säuselnder Stimme begann er einen Small Talk über die Kunstwerke, die dem Raum ein so museales Flair verliehen.

Er gab eine unglückliche Figur ab, so wie er da saß, zurückgelehnt und dennoch sichtlich angespannt. Der eine Fuß schwang nervös auf und ab. Als Hanno bemerkte, dass Tammo ihn beobachtete, schien er innerlich auf eine Stopptaste zu drücken; der Fuß hielt plötzlich still. Schlagartig versiegte auch sein Bemühen um ein belangloses Geplauder.

Fenna half ihm aus der Bredouille. »Ihr Haus ist beinahe ein Museum.«

Hanno nickte und die Spannung in seinem Rücken gab nach. »Ja, in der Tat. Meine Eltern kamen beide aus kunstbegeisterten Familien. Sie selbst haben es leider nie geschafft, ein eigenes Kunstmuseum zu errichten. Aber in jüngster Zeit sind in unserer Familie Pläne in dieser Richtung aufgelebt.«

Fenna nickte verständig. Sie saß kerzengerade da, die Beine ebenfalls übereinandergeschlagen. Die ineinander verschränkten Hände umfassten ihre Knie. »Daher der enge Kontakt Ihrer Familie zu Suse Perk?«

Hannos Fuß fing genau in dem Moment wieder an zu wippen, als der Name der getöteten Museumsleiterin fiel. »Der Kontakt unserer Familie zu Frau Perk bestand schon viele Jahre. Meine Eltern hatten ihr Museum für eine Vision auserkoren, die wir Kinder umsetzen sollten, wenn sie selbst verstorben waren.«

»Wie dürfen wir das verstehen?«

»Mein Vater und meine Mutter konnten sich von ihren Schätzen nicht trennen. Sie hingen an jedem einzelnen Stück und hätten es niemals fertiggebracht, auch nur eins davon aus dem Haus zu geben.«

»Aber sie wollten vermutlich auch nicht, dass die penibel und liebevoll zusammengetragenen Sammlungen nach ihrem Tod auseinandergerissen und auf die Haushalte der Kinder verteilt würden?«

Hanno strahlte Fenna an. »Sie haben es erfasst. Ich sehe, Sie haben ein Gespür für solche Dinge.« Er hörte auf, mit dem Fuß zu wippen. »Das Museum von Suse Perk sollte das neue Zuhause der Sammlungen werden.«

Tammo sah ihn skeptisch an. »Und die Ausstellungen sollten natürlich Geld einbringen.«

Es klopfte an der Wohnzimmertür, die Gertrude Hagenkötter vorhin hinter ihnen geschlossen hatte.

»Herein!«, rief Hanno.

Gertrude erschien im Türrahmen. »Darf ich Apfelkuchen servieren oder Haferkookjes?«

Hanno schüttelte den Kopf. »Für mich nicht, danke.« Er wies mit der Hand zuerst auf Fenna, dann auf Tammo. »Und Sie?«

Beide bedankten sich und verneinten ebenfalls.

Ohne eine Miene zu verziehen, trat Gertrude einen Schritt zurück und schloss die Tür wieder. Wenn sie nicht in Frauenkleidern gesteckt hätte, hätte man sie für einen englischen Butler halten können.

Tammo nutzte die Unterbrechung, um das Gespräch auf das Opfer zu lenken. »Suse Perk war oft zu Gast bei Ihnen?«

Indigniert blickte Hanno ihn an. »Selbstverständlich. Frau Doktor Perk ist bei uns ein und aus gegangen. Man kann beinahe sagen, sie gehörte zur Familie.«

Tammos Wahrnehmung konzentrierte sich ganz auf Hannos Mimik, die immer starrer wurde. »Darf ich fragen, worum die Gespräche, die Sie mit ihr geführt haben, sich drehten? Ging es immer um die Kunstsammlungen oder wurden auch private Angelegenheiten besprochen?«

Hannos Ton wurde geschäftlich. »Zuletzt drehte sich alles um die Pläne, die Sammlungen in das Institut von Frau Perk zu überführen.«

»Wie weit waren die Pläne gediehen?«

Hanno räusperte sich. »Ziemlich weit. Mein Vater spürte, dass es mit ihm zu Ende ging. In den letzten Tagen vor seinem Tod hat er mit Suse Perk mehrmals intensive Gespräche über die nächsten Schritte geführt.«

»Sie waren mit dabei?«

Hanno streichelte die Armlehne des Sofas. »Selbstverständlich.«

Fennas Augen blitzten auf. »Und Ihre Schwestern?«

Hanno senkte den Blick. »Dorit hat die Pläne im Prinzip unterstützt. Urte und Leni war das nicht so wichtig.« Er schwieg und wartete auf die nächste Frage.

»Wann war Frau Perk zum letzten Mal bei Ihnen zu Besuch?«

Etwas blitzte in Hanno Feddersens Augen auf und er presste kurz die Lippen aufeinander. »Am Abend vor ihrem Tod.«

Tammo erinnerte sich an das Gespräch mit Frido und Magda. »Frau Perk hat im Bereich der Kunstgeschichte und Kunstwissenschaften Recherchen betrieben.«

»Das hat sie. Viele ihrer Aufsätze sind im Kunstmagazin meines Vaters erschienen. Als Erstveröffentlichungen.« Hanno warf sich stolz in die Brust.

»Soweit wir wissen, hat sie sich auch mit Fälschungen beschäftigt.«

»Das hat sie wohl.«

»Auch mit Fälschungen im Bereich der Porzellanmalerei.«

Hanno stutzte einen Augenblick und seine Gesichtszüge wurden hart. Seine Antwort beschränkte sich auf ein Nicken, begleitet von einem störrischen Blick.

»Kann es sein«, fragte Fenna, »dass Frau Perk in jüngster Zeit einem Fälscher auf der Spur war, speziell im Bereich der Porzellanmalerei?«

»Davon weiß ich nichts. Dazu kann ich Ihnen leider gar nichts sagen.« Hannos Lippen wurden schmal. Er legte einen Finger an den Mund und sah die Ermittler abwartend an.

Tammo klang die Antwort zu entschieden. Er sah förmlich die Mauer, die Hanno Feddersen während der letzten Fragen um sich herum aufgebaut hatte. Er wandte sich an Fenna, schielte aber ganz bewusst auch zu Hanno Feddersen hinüber. »Wenn die Aussagen stimmen, die uns zugetragen wurden, Fenna, dann dürfte Frau Perk Aufzeichnungen darüber haben. Wenn wir in ihren Unterlagen nachsehen, werden wir möglicherweise fündig.«

»Ich weiß nicht, ob sich der Aufwand lohnt«, wandte Hanno ungefragt ein. »Aber wenn Sie meinen, dass Sie das tun müssen ...«

Tammo bohrte weiter. »Hat Frau Perk im Rahmen Ihrer Kooperationspläne auch Gutachten über die Sammlungen Ihrer Eltern erstellt, um die Echtheit der Stücke zu bestätigen?«

»Nein. Nicht, dass ich wüsste. Mein Vater hätte mir das sicherlich mitgeteilt. Ich denke, es gab keinerlei Anlass, die Werke auf Echtheit zu prüfen.« Hanno rückte sein Jackett zurecht.

Fenna legte all ihren Charme in ihre Blicke, die den Hausherrn fixierten. »Wie war Ihre ganz persönliche Beziehung zu Suse Perk? Waren Sie sich in allen Punkten, die Ihre gemeinsamen Pläne betrafen, einig oder gab es auch mal Differenzen?«

Hanno sah sie brüskiert an. »Ja, was denken Sie denn? Mein Vater und ich haben immer am selben Strang gezogen und Suse Perk lag auf einer Linie mit uns.«

»Unstimmigkeiten hat es also nicht gegeben. Keinerlei Aspekte, über die Sie hätten aneinandergeraten können?«

»Wir waren ein Herz und eine Seele. Fragen Sie meine Schwestern!«

»Das werden wir machen.«

Hanno setzte sich auf die Sofakante und rang die Hände. »Wär's das dann? Mein Arbeitspensum sagt mir, dass ich wieder an den Schreibtisch zurückkehren sollte.«

Fenna verständigte sich stumm mit Tammo, dem die wohl wichtigste Frage des heutigen Termins mit Hanno auf der Zunge lag. »Eine Sache hätten wir da noch.« Er beugte sich über den Wohnzimmertisch und nahm die Unterlagen mit der Auswertung von Suse Perks Telefondaten aus Fennas Händen entgegen. »Am späten Abend vor deren Tod haben Sie Frau Perk angerufen.«

Hanno war sichtlich konsterniert. »Sie haben die Telefonprotokolle ausgewertet.« Er rückte seine Krawatte zurecht.

»Sie haben das Zeug zum Kriminalbeamten.« Die Ironie in Tammos Stimme war nicht zu überhören. Ein missbilligender Blick von Fenna, mit dem der Kommissar fest gerechnet hatte, blieb diesmal überraschenderweise aus. »Was hatten Sie mit ihr noch so Dringendes zu besprechen, nachdem sie doch hier bei Ihnen war?«

Hanno fasste sich mit beiden Händen entrüstet an das Revers seines Jacketts. »Ich wüsste nicht, was Sie das angeht.«

Die Kommissarin mischte sich mit einem unverbindlichen Lächeln ein. »Herr Feddersen, ich möchte es mal vorsichtig ausdrücken: Sie sind im Moment nicht in der Situation, es sich leisten zu können, uns wichtige Auskünfte ohne triftigen Grund vorzuenthalten. Sie haben natürlich das Recht, zu schweigen. Wir sprechen im Moment nicht aus Verdachtsgründen mit Ihnen. Wir versuchen lediglich, uns ein Bild der Situation des Opfers unmittelbar vor seinem gewaltsamen Tod zu machen. Aber Sie sehen sicherlich ein, dass der Inhalt dieses Telefonates für uns von höchstem Interesse ist. Und wenn Sie in der Angelegenheit abblocken, macht das gar keinen guten Eindruck auf uns.«

Tammo hatte das Gefühl, Hanno ein wenig beruhigen zu müssen, um ihn zum Reden zu bringen. »Es würde uns schon reichen, wenn Sie uns in groben Zügen schildern könnten, was das Anliegen Ihres Anrufs war. Wenn eine reine Geschäftsbeziehung zwischen Ihnen beiden bestanden hat, ist es doch etwas ungewöhnlich, dass Sie Frau Perk so spät noch angerufen haben. Es muss etwas Gravierendes vorgelegen haben, das Sie mit ihr erörtern wollten.«

Hanno lehnte sich wieder zurück und schlug die Beine übereinander. Erneut fing sein Fuß an zu vibrieren. Er spürte wohl selbst, welche

Unruhe in ihm steckte, und griff mit einer Hand nach dem Sprunggelenk. »Sie werden es ja doch erfahren.« Er flüsterte fast und stierte auf die Tischplatte, als säße sein Gesprächspartner in der Teetasse, die vor ihm stand. »Am Abend vor Suse Perks Tod hatten meine Schwester Urte und ich einen heftigen Streit darüber, wie es mit den Sammlungen unserer Eltern weitergehen sollte. Wir haben völlig konträre Ansichten dazu. Urte will die Sammlungen meistbietend versteigert sehen. Frau Perk war entsetzt darüber. Ich hatte das Bedürfnis, noch einmal mit ihr zu sprechen, nachdem sie in ihr Haus zurückgekehrt war.«

»Und das war so spät am Abend, gegen zweiundzwanzig Uhr dreißig?«

Hanno nickte. »Urte und ich haben lange diskutiert. Viel zu lange. Es war vertane Zeit. Es hat wirklich keinen Sinn, mit ihr über diese Angelegenheiten zu reden. Sie steht auf dem Standpunkt, der Wunsch unserer Eltern ginge sie nichts an.«

»Was bedeutet das konkret für Sie und Ihre Pläne mit Frau Perk?«

Hanno zuckte verlegen mit den Schultern. »Wir müssten zumindest einen Teil der Sammlungen verkaufen, um Urte auszahlen zu können, es sei denn, es ist genügend Liquidität vorhanden. Über die Vermögensverhältnisse meines Vaters im Einzelnen muss ich mir erst noch einen Überblick verschaffen. Vor allem aber muss der Wert der Sammlungen konkret taxiert werden. Das geht nicht so schnell. Es gibt da auch noch ...« Er strich sich über das Hosenbein. »Es gibt einige Unstimmigkeiten über den Wert einzelner Teile aus der Porzellansammlung meiner Mutter. Erst wenn wir darüber Klarheit haben, können wir entscheiden, wie wir weiter vorgehen.«

»Darüber haben Sie und Ihre Schwester sich also am Abend vor Suse Perks Tod zerstritten«, fasste Fenna zusammen.

Hanno nickte. »Es war ein ziemlich heftiger Disput.«

Tammo wurde ungeduldig. »Dann wollten Sie mit Frau Perk darüber reden, inwieweit Ihre Schwester die Museumspläne torpedieren kann?«

Hanno blickte auf seine Armbanduhr und seufzte. »Wirklich, ich muss Sie bitten ... Im Moment fehlt mir jegliche Konzentration. Können wir das vielleicht zu einem anderen Zeitpunkt weiter besprechen?«

Fenna wies mit dem ausgestreckten Arm auf die Telefonprotokolle, die Tammo noch in der Hand hielt, und ihre Stimme zerschnitt die Luft im Raum. »Eine Stunde nach dem Telefonat mit ihr haben Sie Frau Perk eine SMS geschickt. Den Text der Nachricht kennen wir, Sie haben sich mit ihr für den Morgen der Tat auf dem Friedhof verabredet.«

Hanno schnellte auf die Sofakante vor und sah die Kommissarin entgeistert an. »Was habe ich getan?«

Tammo stand auf und hielt ihm das Blatt hin, auf dem die Mobilfunknummer des Absenders und die Sendezeit standen. Zudem war die Handynummer von Suse Perk als Anschluss des Empfängers aufgelistet.

Hanno Feddersen wurde leichenblass. »Das ... das sieht jetzt ganz dumm aus«, brachte er schließlich hervor. »Ich weiß, wie das auf Sie wirken muss. Aber ...«

Tammo ließ sich wieder in seinen Sessel zurückfallen. »Es war natürlich ganz anders, als es sich für uns darstellt, und Sie können das erklären.«

Hannos Stimme überschlug sich. »Das kann ich tatsächlich und wenn Sie mich jetzt beschuldigen, rede ich nur noch in Gegenwart meines Anwalts mit Ihnen.«

Fenna blieb ruhig wie immer. »Herr Feddersen, wir hören uns gerne an, was Sie dazu zu sagen haben.«

»Sie gestatten?« Hanno langte nach einer Metallschatulle und entnahm ihr ein Zigarillo. Seine Hände zitterten, als er es mit einem Feuerzeug ansteckte, das neben dem Kästchen lag. Gierig sog er den Qualm ein und stieß ihn durch die Nasenlöcher wieder aus. Nach dem nächsten Zug fing er an zu reden. »Auch auf die Gefahr hin, dass ich jetzt als Nestbeschmutzer gelte: Die SMS habe nicht ich geschrieben. Ganz bestimmt nicht. Meine Schwester muss die Situation ausgenutzt haben.« Er zog erneut an dem Zigarillo, angelte mit der anderen Hand nach einem Aschenbecher und streifte die Asche ab.

Fenna kräuselte die Stirn. »Welche Situation?«

Hannos Hände zitterten. »An dem Abend, als Urte und ich hier saßen und uns stritten, haben wir beide telefoniert, um uns in unserer jeweiligen Position Unterstützung zu holen. Urte hat sich mit unserer Cousine Agathe beraten, ich mich mit Dorit, unserer zweitältesten Schwester.«

»Und die Jüngste, Leni?«, fragte Fenna.

Hanno winkte ab. »Die zählt nicht. Die hat immer dieselbe Meinung wie Urte.«

Tammos Blicke konzentrierten sich auf Hanno, als wären sie Lügendetektoren, die seine Körperreaktionen auf ihre Glaubwürdigkeit hin beurteilen sollten. »Sie haben also mit Ihren jeweiligen Verbündeten telefoniert. Und weiter?«

»Als die Gespräche beendet waren, haben wir unsere Handys auf den Tisch geworfen. Da lagen sie dann nebeneinander und wir haben beide das gleiche Modell. Wir haben uns in Rage geredet, weiter gestritten.

Schließlich ist Urte zur Toilette gegangen und als sie zurückkam, hat sie sich ein Smartphone geschnappt und ist wütend aus dem Haus gelaufen. Ich habe dann erst mal einen Cognac gebraucht oder zwei. Schließlich habe ich den Fernseher eingeschaltet, um mich berieseln zu lassen.«

Tammo behielt Hanno weiter im Auge. Der Mann, den Fenna und er so sehr in Bedrängnis gebracht hatten, lächelte verlegen und nahm nochmals einen Zug an seinem Zigarillo. Es war mittlerweile fast bis auf den Filter heruntergebrannt. Ungelenk drückte Hanno den Stumpen im Aschenbecher aus. Er war sicherlich kein geübter Raucher.

Der Hausherr lehnte sich zurück und rieb sich das Gesicht. »Dann kam der Zeitpunkt, als ich in meinem Planer nachsehen wollte, was für Termine ich in den nächsten Tagen hatte. Schon als ich das Display sah und die Anordnung der Symbole der verschiedenen Anwendungen, war mir klar, dass das nicht mein Handy war. Als ich den Planer öffnete, sah ich Termine, die nicht meine waren. Urte hatte mein Handy mitgenommen.«

»Versehentlich oder mit Absicht, was meinen Sie?« Es war keine Fangfrage, die Fenna stellte. Daran ließ ihr Gesichtsausdruck keinen Zweifel.

Hanno guckte verdutzt. »Ich bin davon ausgegangen, dass es Zufall war. Aber wenn Sie so fragen ... Es kann natürlich Methode dahintergesteckt haben.« Er legte den Kopf in den Nacken und schloss die Lider.

Fenna beobachtete ihn scharf. »Worüber denken Sie gerade nach?«

Hanno stützte die Arme auf die Oberschenkel und blickte Fenna an. »Wissen Sie«, er presste die Lippen zusammen. »Wenn ich jetzt darüber nachdenke ... Sie muss es gewesen sein, die die SMS geschrieben hat. Ja, wenn ich dieses Protokoll betrachte, zu dem Zeitpunkt, als die SMS versandt wurde, hatte ich mein Smartphone noch nicht zurück.«

Tammo unterbrach ihn. »Wann genau haben Sie Ihr Smartphone zurückerhalten?«

Hanno erstarrte. Er schien scharf nachzudenken. »Am nächsten Morgen hat sie es mir zurückgegeben. Als sie zusammen mit der übrigen Familie vor der Trauerfeier hier eintraf, da haben wir die Handys wieder getauscht. Nachts schläft unsereins ja, da braucht man so ein Teil nicht.« Er lächelte gekünstelt.

Fenna sah ihn eindringlich an. »Sie sind also ganz sicher, Ihre Schwester Urte hat die SMS an Frau Perk versandt?«

»Klar, wer sonst?« Hanno zuckte mit den Schultern. »Urte oder ... Nein, ich will jetzt nicht auch noch unsere Jüngste mit hineinziehen. Leni ist so harmlos wie nur irgendwas.«

Tammo sprang auf den Zug auf, den Hanno ins Rollen gebracht hatte. »Rein theoretisch wäre es aber auch denkbar, dass Ihre jüngste Schwester das Handy in die Finger bekommen hat?«

»Na ja, sie lebt schließlich im selben Haus wie Urte. Die beiden teilen sich die Räumlichkeiten. Jede hat ihr Schlafzimmer und ein eigenes Bad. Aber wenn Urte das Handy zum Beispiel im Flur oder im Wohnzimmer herumliegen lassen hat ...« Er warf sich gegen die Rückenlehne und stemmte die Hände gegen die Sitzpolster. »Ich will jetzt wirklich niemanden beschuldigen, aber ich selbst ...« Er drückte einen Zeigefinger auf seine Brust, »ich selbst war nicht derjenige, der die SMS versandt hat. Ganz bestimmt nicht.«

Tammo setzte sich gerade hin und deutete durch seine Körperhaltung an, dass das Gespräch nun dem Ende zuging. »Okay, Herr Feddersen. Das waren Aussagen, die für unsere Ermittlungen von essentieller Bedeutung sind. Wir werden sie zu Protokoll nehmen. Bitte kommen Sie in den nächsten Tagen zu uns auf die Wache, um das zu unterzeichnen.« Er stand auf, Fenna ebenso.

Hanno begleitete sie zur Tür.

In der Diele wanderten Fennas Blicke zum Treppenabsatz, der in dem fensterlosen Flur im Dunkeln lag. Auch Tammo hob den Kopf leicht an. Aus dem Augenwinkel heraus erkannte er die Beine von Gertrude Hagenkötter, die bis über die Knie von einem gerade geschnittenen braunen Flanellrock bedeckt waren.

Hanno verabschiedete sich von den Ermittlern.

So souverän der Hausherr sich auch gab, er hatte feuchte Hände. Deutlich feuchter als bei der Begrüßung.

Fenna atmete hörbar durch, als sie im Auto saßen.

Tammo ließ den Motor an und fuhr bedächtig los. »Glaubst du ihm?«, fragte er, als sie um die Straßenecke gebogen waren. Er sah zu Fenna hinüber.

Ihre Augen wirkten düster. »Nicht in jedem Punkt.«

10. Kapitel

Urte hatte Leni und sich selbst heute freigegeben. Eine Begründung dafür hatte sie nicht genannt. Am Vormittag hatte jede für sich Besorgungen gemacht. Nach dem Mittagessen zogen beide Schwestern sich in ihre Räume zurück.

Seit einigen Minuten drangen ungewohnte Geräusche auf den Flur. Leni schlich sich an Urtes Schlafzimmer heran. Die Türen der Kleiderschränke klapperten, Plastiktüten raschelten. Urte legte Wert auf eine große Garderobe. Für jede Jahreszeit, jedes Wetter und jede Gelegenheit hatte sie reichlich Auswahl. Ob sie endlich einmal einiges aussortierte?

Leni war der Meinung, dass mindestens die Hälfte dessen, was in den Schränken hing und lag, ihrer Schwester schon lange nicht mehr passen konnte. Urtes Figur war im Laufe der Jahre runder und stabiler geworden, um es freundlich auszudrücken. Manchmal, wenn sie zu ihr hochguckte, war Leni sogar überzeugt, dass die Älteste von ihnen selbst im Erwachsenenalter noch einige Zentimeter in die Höhe geschossen war. An den Schuhen, die Urte trug, konnte es nicht liegen. Seit einer Ewigkeit trug sie das gleiche Modell der immer gleichen Marke mit genau drei Zentimeter hohen Absätzen. Dass sie heute, mit Ende fünfzig, größer wirkte als mit Mitte zwanzig, lag wohl eher an ihrem beruflichen Erfolg, der sie stolz hatte werden lassen. Aufrechter und selbstbewusster als Urte Feddersen aus Greetsiel konnte der Homo sapiens sich nicht fortbewegen.

Urte nieste verhalten.

Leni stellte sich vor, dass eine große Staubwolke, die aus den Tiefen des Wäscheschranks emporstieg, die Ursache dafür war. Vorsichtig klopfte sie an die Tür der großen Schwester.

»Was denn?«

So hohl, wie Urtes Stimme klang, musste sie mit dem Oberkörper im Kleiderschrank stecken. In Leni flammte ein Gedanke auf. Die Schwester in den Schrank schubsen, die Tür verschließen und das Möbelstück samt dem Ungeheuer, das darin hockte, in Brand setzen. Dann das Weite suchen in dem Bewusstsein, ab jetzt frei zu sein.

Zentimeter für Zentimeter schob Leni die Tür auf, bis sie halb offen stand. Wie eine Schildkröte, die sich zögerlich aus ihrem Panzer hervortraut, schob sie den Kopf in den Raum. »Ich wollte nur mal gucken, was du machst.«

»Siehst du doch. Aussortieren.« Urte deutete auf Plastiksäcke mit Kleidungsstücken, die auf und neben dem Bett standen. »Die sollen nachher zu Gertrude. Ich hab das mit ihr abgesprochen. Sie fährt in den nächsten Tagen nach Norden und wird die Sachen zusammen mit denen von Vater bei der Sammelstelle abliefern.«

»Gute Idee! Ich pack auch was zusammen.«

Urte lachte spöttisch. »Was willst du denn aussortieren von den drei Kleidungsstücken, die du besitzt?«

»Mal gucken.« Leni marschierte in ihr Zimmer und schloss die Tür von innen ab. Sie holte die alte, nutzlose Reisetasche hervor, die seit vielen Jahren in einer Ecke ihres Zimmers herumstand, und öffnete den Kleiderschrank. Es stimmte: Im Vergleich zu Urte hatte sie nicht mehr als drei Kleidungsstücke. Das, wozu ihre Schwester Stunden brauchte, war bei ihr mit wenigen Handgriffen erledigt.

Sie hockte sich auf ihr Bett, kaute auf dem Daumennagel und dachte nach. Urte unterbrach ihre Überlegungen abrupt. Leni schrak zusammen, als die Türklinke heruntergedrückt wurde. Mit einem Satz sprang sie auf und drehte den Schlüssel wieder herum.

Urte drückte die Tür auf. »Was soll denn das? Seit wann schließt du dich ein?«

Leni guckte arglos drein. »Ich weiß nicht. Das hab ich nicht bewusst gemacht.«

Urte verzog das Gesicht. »Ein bisschen merkwürdig warst du ja schon immer. Aber was soll's? Ich pack meine Tüten gleich in den Kofferraum. Dann kannst du sie zu Gertrude bringen. Ich will nachher doch noch kurz ins Büro. Setz mich auf dem Weg zum Elternhaus einfach dort ab.« Sie wies auf Lenis Tasche. »Was hast du denn alles da drin? So viel hattest du doch gar nicht im Kleiderschrank.«

Leni vermied es, Urte anzusehen. »Offenbar doch.« Eine Gänsehaut lief über ihren Rücken. Sie wusste selbst nicht, welche Gefühle diese Reaktion hervorgerufen hatten. Hastig griff sie nach der Tasche und ging auf die Treppe zu.

Urte rief ihr hinterher. »Nimm eine meiner Tüten mit und wenn du die Sachen in den Kofferraum gestopft hast, komm gleich wieder hoch und hilf mir mit dem Rest.«

Leni sah sie unverwandt an, ließ sich von ihr eine Tüte in die Hand drücken und drehte sich wieder zur Treppe um. »Jawohl, Madame.« Sie formte die Worte lautlos mit den Lippen.

Als alles im Auto verstaut war, schwang Urte sich auf den Fahrersitz.

Leni ließ sich schmollend auf dem Beifahrersitz nieder. »Ich dachte, ich sollte fahren?« Sie legte den Sicherheitsgurt an, während Urte den Motor anließ.

»Sollst du ja auch. Aber bis zum Geschäft fahre ich. Ist schließlich mein Auto.«

Auf der kurzen Fahrt bis zum Büro herrschte Stille zwischen den Schwestern. Urte parkte vorschriftsmäßig ein, stellte den Motor ab und stieg aus. Vor der geöffneten Fahrertür blieb sie stehen.

Leni ging um den Wagen herum. Urte hielt den Autoschlüssel hoch und ließ ihn in Lenis Hand fallen.

Zielen konnte die große Schwester, das musste man ihr lassen.

Leni stieg ein.

»Hol mich um viertel vor fünf wieder ab!«, sagte Urte. »Und sei pünktlich. Die Kommissare wollen uns sprechen. In der Zeit bis dahin kannst du zu Hause noch ein bisschen sauber machen. Was sollen die Beamten von uns denken, wenn ...«

Leni schlug die Tür zu, drehte den Schlüssel im Zündschloss um und gab Gas. Vor ihrem geistigen Auge sah sie sich mit Schürze und Putzeimer bewaffnet durch das Haus wirbeln, das allein Urtes Heim war und in dem sie nur gelitten war, weil sie als billige Arbeitskraft fungierte. Was wäre wohl, wenn sie Urte nicht mehr zu Diensten stehen könnte? Wenn eine Krankheit sie daran hindern würde? Würde Urte sie dann immer noch dulden? Oder würde ihre Schwester sie in eine Mülltüte stopfen und aussortieren wie einen Rock, der nicht mehr saß?

***

Nach dem Besuch bei Hanno Feddersen machten die Ermittler einen Abstecher zum Pilsumer Leuchtturm. Sie brauchten Ruhe und frische Luft, um sich über den Eindruck auszutauschen, den Hanno Feddersen auf sie gemacht hatte. Auf den Treppenstufen, die den Deich hinabführten, ließen sie sich nieder und beobachteten das auflaufende Wasser.

»Im Großen und Ganzen halte ich ihn für glaubwürdig«, meinte Fenna, »wenn er mir auch sehr nervös erschienen ist.«

»Die Geschichte mit den verwechselten Handys fand ich ein bisschen abenteuerlich, aber sie mag stimmen. Sie klang einigermaßen plausibel. Allerdings hatte sie was von einem Slapstick.«

Fenna lachte. »Wenn solche Szenen nicht ab und zu im realen Leben vorkämen, würde niemand darüber lachen, wenn man sie auf der Bühne sieht.«

Tammo rupfte einen Grashalm nach dem anderen aus dem Rasen heraus, der zu beiden Seiten der Treppe wuchs, und zerriss ihn. »Das mag wohl sein. Aber als es darum ging, ob Suse Perk sich möglicherweise mit dem Thema Kunstfälschungen beschäftigt hat, hat er ziemlich abgeblockt. Ich bin sicher, dass er etwas vor uns zu verbergen versucht.«

»Die Ordner in Suse Perks Büro müssen wir uns auf jeden Fall ansehen. Ich hoffe, dass wir darin etwas finden, das uns Aufschluss über den Täter und sein Motiv gibt. Und weißt du was?« Sie sah Tammo an und er hörte auf, die Grashalme zu zerpflücken. »Das Verhältnis der Geschwister Feddersen zu Suse Perk ist mir suspekt. Auf der einen Seite diese Einigkeit zwischen der Museumsdirektorin und Max und Hanno Feddersen, auf der anderen der große Disput zwischen Hanno und Urte. Da klingelt was bei mir. Wenn Suse Perk da mal nicht zwischen die Fronten geraten ist!«

Fennas Magen knurrte plötzlich laut. Sie drückte ihre Hand dagegen, um ihn zum Schweigen zu bringen.

Tammo deutete mit dem Daumen in Richtung des Fischimbisses, der in der Nähe des Leuchtturms stand. »Fischbrötchen?«

Fenna zog die Stirn kraus. »Mir ist eher nach was Süßem. Wenn ich an den Termin mit Urte Feddersen denke, den wir nachher haben, brauche ich Nervennahrung.«

»Lass uns doch ins Bistro im Supermarkt gehen und eine Kleinigkeit zu uns nehmen.«

»Gute Idee!«

Eng umschlungen wie Touristen auf Urlaub gingen die Ermittler zum Wagen zurück, um nach Greetsiel zu fahren. In einem eleganten Bogen fuhr Tammo auf den Parkplatz vor der Wache. Fenna lief ins Polizeigebäude und gab Benno Bescheid, wo sie die nächste halbe Stunde zu finden sein würden.

Hand in Hand überquerten sie die Straße und betraten den Supermarkt, in dessen Eingangsbereich eine Bäckerei mit angeschlossenem Bistro lag.

»Das Übliche?«, fragte Tammo und lief auf die Theke zu.

»Das Übliche. Ich suche uns schon mal einen Platz.« Zielstrebig trat Fenna um die Trennwände herum, die das Café vor dem geschäftigen Eingangsbereich schützten. Alle Tische waren besetzt, doch an einem saß nur eine einzige Dame, die aus dem Fenster blickte und gedankenverloren in ihrem Kaffee rührte. Fenna ging auf sie zu. »Entschuldigung, sind hier noch zwei Plätze frei?«

Die Dame blickte auf.

»Oh, Frau Hagenkötter. Sie hier?« Noch nie zuvor war Fenna der Angestellten der Feddersens hier begegnet.

Die elegant gekleidete Dame zeigte sich nicht weniger erstaunt als die Kommissarin. Ihre Blicke streiften die Umgebung, als wollte sie sich vergewissern, ob nicht ein anderer Tisch frei war.

Tammo näherte sich ihnen. Er balancierte ein Tablett mit zwei Bechern Tee und zwei Stück Kuchen.

Mit gönnerhafter Miene zeigte Gertrude Hagenkötter auf die beiden Plätze auf der anderen Seite des schmalen Tisches. »Bitte, setzen Sie sich. Ich bin sowieso gleich fertig. Dann können Sie sich ungestört unterhalten.«

Fenna legte ihr beschwichtigend die Hand auf die Schulter. »Wir möchten Sie keinesfalls verscheuchen!« Sie setzte sich auf den Stuhl, der direkt gegenüber von Gertrude stand.

Tammo stellte das Tablett ab, nahm neben Fenna Platz und verwickelte die Hausdame gleich in ein Gespräch. »Sie sind schon lange bei den Feddersens beschäftigt?« Er stellte Fenna einen Becher und einen Teller hin, behielt dabei jedoch sein Gegenüber im Auge.

»Ich kannte das Ehepaar Feddersen, seit wir junge Leute waren. In dem Haus beschäftigt bin ich allerdings erst seit Martha Feddersens Tod. Früher habe ich gelegentlich mitgeholfen, wenn es um die Archivierung der Sammlungen ging.«

»Was genau ist Ihre Aufgabe heute?«

Gertrude drückte den Rücken durch. »Ich mache alles.« Sie betonte jedes Wort einzeln. »Haushälterin, Sekretärin, Gesellschaftsdame. Letzteres natürlich nur für den Senior zu dessen Lebzeiten, nicht für Hanno.«

Tammo hob unwillkürlich eine Augenbraue.

»Da brauchen Sie gar nicht so zu gucken, junger Mann. Es war und ist ein offizielles Beschäftigungsverhältnis. Nicht mehr, aber auch nicht weniger. Und auch der Beruf der Gesellschaftsdame ist ein anständiger.«

Tammo wurde verlegen. »Ich bitte um Entschuldigung«, beeilte er sich zu sagen. »Sie müssen meinen Blick falsch verstanden haben. Als Sie Ihre Tätigkeitsbereiche aufgezählt haben, kam mir der Gedanke, dass Sie die Familie Feddersen so gut kennen müssen wie kaum ein anderer Mensch auf der Welt, so eng, wie Sie in deren Leben integriert sind. Wenn ich recht verstehe, überschneiden sich berufliche und private Aufgaben.«

Gertrude schob den Kaffeebecher energisch von sich und guckte die Ermittler an. »Sie wollen mich aushorchen.«

Tammo konterte umgehend. »Hüten Sie denn ein Geheimnis, das es wert ist, ausgehorcht zu werden?«

Gertrudes Miene verfinsterte sich. »Sie verdächtigen doch nicht etwa ein Mitglied des Hauses Feddersen, Suse Perk getötet zu haben?«

Fenna tat entrüstet. »Wie kommen Sie denn darauf?«

Die Vertraute von Max, Martha und Hanno Feddersen schien etwas auf dem Herzen zu haben. Ihre Hände spielten mit einer Papierserviette und ihre Lippen bewegten sich. Mehrmals setzte sie zu sprechen an, brachte jedoch kein Wort hervor. Dann senkte sie den Kopf und blickte auf die Serviette, die sie zu immer kleiner werdenden Quadraten zusammenfaltete. »Der Hanno ist ein herzensguter Mensch.« Plötzlich sah sie den Ermittlern fest in die Augen. »Er lebt für die Kunst. Für nichts anderes als die Kunst.«

Fenna erwiderte ihren Blick. »Ein weltentrückter, selbstloser Typ?«

Gertrude zauderte. »Es würde mich wundern, wenn bei den Schwestern, mit denen er aufgewachsen ist, nicht auch etwas von deren Eigennützigkeit und Berechnung auf ihn abgefärbt hätte. Anders hätte er doch zwischen diesen Mädels gar nicht überleben können.« Sie warf die Serviette in den Aschenbecher, lehnte sich zurück und verschränkte die Arme vor der Brust.

»Und die Schwestern?«, fragte Tammo. »Urte, Dorit und Leni. Wie gut kennen Sie die?«

Die Antwort auf diese Frage ließ Gertrude sich lange durch den Kopf gehen. Schließlich beugte sie sich vor, pochte mit einem Finger auf den Tisch und senkte die Stimme. »Urte und Dorit ziehen ihr Ding durch, rücksichtslos. Die lassen nicht zu, dass irgendwer ihre Pläne durchkreuzt. Leider stehen sie oft konträr zueinander. Das ist dem Familienfrieden nicht sehr zuträglich, gerade nach dem Tod des Vaters nicht. Aber der Hanno hält sich da raus, soweit es geht. Zum Glück!«

»Geht das denn immer?«, fragte Tammo.

Gertrude wiegte den Kopf. »Meistens.«

»Und Leni?«, wollte Fenna wissen.

»Pah! Ich sag's Ihnen.« Gertrude hob den Kopf und sah die Ermittler von oben herab an. »Die Leni ist auch nicht ganz ohne. Die hat mehr drauf, als wir ihr zutrauen, glauben Sie mir. Ich hab da schon immer so ein Gefühl ... Sie muss vielleicht nur den passenden Moment abwarten, in dem sie zeigen kann, was in ihr steckt.«

Eine Kellnerin wischte den Nebentisch, der gerade frei geworden war, mit einem Tuch ab. Ihr Blick streifte die leeren Teller und Becher, die vor den Ermittlern und Gertrude Hagenkötter standen.

»Ich glaube, wir sollten Platz für die nächsten Gäste machen«, meinte Fenna. Sie überreichte Gertrude ihre Visitenkarte. »Für den Fall, dass Ihnen noch etwas einfällt, das uns weiterhelfen könnte.«

Tammo und Fenna begleiteten Gertrude hinaus und verabschiedeten sich auf dem Parkplatz vor dem Supermarkt von ihr.

Die Hausdame lief auf eine große, dunkle Limousine zu und verstaute ihre zwei prall gefüllten Einkaufstaschen im Kofferraum.

Die Ermittler überquerten die Straße und kehrten zur Wache zurück. Benno winkte ihnen durch das weit geöffnete Fenster zu.

»Wir fahren zu Urte und Leni Feddersen«, rief Fenna zu ihm hinüber. »Es kann etwas später werden. Vielleicht fahren wir von dort aus sofort nach Hause.«

»Okay«, erwiderte Benno. »Schönen Abend, falls wir uns nicht mehr sehen.« Er schloss das Fenster, riss es dann nochmals auf und rief hinaus: »Passt auf euch auf!«

Plötzlich fuhr ein Wagen mit quietschenden Reifen an den Kommissaren vorbei. Am Steuer saß Gertrude Hagenkötter.

Tammo pfiff ihr bewundernd hinterher. »Guck dir an, wie sportlich die fährt. Ich hätte ihr nicht mal zugetraut, dass sie überhaupt einen Führerschein hat.«

Fenna lachte. »Siehst du, nicht nur in Leni, sondern auch in dieser Frau steckt mehr, als wir ihr zutrauen würden.«

Tammo nickte gedankenvoll. »Mir scheint, in der ganzen Familie und in allen, die mit ihr verbunden sind, steckt mehr, als wir ahnen.« Er glitt auf den Beifahrersitz. »Jetzt also auf zu Urte und Leni Feddersen. Bin gespannt, mit welcher Überraschung die beiden aufwarten.«

11. Kapitel

Zweimal musste Fenna klingeln, bis Urte endlich öffnete. Nach dem ersten Läuten hatte sich im Haus nichts gerührt. Kein ›Moment, ich komme gleich‹ und kein Trampeln von Füßen, die in Schuhen mit klappernden Absätzen steckten und die Treppe hinuntereilten.

Zwei Frauen im Haus, mit denen die Ermittler verabredet waren, und keine ging an die Tür? Fenna probierte es nochmals, diesmal mit Nachdruck, obwohl die Klingel so schrill war, dass man befürchten musste, sie würde die Fenster zum Klirren bringen.

Als sie den Daumen vom Klingelknopf nahm, schallte ihnen eine ungehaltene Stimme entgegen. »Bin ja schon da.« Urte riss die Tür auf und strich sich das Haar aus der Stirn. »Kommen Sie rein.« Sie ließ die Kommissare eintreten und schloss die Tür.

War es Absicht, dass sie vergaß, ihnen zur Begrüßung die Hand zu reichen, oder war sie so zerstreut?

Fahrig wies Urte mit dem Arm in den Raum, der gegenüber der Eingangstür lag. »Da lang.« Sie eilte voraus.

Tammo zuckte kaum merklich mit den Schultern. In dem Ton, den die Älteste der Feddersen-Schwestern anschlug, redeten nicht mal die Justizbeamten in der Vollzugsanstalt mit den Häftlingen.

»Bitte, setzen Sie sich. Tee hatten Sie vermutlich schon.« Die Dame des Hauses nahm Platz, bevor ihre Besucher saßen. Sie zupfte ihren Rocksaum zurecht, schob sich ein Sofakissen in den Rücken und lehnte sich zurück. Einen Ellenbogen auf die Armlehne gestützt, faltete sie die Hände im Schoß zusammen. »Ich denke nicht, dass ich Ihnen weiterhelfen kann. Aber bitte, Sie haben dieses Gespräch gewollt. Ich hoffe, dass Sie nicht zu viel von Ihrer wertvollen Zeit bei mir verschwenden.« Demonstrativ ließ sie ihren Blick zur Armbanduhr gleiten, um den Kopf dann erwartungsvoll zu heben. »Legen Sie los.«

Fenna, die Urte bisher scharf beäugt hatte, rang sich ein Lächeln ab. »Ihre Schwester Leni sollte doch bei dem Gespräch mit dabei sein?«

Die Gastgeberin zuckte irritiert mit dem Kopf. »So, sollte sie das? Ach ja, stimmt. Ich guck mal eben, wo sie bleibt.« Sie ging auf den Flur. »Leni? Leni? Leni!«

Fenna stand auf und stellte sich hinter Urte.

Auch Tammo erhob sich. Er beobachtete die Szene misstrauisch. »Sie scheint nicht im Haus zu sein.«

»Was Sie nicht sagen.« Urte drehte sich zu den Kommissaren um, trat Fenna dabei beinahe auf den Fuß und kehrte ins Zimmer zurück. »Sie ist nicht da. Leni ist nicht im Haus. Dabei sollte sie längst hier sein.« Sie setzte sich wieder, hielt sich eine Faust vor den Mund und grübelte.

»Ist irgendwas nicht in Ordnung?« Fenna mit ihrem untrüglichen Gespür für Fragwürdiges und Geheimnisvolles beugte sich zu Urte vor.

Die nahm die Hand vom Mund und blickte düster drein. »Ich verstehe das nicht. Sie ist irgendwie abhandengekommen.«

»Wie dürfen wir das verstehen, *abhandengekommen*?«

»Sie hätte mich um fünf Uhr vom Büro abholen sollen. Ich habe auf sie gewartet und musste schließlich ein Taxi nehmen, um rechtzeitig hier zu sein. Mit diesen Schuhen«, sie deutete auf ihre Pumps, »wäre ich nie im Leben vor Ihnen hier gewesen, wenn ich zu Fuß hätte gehen müssen.«

»Wo hat Ihre Schwester sich denn zuletzt aufgehalten?«, fragte Tammo.

Urte hob die Schultern. »Sie ist am Nachmittag kurz ins Elternhaus gefahren. Danach sollte sie eigentlich hier gewesen sein, während ich im Büro war. Später sollte sie mich aus dem Geschäft abholen.«

»Um wie viel Uhr ist sie in Ihr Elternhaus gefahren und wann sollte sie Sie abholen?«

»Am Nachmittag, so gegen drei, ist sie losgefahren. Sie hat mich am Büro abgesetzt, ist weitergefahren und dann ...« Wieder zuckte sie die Achseln.

»Haben Sie schon bei Ihrem Bruder angerufen?«, fragte Fenna.

Urte schüttelte den Kopf. Sie stand auf, nahm das Telefon zur Hand und drückte eine Taste. Offenbar ertönte das Freizeichen, doch niemand meldete sich. Genervt stellte sie das Mobilteil in die Basis zurück. »Niemand zu Hause. Vermutlich sind Hanno und Leni zusammen unterwegs.«

»Wollen Sie sie nicht auf dem Handy anrufen?«, fragte Fenna.

Urte schüttelte energisch den Kopf. »Jetzt nicht. Wenn sie weg ist, ist sie weg. Sie wird schon wieder auftauchen.«

Tammo ließ nicht locker. »Wir würden aber gerne mit ihr sprechen.«

Urte atmete scharf ein. »Ich kann sie nicht herbeizaubern. Darf ich Sie bitten, vorerst mit mir vorliebzunehmen? Vielleicht trudelt Leni ja gleich ein, dann können Sie sich immer noch mit ihr befassen. Was möchten Sie denn von mir wissen?«

Es war nicht Tammos Art, klein beizugeben. Doch Urte Feddersen strahlte die Nachgiebigkeit eines Felsbrockens und die Wärme eines Gletschers aus. Sinnlos, dagegen anzukämpfen. Er beschloss, ihr die Fragen zu stellen, die sie auf dem Zettel hatten, und dann mit Fenna das Weite zu suchen, bevor sie in der Gegenwart ihrer Gesprächspartnerin erfroren. »Suse Perk und Ihre Familie hatten enge Beziehungen. Wie standen Sie persönlich zu der Museumsdirektorin?«

»Überhaupt nicht.«

Fenna übernahm den Versuch, etwas mehr aus Urte herauszubekommen. »Können Sie das präzisieren? Laut Ihrem Bruder ging Frau Perk in Ihrem Elternhaus ein und aus. Auch Sie müssen ihr doch des Öfteren begegnet sein?«

»Tatsächlich?« Urte beugte sich vor. »Jetzt will ich Ihnen mal was sagen. Mein Bruder lebt seit seiner Geburt in unserem Elternhaus. Er war immer Papas Liebling. Er war es, der diese Kunstwelt gemeinsam mit unseren Eltern betrieben hat. Die drei hatten ihren Kreis, ich hatte meinen. Ich hatte nie etwas mit der Kunst am Hut, folglich auch nicht mit Frau Perk. Wo sie war, war kein Platz für mich und umgekehrt, wenn Sie verstehen, was ich meine.«

»Welchen Einfluss hatte Frau Perk auf das Wirken Ihres Vaters und Ihres Bruders?«

Urte lachte schrill. »Die drei waren eine Einheit. Wenn einer von ihnen eine Idee hatte, hatten die anderen beiden sie automatisch ebenfalls. Wenn Sie mich fragen: Die liefen alle drei im selben Takt. Von Natur aus, kann man sagen. Die waren von ihren Genen her gleichgeschaltet. Da hatten sich die Richtigen gefunden.«

»Wir kennen die Pläne, die Ihr Vater, Ihr Bruder und Frau Perk mit den Sammlungen Ihrer Eltern hatten. Wie standen Sie dazu?«

»Meine Haltung zu diesem Thema hat mein Bruder Ihnen sicherlich geschildert. Ich bin strikt dagegen. Ich sehe keinen Sinn darin, all diese *Kunstschätze* zusammenzuhalten und für ein paar Euro pro Kopf und Besuch von der Öffentlichkeit begaffen zu lassen. Ich würde sie lieber heute als morgen für einen Batzen Geld an die Leute verkaufen, die sie ach so wertvoll und wunderbar finden.«

Fenna nickte süffisant.

Urte stand auf und befasste sich mit einem Strauß künstlicher Blumen, die in einer großen Vase auf der Fensterbank in einer Konstellation zusammenstanden, die der Hausherrin offenbar nicht mehr gefiel. »Die anderslautenden Pläne meines Bruders, meines Vaters und dieser Museumsdame haben mich allerdings nicht dazu veranlasst, Frau Perk umzubringen.« Sie guckte über die Schulter ins Wohnzimmer. »Wenn Sie sonst keine Fragen mehr haben?«

»Doch, wir hätten noch welche.« Auch Fenna konnte provokant sein, wenn es darauf ankam. »Am Abend vor dem Tod von Suse Perk haben Ihr Bruder und Sie sich heftig gestritten.«

Urte nickte zögerlich. »Ja, das haben wir. Hat mein Bruder sich darüber bei Ihnen ausgeweint?«

Fennas Blick blieb eisern auf die Älteste der Geschwister Feddersen gerichtet. »Nach dem Streit haben Sie in großer Eile das Haus verlassen und dabei das falsche Smartphone eingesteckt.«

Die Hausherrin, die sich wieder aufs Sofa setzte und die Beine in energischem Schwung übereinanderschlug, bestätigte das freimütig.

Tammo wunderte sich darüber, denn Urte wusste doch wohl, was nun folgen würde. Gespannt verfolgte er, wie Fenna den Trumpf aus dem Ärmel zog.

»Vom Handy Ihres Bruders aus haben Sie Suse Perk eine SMS geschickt.«

Diese Feststellung lockte Urte endlich aus der Reserve. Sie rutschte auf die Sofakante vor. »Ich? Wie kommen Sie denn darauf?«

Fenna lächelte selbstsicher. »Der Versand der SMS erfolgte an besagtem Abend, nachdem Sie das Handy versehentlich mitgenommen hatten. Da Sie es, wie Ihr Bruder uns berichtet hat, erst am nächsten Morgen zurückgegeben haben ...«

Urte fuhr dazwischen. »Hat er Ihnen nicht gesagt, dass er Gertrude Hagenkötter noch am selben Abend losgeschickt hat, um die Handys wieder ihren eigentlichen Besitzern zuzuführen? Ich war gerade eine Stunde zu Hause, da tanzte Gertrude bei mir an, brachte mir mein Handy und nahm das meines Bruders mit.«

Beide Ermittler waren gleichermaßen erstaunt.

Tammo richtete seine Aufmerksamkeit auf Urtes Gesichtszüge, die stark angespannt wirkten. »Davon hat er uns nichts gesagt.«

Urte schlug sich mit der flachen Hand auf den Schenkel. »Dann wollte er mir also was in die Schuhe schieben. Das ist ja ... Eine Unverschämtheit ist das! Ich werde meinen Anwalt ...«

»Warten Sie damit, bis der Fall geklärt ist.« Fenna stand von ihrem Sessel auf.

Tammo und Urte erhoben sich ebenfalls.

»Eine allerletzte Frage.« Fenna stockte. Sie schien ihre Worte sorgfältig abzuwägen. »Das Verhältnis der Geschwister Feddersen untereinander, wie würden Sie das beschreiben?«

Urte stützte sich mit einem Ellenbogen auf eine Kommode an der Wand neben der Wohnzimmertür, faltete die Hände und sah Fenna von oben herab an. »Welches Verhältnis?« Sie lachte gezwungen. »Also gut. Es geht eine Mauer durch unsere Familie, eine hohe Mauer mit eisernen, rostigen Zinken.«

»Wer steht auf welcher Seite?«

Urte zog eine Augenbraue hoch. »Das herauszufinden, überlasse ich Ihnen.«

Selbst die stets verbindliche Fenna gab sich jetzt keine Mühe mehr, freundlich zu sein. »Wenn Sie Ihre Schwester Leni sehen, bitten Sie sie, sich unverzüglich mit uns in Verbindung zu setzen.«

Urte verneigte sich steif vor den Kommissaren. »Wenn ich sie sehen sollte, gern.«

Sie geleitete ihre Besucher hinaus.

Fenna rutschte auf den Beifahrersitz und umarmte ihren riesigen Umhängebeutel, den sie auf dem Schoß platziert hatte. »Das war also Urte Feddersen.« Begeisterung klang nicht aus ihrer Stimme.

Tammo wagte eine Bemerkung, mit der er sich unter anderen Umständen todsicher Fennas Protest eingehandelt hätte. »Mich wundert es nicht, dass diese Frau nicht verheiratet ist.«

Fenna schüttelte den Kopf. »Diesmal nicht.«

»Was *diesmal nicht*?«

»Für diesen Machospruch gibt es diesmal keine verbale Ohrfeige von mir.«

Tammo tätschelte Fennas Knie. Seufzend ließ er den Motor an. »Morgen also Dorit Feddersen und Agathe Clemens. Und jetzt? Die Ordner von Suse Perk oder endlich Feierabend?«

Fenna stützte den Kopf in die Hand. »Feierabend wäre schön. Aber wir haben eine gewaltsam zu Tode gekommene Frau, wir haben eine in sich zerstrittene Familie, die mir langsam immer verdächtiger erscheint, und wir sind in der Sache noch keinen Schritt vorangekommen. Der gemeinsame Nenner zwischen der Toten und den Geschwistern Feddersen sind doch die Kunstsammlungen. Darin sind wir uns einig, oder?«

Tammo nickte. »Sind wir.«

»Ich möchte heute Abend wenigstens einmal kurz in die Ordner von Suse Perk hineinschnuppern. Ich wüsste nicht, wo wir sonst suchen sollten. Irgendwo müssen wir doch einen Anhaltspunkt für ein Motiv finden.«

Tammo hatte sich den Abend anders vorgestellt. Im Fokus seiner geheimen Gedanken stand das Ziel ihrer gemeinsamen Hochzeitsreise. Er hatte gehofft, wenn er Fenna einen hochprozentigen Cocktail mischte und mit zweckgerichtetem Flirt ein wenig nachhalf, würde sie zu vorgerückter Stunde weich werden und ihm verraten, wohin es nach der Trauung gehen sollte.

Fenna merkte wohl sein Zögern. Zärtlich legte sie ihm eine Hand auf den Arm. Seine Hoffnung auf einen kuscheligen Abend mit Enthüllung des großen Geheimnisses wuchs.

»Du musst nicht mitmachen«, sagte seine Liebste mit gurrender Stimme. »Spendier dir einen Whiskey, leg die Beine hoch und entspann dich. Ich durchforste Suse Perks Unterlagen auch ohne deine Hilfe. Ich bin ja nicht ganz alleine auf der Wache. Benno und der nette Praktikant haben heute Spätdienst.«

»Ole?« Tammo schnellte mit dem Oberkörper vor und verriss das Lenkrad.

»Pass auf, wohin du fährst!«

Tammo lehnte sich wieder zurück und konzentrierte sich auf die Fahrt. Eine Weile herrschte Stille im Auto. Verbiestert bog der Kommissar auf den Parkplatz der Wache ein und schaltete den Motor ab. Noch auf dem Fahrersitz beobachtete er durchs Fenster, wie Benno und der Praktikant nebeneinander vor Bennos Schreibtisch standen und sich unterhielten. Benno hielt Ole einen aufgeschlagenen Aktenordner vor die Nase, pochte mit dem Finger auf eine Seite und erklärte ihm etwas.

Plötzlich kicherte Fenna. »Bist du etwa eifersüchtig?«

***

In seinem Arbeitszimmer nebenan klingelte das Telefon. Hanno verdrängte das Geräusch. Er saß am Schreibtisch im Büro seines Vaters und spürte dem Gefühl nach, das Max als Familienvorstand in diesem Raum wohl gehabt hatte.

Nun war er selbst der Chef. Bald würde er sein Arbeitszimmer aufgeben und in dieses hier einziehen. Es war größer und repräsentativer als sein eigenes. Gewissenhaft sortierte er Unterlagen, die der Verstorbene kurz vor seinem Tod noch in den Händen hatte und deren Bearbeitung keinen Aufschub mehr duldete.

Er zuckte zusammen, als das Telefon auf dem Schreibtisch seines Vaters schrillte. Zeit seines Lebens hatte Max Feddersen sich geweigert, das alte schwarze Telefon mit der unhandlichen Schnur gegen ein modernes Gerät zu tauschen. Hanno nahm den schweren Hörer ab und drückte ihn an sein Ohr. »Hanno Feddersen.« Um jeglichem Missverständnis über die Person vorzubeugen, die der Anrufer erreicht hatte, legte er die Betonung auf den Vornamen. Konzentriert lauschte er in den Hörer hinein, um zu erfahren, wer am anderen Ende der Leitung saß.

»Leni ist weg.«

Es war unverkennbar die Stimme seiner ältesten Schwester, die Hanno vernahm. Urte meldete sich nur in Ausnahmefällen mit ihrem Namen, wenn sie ein Familienmitglied anrief. Hanno fragte sich, ob sie mit ihren Kunden genauso verfuhr.

»Leni ist weg«, wiederholte Urte, diesmal mit Nachdruck.

Irritiert nahm Hanno den Hörer vom Ohr und guckte auf die Sprechmuschel. Er atmete kurz auf und drückte das Monstrum von der Gestalt eines Knochens wieder ans Ohr. »Was meinst du damit?«

Urte sog die Luft geräuschvoll ein. »Wenn ich sage, sie ist weg, meine ich damit: Sie ist weg. Ist sie nicht bei dir?«

»Nein, aber vielleicht trudelt sie bald hier ein. Wir wollen uns ja nachher noch mal alle bei mir zusammensetzen. Du bist doch auch dabei? Dorit wird ohne Robert kommen, hat sie gesagt.«

Urtes Ton wurde dringlicher. »Heute Nachmittag habe ich Leni zu euch geschickt, damit sie Gertrude Altkleider bringt, die wir aussortiert haben.«

»Gertrude hat gesagt, dass sie hier war. Ich war zu der Zeit nicht im Haus.«

»Eigentlich sollte Leni mich um fünf vom Büro abholen. Hat sie aber nicht getan. Auf dem Handy hab ich sie auch nicht erreicht. Ich bin mit dem Taxi nach Hause und habe gesehen, dass sie den Wagen wieder hier abgestellt hat. Der Autoschlüssel liegt da, wo er hingehört, aber sie selbst ist ausgeflogen.«

»Wo kann sie denn sein?«

»Hanno, wenn ich das wüsste, glaubst du, dann würde ich mich überwinden, dich danach zu fragen? Die Kripo war gerade bei mir. Die Beamten wollen unbedingt auch mit Leni sprechen. Wenn sie nicht auftaucht, was soll ich denen sagen, wo sie ist?«

Hanno zuckte unwillkürlich mit den Schultern. »Ich ruf mal bei Dorit an. Vielleicht weiß die was.«

»Was sollte Leni bei Dorit wollen? Robert und sie mögen sich nicht sonderlich, wie du weißt. Und wie sollte sie dahingekommen sein ohne Auto?«

»Mit dem Taxi zum Beispiel.«

»Quatsch! Wovon hätte sie das bezahlen sollen? Und warum sollte sie zu Dorit fahren, wenn wir uns alle heute Abend bei dir treffen?«

Hanno verfiel ins Grübeln.

Urte verließ offenbar die Geduld. »Rufst du zurück, wenn du was weißt?«

»Wenn's sein muss.« Hanno knallte den Hörer auf. Auch er konnte zickig und unverbindlich sein. War er Lenis Kindermädchen?

Er nahm den Hörer wieder ab und wählte Dorits Telefonnummer, die er auswendig kannte.

»Hinrichs-Feddersen?«

Warum seine mittlere Schwester diesen affigen Doppelnamen haben musste, hatte Hanno nie verstanden. Hätte Robert nicht einfach den Nachnamen seines Schwiegervaters annehmen können? Der Name Feddersen gab doch was her, gerade für einen Kunstlehrer! »Weißt du, wo Leni abgeblieben ist?«

Seine Frage verschlug Dorit anscheinend die Sprache. Es dauerte einige Augenblicke, bis sie stupide zurückfragte: »Leni? Wieso?«

»Sie ist weg. Verschwunden. Urte vermisst sie seit siebzehn Uhr. Jetzt haben wir immerhin ...« Er machte den Arm lang, um die Uhr aus dem Hemdsärmel zu befreien. »... achtzehn Uhr durch.«

Wieder herrschte Funkstille. »Dorit? Bist du noch dran?«

»Ja, sicher. Also, ich bin da etwas überfragt. Woher soll ich wissen, wo Leni sich aufhält? Wir haben sie seit gestern Nachmittag nicht mehr gesehen.«

»Danke für die Auskunft. Und vergiss nicht, dich rechtzeitig auf den Weg zu machen. Denk dran, in zwei Stunden geht's bei mir in die nächste Runde.« Hanno legte auf. Wollte er Urte jetzt noch einmal anrufen? Seufzend nahm er den Hörer wieder in die Hand, unterzog sich der umständlichen Prozedur, Urtes Telefonnummer über die Wählscheibe zu wählen, und beschloss, noch in dieser Woche ein neues Telefon für Vaters Schreibtisch zu kaufen. Möge sein Vater ihm verzeihen.

Urte meldete sich beim ersten Klingeln. »Hanno?«

»Dorit weiß auch nichts.«

»Verflixt! Wo kann Leni stecken?« Zum ersten Mal in ihrem Leben hörte Urte sich besorgt an.

»Du machst dir doch sonst um nichts und niemanden Gedanken außer um deinen Kontostand«, sagte Hanno trocken. »Warum also jetzt um Leni?«

»Weil ich ihr nicht traue.«

***

Zwei Stunden nachdem Tammo sie an der Wache abgesetzt hatte, schloss Fenna die Tür zum Haus von Onkel Frido auf. Buddy und Tammo begrüßten sie jeder auf seine eigene innige Weise. Trotz des langen Arbeitstages wirkte Fenna keineswegs müde.

Frido schlurfte in seinen Filzlatschen aus dem Wohnzimmer herbei und nahm seine Lesebrille ab. »Deine Augen strahlen mit deinen roten Wangen um die Wette. Was ist passiert?«

Fenna glühte sichtlich vor Erleichterung. »Ich glaub, ich hab 'ne Spur.« Sie legte ihre Jacke ab und folgte den Männern ins Wohnzimmer, begleitet von Buddy, der um ihre Beine sprang. »Suse Perk sollte auf Hannos Wunsch die Porzellansammlung von Martha Feddersen begutachten, um den Wert zu taxieren. Du erinnerst dich sicher, Tammo, Hanno hatte uns davon erzählt. Nach und nach wollte er ihr sämtliche Serien und Einzelstücke überlassen. Einen Teil hatte sie sich bereits angesehen.«

Buddy knurrte wohlig. Frido beschäftigte sich damit, sein Schmusebedürfnis zu befriedigen. Fenna brauchte eine Kraulpause, um Tammo das Ergebnis ihrer abendlichen Recherchen erläutern zu können. Aus dem Augenwinkel heraus guckte Frido schelmisch zu den Kommissaren hinüber. »Ihr wisst ja, ich hör nicht hin. Ihr könnt ungestört eure Dienstgespräche führen.«

Fenna grinste ihn an. »Es ist ja weit über die Grenzen Greetsiels bekannt, dass du von Natur aus ein Mensch bist, der das Wort *Neugier* nicht mal buchstabieren kann.«

Tammo hatte keinen Sinn für Späße. Er wollte wissen, was Fenna herausgefunden hatte. Inzwischen bereute er, dass er seinen Stolz gehabt und Fenna großzügig der Gesellschaft des geschätzten Kollegen Benno und des jungen, attraktiven Praktikanten Ole überlassen hatte. »Hat Suse Perk konkrete Zahlen genannt? Wäre ja mal interessant, zu wissen, was so ein Haufen bunt bepinselter Keramik wert sein kann.«

Fenna nickte. »Es standen Zahlen in der Liste, ziemlich üppige sogar. Du würdest staunen. Und vor allem würdest du sofort anfangen, in Fridos Schränken nach altem, handbemaltem Porzellan zu suchen.«

Frido jaulte auf. »Da ist nichts mehr drin. Das hat Lisbeth alles mitgenommen, als sie mich verlassen hat.«

»Wenn ihr es euch gemeinsam angeschafft habt, solltest du dafür sorgen, dass sie dir deine Hälfte wieder zurückgibt. Falls Stücke von Voskea Smid darunter sind, kannst du Magda und dir von dem Geld eine mehrmonatige Weltreise auf Luxusdampfern spendieren.«

»Aber zum Glück hörst du ja weg, während Fenna und ich Dienstgespräche führen«, warf Tammo seinem Onkel zu. »Deshalb hast du auch den Hinweis auf den Wert des Porzellans nicht mitbekommen und brauchst dich nicht darüber zu ärgern, dass Lisbeth dir möglicherweise wertvolle Kunstschätze entzogen hat.«

Fenna zog die Beine an und kuschelte sich in ihre Sofakissen. »Du glaubst nicht, was Suse Perk bei ihren Analysen herausgefunden hat!« Sie machte eine Pause, obwohl sie sich denken konnte, dass Tammo die Spannung kaum aushalten konnte und dass Frido vor Neugier platzte.

Tammo griff zum Weinglas. »Willst du es mir ins Ohr flüstern?«

Sie schüttelte den Kopf. »Ich sag nur ein Wort: Fälschungen.«

»Nein! Wie ist sie dahintergekommen?«

Frido ließ von Buddy ab und feixte. »Die Signatur?«

»Genau, die Signatur. Es geht um Stücke mit Malereien, die angeblich von Voskea Smid stammen, aber es fehlt das winzige Fleckchen Gold im i-Tüpfelchen.«

Tammo fasste es nicht. »Wir haben Hanno doch ausdrücklich danach gefragt! Wir haben sogar noch nachgehakt, wir haben versucht, das Thema zu vertiefen. Er hat sich völlig unwissend gestellt.« Er äffte Hanno nach: »›Davon weiß ich nichts. Dazu kann ich Ihnen wirklich nichts sagen.‹«

Fenna lächelte ihr freches Lächeln. »Hast du allen Ernstes geglaubt, ein Hanno Feddersen könne nicht schauspielern?«

Tammo kippte seinen Wein in einem Zug hinunter und stellte das Glas geräuschvoll auf dem Tisch ab. Verärgert drehte er sich in seinem Sessel zur Seite und legte den Arm über die Rückenlehne. »Ich bin glatt auf den Kerl reingefallen. Er wirkt so schrecklich artig und folgsam. Ein echter Mustersohn, der ganz in Mamis und Papis Sinn handelt. Stets korrekt und gesetzestreu.«

Fenna hob abwehrend die Hände. »Nun mach mal ’nen Punkt. Man könnte fast glauben, du hättest Hanno Feddersen eine staatsbürgerliche Unbedenklichkeitsbescheinigung ausstellen wollen, wenn er sich nicht gerade verdächtig gemacht hätte. Wir gucken uns den Mann morgen noch mal an.«

Tammo ärgerte sich über sich selbst. Eins wusste er doch schon lange: Gerade diejenigen, die sich als die sanftesten und folgsamsten Schafe zeigten, hatten sich oft nur bestens mit einem Fell aus weichen, wollweißen Locken getarnt. Unter dem Schafspelz steckten die sprichwörtlichen Wölfe. »Schon klar«, sagte er. »Wir nehmen dann die Ordner mit, damit wir sie ihm direkt unter die Nase halten können, wenn er leugnet. Am besten besorgen wir auch gleich einen Haftbefehl. Ich laufe sogar freiwillig heute Abend noch mal ins Büro, um den Antrag auf den Weg zu bringen.« Er machte Anstalten, aufzustehen.

Fenna bremste seinen Eifer mit einer besänftigenden Geste. »Ganz ruhig, mein Lieber. Ich hab schon alles vorbereitet.«

Tammo legte die Stirn in Falten, schob ungeduldig die Hände in die Hosentaschen und blickte auf sie hinab. »Dann lass ihn uns jetzt gleich noch vorläufig festnehmen.«

Wieder blockte Fenna ab. »Der läuft uns nicht weg. Er dürfte sich zurzeit noch sicher fühlen und vor allem lässt er seine Sammlungen nicht im Stich. Es steht noch ein Porzellanservice der Feddersens bei Suse Perk im Schrank. Er wird peinlich darauf bedacht sein, es bald zurückzubekommen.«

Tammo griff zum Weinglas und trank hastig daraus. »Trotzdem sollten wir ihn so schnell wie möglich festsetzen. Warum nicht heute noch? Vielleicht überraschen wir ihn gerade beim Zubettgehen. Das wäre optimal. Je müder er ist, desto eher wird er gestehen.«

»Glaubst du etwa, er wird heute Abend ganz schnell auspacken, weil er so wild darauf ist, sich gleich im Anschluss auf einer harten Pritsche in einer öden Gefängniszelle in eine kratzige Decke zu kuscheln? Der redet doch nicht ohne seinen Anwalt und den kriegt er um diese Uhrzeit nicht mehr zu fassen.«

»Hm, da hast du auch wieder recht. Aber das kann uns doch nicht davon abhalten ...«

»Nein, Tammo, sei nicht so ungeduldig. Wir sollten erst noch etwas tiefer recherchieren. Ich bin mir noch nicht ganz sicher, ob er Suse Perk wirklich selbst auf dem Gewissen hat oder ob er eine seiner Schwestern decken will.«

»Meinst du Leni? Hat sie möglicherweise die SMS versandt, bevor Gertrude Hagenkötter die Mobilgeräte wieder zurückgetauscht hat?«

Fenna biss sich auf die Lippe und sah Tammo an, als müsste sie einen Gedanken zurückhalten, den man kaum aussprechen durfte. Sie fasste ihr Weinglas am Stiel und drehte es hin und her. »So zerstritten diese Familie auch ist, ich weiß nicht, ob sie am Ende nicht doch alle irgendwie zusammenhalten. Wir wissen nicht wirklich, wann wer an dem Abend vor Suse Perks Tod wo gewesen ist. Wir wissen nicht, wie lange sich Urte bei Hanno aufgehalten hat und wie lang es gedauert hat, bis Gertrude Hagenkötter Hannos Handy abgeholt hat.«

Tammo ließ sich frustriert in seinen Sessel fallen. »Ein Anruf und eine SMS beweisen noch keinen Mord, das ist mir natürlich klar. Wir brauchen Beweise. Wer hat ein Motiv? Wer kann sich mit Suse Perk an dem Morgen auf dem Friedhof verabredet haben? Wem können wir nachweisen, dass er sich einen Zweikampf mit ihr geliefert hat?«

»Um herauszufinden, wer ein nachweisbares Motiv hat, möchte ich den Ordner mit den Hinweisen auf die Fälschungen noch mal gemeinsam mit dir durchsehen. Vier Augen sehen mehr als zwei und eine zu frühe Festnahme kann dazu führen, dass wir einen eventuellen Mithelfer vorwarnen.«

Tammo lehnte sich zurück. »Okay. Aber diese Nacht werde ich nicht ruhig schlafen.«

»Und wenn ich dich in den Schlaf wiege und dir ein Gute-Nacht-Lied singe?«

Tammo grinste. »Das könnte helfen.«

Frido blickte auf. »Muss ich immer noch weghören?«

Tammo sah ihn streng an. »Musst du nicht langsam ins Bett? Es geht schon auf Mitternacht zu.«

Frido tat, was er zu Beginn des Gesprächs zwischen Tammo und Fenna versprochen hatte: Er hörte nicht, was gesagt wurde.

Plötzlich durchschnitt die Sirene eines Polizeiwagens die Stille, die über den Straßen von Greetsiel lag. Buddy spitzte die Ohren. Tammo setzte sich mit einem Ruck aufrecht hin, als wollte er jeden Moment aufspringen und losrennen. »Soll ich Benno anrufen? Er hat doch Spätdienst heute.«

»Dann wird er jetzt nicht am Schreibtisch sitzen und auf deinen Anruf warten. Du hast Feierabend. Lass Benno den Einsatz alleine mit den Kollegen machen. Sonst denkt er, du traust ihm nichts zu.« Fenna streckte ihre Hand nach Tammo aus, der sich wieder zurücklehnte. »Ich glaube, der morgige Tag wird uns einen entscheidenden Schritt weiterbringen.«

Tammo streckte sich und gähnte. »Hoffentlich.«

12. Kapitel

Frisch geduscht und gut gelaunt sprang Robert die Treppe hinab und setzte sich an den Frühstückstisch.

Dorit reichte ihm die Butterdose. »Nun erzähl doch endlich mal, wie ist es mit Leni gelaufen? Hat sie dir sofort die Tür aufgemacht? Ist alles glattgegangen? Habt ihr sie heil bei Wiebke untergebracht oder hat sie sich stark gewehrt, bevor sie bewusstlos wurde?«

Robert war genervt. Dorit schien wirklich bald der Hysterie zu verfallen. Seit der Radiowecker um sechs Uhr dreißig angesprungen war, drang sie mit diesen lästigen Fragen in ihn ein. Er schmierte sein Brötchen und schwieg.

Dorit atmete durch. »Also, ich werde gleich nach dem Frühstück zu Wiebke fahren, nach Leni sehen und ihr ins Gewissen reden. Ich will sie nicht lange im Unklaren lassen, weshalb sie ...«

»Du brauchst nicht zu Wiebke zu fahren.« Robert biss in sein Brötchen und leckte sich die Marmeladenreste aus den Mundwinkeln.

Dorit stellte die Kaffeetasse, die sie gerade zum Mund führen wollte, wieder ab. »Was soll das heißen?«

Robert druckste herum. »Da ist was schiefgelaufen.«

Dorit erschrak. »Ist sie etwa tot?«

»Was weiß ich, was mit ihr ist. Mal doch nicht immer gleich den Teufel an die Wand.« Robert griff nach der Kaffeetasse. Seine Hand zitterte vor Wut und er verschüttete etwas von der braunen Brühe auf der blütenweißen Tischdecke. Dorit zeigte auf den Flecken, der sich im Nu ausweitete. Er schlug ihre Hand zurück. »Sie war einfach nicht da, als wir kamen. Und eine Leni, die nicht da ist, können wir schlecht entführen, oder?«

Dorit nippte an ihrem Milchkaffee.

Robert schöpfte Hoffnung. Solange seine Frau die erste Tasse brauner Brühe nicht getrunken hatte, war sie unausstehlich. Danach wurde sie umgänglicher.

Dorit sah ihren Mann misstrauisch an. »Wenn du dich nicht um Leni gekümmert hast, wo hast du dich denn dann den ganzen Abend rumgetrieben, während ich bei Hanno war? Warum bist du erst nach Hause gekommen, als ich schon längst im Bett lag? Und warum seid ihr, Wiebke und du, nicht ans Telefon gegangen? Ich habe dreimal angerufen.«

Robert stöhnte auf. »Dorit, muss das jetzt sein?« Er blickte in das Gesicht seiner Frau. »Also gut. Als wir feststellten, dass Leni nicht zu Hause war, hat Wiebke bei einem fingierten Anruf rausgefunden, dass sie sich auch nicht bei Urte im Büro aufhielt. Danach haben wir uns in der Nähe von Urtes Haus auf die Lauer gelegt. Wir dachten,

Leni ist einkaufen und sie wird bald zurückkommen. Wir haben in unserem Versteck gewartet, bis Urte heimkam. Keine Spur von Leni. Dann sind wir nach Aurich gefahren, um was essen zu gehen. Anschließend sind wir zu Wiebke und haben ein Glas Wein getrunken. Wenn du dich in Greetsiel mit deinen Geschwistern triffst, um dich zum x-ten Mal über das Erbe zu streiten, muss ich ja nicht alleine hier herumhängen und Trübsal blasen.«

»Und du hast so lange mit Wiebke geklönt? Bis Mitternacht?«

»Wäre ich sonst so spät nach Hause gekommen?«

»Warum habt ihr mir nicht sofort gesagt, dass es schiefgelaufen ist?«

Robert gestikulierte energisch mit der freien Hand. »Weil ich ahnte, was für einen Terz du dann machen würdest. Ich dachte, heute ist ja auch noch ein Tag.«

Dorit machte ein trotziges Gesicht. »Hanno hat mich am Nachmittag angerufen und gefragt, ob ich wüsste, wo Leni ist. Ich bin fast gestorben vor Schreck. Ich dachte, er sucht sie, nachdem ihr sie entführt habt. Im ersten Moment hatte ich sogar Angst, er hätte euch zufällig dabei beobachtet.« Sie schnitt ein zweites Brötchen auf und wurde nachdenklich. »Als sie beim Familientreffen nicht erschien, hat Urte gemeint, sie sei wohl irgendwo unterwegs.«

Robert angelte sich das Marmeladenglas vom hinteren Rand des Tisches und bestrich die zweite Brötchenhälfte. Das Telefon schrillte. Entnervt stand er auf und nahm das Gespräch entgegen.

»Urte hier. Ist Leni bei euch?«

Robert verschluckte sich an einem Krümel, den seine Zunge gerade aus der Backentasche befreit hatte. »Wieso?«

»Sie ist weg. Seit gestern Nachmittag. Ich dachte, sie ist vielleicht bei euch gelandet.«

Robert fuhr aus der Haut. »Wie kommt ihr denn alle darauf, dass sie bei uns sein soll? Erst fragt Hanno gestern nach ihr, jetzt du.«

»Hätte ja sein können.«

»Wenn du sie so sehr vermisst, benachrichtige doch die Polizei.«

»Die sucht sie ja gerade.« Urte machte eine Pause. »Wenn sie sich meldet, gib mir bitte Bescheid. Die Kripo will mit ihr sprechen.«

»Wieso die Kripo?«

»Tschüs.« Urte legte auf.

Robert setzte sich wieder hin.

Dorit wurde blass und panisch. »Wo ist sie? Was habt ihr mit Leni gemacht?«

Robert schlug mit der Faust auf den Tisch. Manchmal war seine Frau wirklich begriffsstutziger als der dümmste seiner Schüler. »Gar nichts haben wir mit ihr gemacht. Hörst du mir nicht zu? Sie war nicht da, als ich angeklingelt habe. Wie können wir etwas mit einer Person angestellt haben, die nicht anwesend war?«

Dorit schenkte sich Kaffee nach und fing wieder von vorne an. »Warum hast du mir kein Wort gesagt, als du letzte Nacht nach Hause gekommen bist?«

»Du hast schon geschlafen. Du hast nur ein halbes Auge aufgemacht, als ich mich ins Bett gelegt habe.« Er drehte den Spieß um. »Du hast mit keiner Sterbenssilbe danach gefragt, was mit Leni ist. Es hat dich offenbar überhaupt nicht interessiert.«

»Du hast mich auch die ganze Zeit noch nicht gefragt, wie das erneute Treffen mit meinen Geschwistern war. Falls du es wissen willst: Ich habe mich so aufgeregt, dass ich ein Schlafmittel nehmen musste. Deshalb war ich nur halb wach, als du von Wiebke zurückgekommen bist. Ich hoffe aber, ihr hattet einen schönen Abend.« Dorit sprang auf, rannte aus dem Wohnzimmer und knallte die Tür zu.

Robert schloss die Augen. Kunst hin, Prominenz her – noch einmal würde er in so eine Familie nicht hineinheiraten.

***

Als Benno am nächsten Morgen zum Dienst erschien, wirkte er ramponiert. Tammo stand in der Teeküche und beobachtete, wie der Wachtmeister durch die Eingangstür der Wache schlurfte. »Du siehst aus wie ein gerupftes Huhn. Ist dir der Bereitschaftsdienst letzte Nacht nicht bekommen? Bist wohl in eine Schlägerei geraten«, meinte er spaßeshalber.

»Es hat sich also bis zum trauten Heim von Onkel Frido rumgesprochen?« Benno brummte noch ein paar unverständliche Worte und verschwand im Personalumkleideraum, in dem er aus seinen Zivilkleidern schlüpfte und sich in den uniformierten Polizisten verwandelte. Eine Transformation, bei der nach so vielen Dienstjahren jeder Handgriff saß und selbst das Anlegen der Hosenträger keine Zeitverzögerung bedeutete.

Tammo überlegte, ob er Benno in den Umkleideraum folgen oder lieber warten sollte. Die Gefahr, seinen Kollegen in Unterhosen anzutreffen, hielt ihn in der Teeküche zurück. Als das ostfriesische Nationalgetränk zubereitet war und er mit der Kanne in der Hand zu Fenna zurückkehren wollte, trottete Benno über den Gang.

Der Kommissar stellte sich ihm in den Weg. »Was war denn eigentlich los?«

»Wie, nichts mitgekriegt?« Benno stiefelte in sein Zimmer, ohne Tammo weiter zu beachten.

Tammo ging in die Küche zurück, stellte die Kanne ab und folgte seinem ungewöhnlich schlecht gelaunten Kollegen.

Fenna hatte offenbar mitbekommen, dass sich am anderen Ende des Flurs eine merkwürdige, bruchstückhafte Kommunikation entwickelt hatte. Tammo war erleichtert, als sie plötzlich auftauchte. Manchmal waren Frauen auf einer Wache eben doch sehr nützlich und auf jeden Fall waren sie die besseren Gesprächsführer. Er dankte dem Schutzpatron der Kriminalpolizisten dafür, dass er ihm ein weibliches Wesen in sein Team entsandt hatte.

Benno stemmte die Hände in die Hüften, als das Traumpaar der Kripo Greetsiel in trauter Zweisamkeit vor ihm stand. »Ihr habt also gestern einen gemütlichen Abend verbracht, mit Onkel Frido, Buddy und einem Fläschchen Wein.«

Tammo hatte keine Lust auf Spielchen. »Komm, Benno, rück raus mit der Sprache. Was ist passiert?«

Benno blies die Backen auf, ließ die Luft wieder heraus und hockte sich mit einem Pobatzen auf den Schreibtisch. »High life in Tüten bei Hanno Feddersen.«

»Echt?«

Benno nickte. »Die Nachbarn von schräg gegenüber haben angerufen, weil sie den Eindruck hatten, die Feddersens schlagen sich noch gegenseitig die Köpfe ein. Ist auch was zu Bruch gegangen, ein Spiegel. Da hat wohl jemand mit Porzellan um sich geworfen. Und gebrüllt haben sie, als ginge es um Leben und Tod.«

Fenna wurde hellhörig. »Wer war denn alles da von der netten Verwandtschaft?«

»Hanno natürlich.« Benno rutschte vom Schreibtisch, nahm ein Notizbuch zur Hand und blätterte darin. »Urte Feddersen«, las er vor. »Dorit Hinrichs-Feddersen. Und eine Agathe Clemens, die Cousine, wie es hieß.«

Die Kommissarin versuchte, einen Blick auf Bennos Notizen zu werfen. »Leni Feddersen war nicht dabei?«

Benno schüttelte so heftig mit dem Kopf, dass seine Wangen schlackerten. »Nee. Keine Leni.«

»Auch kein Robert Hinrichs?«

»Kein Kerl außer Hanno Feddersen. Wenn man den überhaupt als Kerl bezeichnen kann. Der hat ja vielleicht 'ne Milchbubi-Visage.«

Tammo staunte über die Familienfehde. »Hat Feddersen junior seine Familie denn nicht im Griff? Der musste sich doch denken, dass der

Lärm, den seine Mädels und er verursachen, die Nachbarschaft auf den Plan rufen würde.«

Benno lachte. »Der hat ganz schön verlegen aus der Wäsche geguckt, als wir drei auf der Matte standen, der Heiner, der Ole und ich. Als wir vor dem Haus parkten, haben wir die Frauen noch keifen gehört. Aber als wir denen Auge in Auge gegenüberstanden, war es auf einmal mucksmäuschenstill. Und als wir sie gefragt haben, was sich im Haus abgespielt hat, taten sie, als wären sie ein Herz und eine Seele. Die wollten uns erst gar nicht reinlassen, aber ich hab drauf bestanden. Wir mussten uns ja vergewissern, ob jemand in Gefahr war. War aber nicht.«

»Nach Leni Feddersen habt ihr aber nicht geguckt?«, fragte Fenna.

»Gibt es eine offizielle Vermisstenanzeige?«, gab Benno zurück.

Tammo wollte Fenna zu Hilfe eilen. »Das nicht, aber ...«

Benno breitete hilflos die Arme aus. »Dann hättest du uns 'ne Liste mit den Namen mitgeben sollen, die wir abhaken sollten.«

»Schon gut«, sagte Fenna. »Meine Frage beruhte auf Neugier. Die Leni wird schon wieder auftauchen. Wenn nicht, wird sicher jemand aus der Familie eine Vermisstenanzeige stellen. Solange das nicht passiert, besteht für uns kein Handlungsbedarf. Schließlich ist die Frau erwachsen und kann sich aufhalten, wo sie will, ohne ihrer Familie Rechenschaft darüber abzulegen.«

Tammo prustete hinter vorgehaltener Hand. »Ich schätze, die nimmt sich eine Auszeit von ihrer älteren Schwester.«

Fenna warf ihm wieder diesen Blick zu, der ihn verstummen ließ. »Komm«, sagte sie, »wir gucken uns jetzt gemeinsam den Ordner mit Suse Perks Kommentaren an, die sie zu den Gutachten über das Porzellan der Feddersens angelegt hat. Der Tee steht in der Küche?«

Statt zu antworten, holte Tammo die Kanne und folgte Fenna in ihr gemeinsames Büro. Sie breiteten den Ordner auf Tammos Schreibtisch aus, setzten sich dicht nebeneinander und steckten die Köpfe zusammen.

Fenna zeigte ihm die Notizen, die sie gestern gefunden hatte. »Guck hier: *6 Teebecher Serie Die Rose von Greetsiel von Voskea Smid: Signatur gefälscht.*« Sie zeigte auf den Eintrag. Tammo nickte, Fenna blätterte weiter. »Und dieser Eintrag hier: *Teeservice Wiesmoor, 3 Teller offenbar nachträglich erstanden, Signatur gefälscht; neben dem ›i‹ in ›Smid‹ erstmals auch die Fälschung des Namensinitials ›V‹ festgestellt.* So geht das weiter. Suse Perk hat noch fünf weitere Fälschungen identifiziert.«

Tammo strich sich übers Kinn. »Dabei war sie vermutlich noch gar nicht weit fortgeschritten mit ihrer Begutachtung der Sammlung. Laut

Hanno hatte sie ja erst damit begonnen, als Max Feddersen merkte, dass es mit ihm zu Ende ging.«

Fenna bestätigte das. »Sie war noch lange nicht fertig.« Sie blätterte weiter bis zum letzten Blatt, das in dem Ordner abgeheftet war. Es steckte in einer Klarsichthülle. »Sie hat einen Plan erstellt, wann sie welche Teile begutachten wollte. Unter uns: Ich schätze, dass Hanno ziemlich viel Geld dafür hinblättern musste.«

Tammo hob einen Zeigefinger. »Möglicherweise haben er und Suse Perk sich über das Honorar gestritten.«

Fenna stand auf, ging um die beiden Schreibtische herum zu ihrer Umhängetasche, die auf der Fensterbank stand, und kramte eine Tafel Schokolade heraus. »Das glaub ich nicht. Über das Honorar spricht man doch, bevor man einen Auftrag erteilt.«

»Stimmt. Dann ging es womöglich um die Erkenntnis, dass ein Teil der Sammlung gefälscht war?«

»Das ist es, was ich vermute.« Fenna setzte sich wieder hin und schob Tammo einen halben Riegel Schokolade in den Mund. Während er kaute und lutschte, redete sie weiter. »Hanno dürfte ganz schön übel geworden sein, als er begreifen musste, dass seine Mutter Fälschern aufgesessen war. Max und Martha Feddersen sind über Jahrzehnte hinweg regelrecht dafür gefeiert worden, dass sie *die* Spezialisten für ostfriesische Kunst waren. Und dann kommt so was ans Tageslicht. Das macht doch den Ruf der Familie kaputt.«

Tammo schluckte hinunter. »Und die Sammlungen verlieren ihren Wert, wenn ein Teil davon gefälscht ist.«

Fenna brach einen weiteren Riegel ab. »Ich bin kein Experte auf diesem Gebiet, aber natürlich reduziert sich der Wert erheblich, wenn die Sammlung nicht mehr vollständig als echt gelten kann.« Sie biss ein Stück Schokolade ab und bot den Rest Tammo an.

»War es immer Hanno, der Suse Perk das Porzellan ausgehändigt hat?«

Fenna nickte. »Es war immer er. Sie hat das jedes Mal quittiert. Aber es muss zwei verschiedene Familiensammlungen gegeben haben.« Fenna deutete auf eine Zeile in einer der Notizen der Museumsleiterin. »Hier steht: *Aus der Sammlung Feddersen*.« Sie blätterte weiter. »Und hier steht: *Aus der Sammlung Clemens*.« Sie blickte Tammo eindringlich an. »Clemens. Der Name sagt uns doch was. Agathe Clemens, die Cousine.«

Tammo schlug mit der Hand auf den Ordner. »Dann steckt sie mit drin. Vermutlich haben Hanno Feddersen und seine Cousine Suse Perk auf den Friedhof gelockt und dann kam es wegen der Fälschungen zu Handgreiflichkeiten, die tödlich endeten.«

Fenna wiegte den Kopf. »Das ist eine These. Aber ich bin mir nicht sicher. Denk an Urte Feddersen und an die SMS, von der wir nicht wissen, ob sie nicht doch von ihr oder von Leni verfasst wurde, bevor das Handy an Hanno zurückging. Ich sehe zwei mögliche Motive für die zerstrittenen Parteien der Familie Feddersen, die zu einem tödlichen Streit geführt haben könnten.«

»Aha. Da bin ich gespannt. Welche denn?« Tammo langte nach der Schokolade.

»Hanno könnte Angst um den Ruf seiner Familie gehabt haben. Dorit Hinrichs-Feddersen ebenso. Sie stimmt laut Hanno genau wie er für den Erhalt der Sammlungen in ihrer Gesamtheit und befürwortet die Übergabe der Stücke an ein Museum. Urte Feddersen dagegen will das Porzellan verkaufen. Leni dürfte keine andere Wahl haben, als sich ihr anzuschließen. Und Agathe Clemens? Über das, was sie will, wissen wir so gut wie nichts. Offenbar mischt sie kräftig mit, denn sie war gestern Abend bei dem Familiendisput dabei.«

»Mit der müssen wir unbedingt sprechen.«

Fenna packte den Rest der Schokolade ein. »Das wird unsere nächste Amtshandlung sein. Und wir müssen uns von allen Familienmitgliedern die Kleidung ansehen, die sie am Tag der Beerdigung getragen haben. Wenn es einer von ihnen war, dürften Fussel von Suse Perks Angorajacke daran haften.«

»Ist nur die Frage, ob sie zu dem Zeitpunkt schon die Beerdigungsklamotten getragen haben oder in Zivil dahergekommen sind«, gab Tammo zu bedenken. »Aber egal, notfalls gucken wir uns den gesamten Inhalt der Kleiderschränke an.«

Bevor Fenna darauf reagieren konnte, stürmte Benno in das Büro der Ermittler. »Einsatz! Bei Agathe Clemens stimmt was nicht!«

Die Kommissare sprangen erschrocken auf. »Was ist los?«, fragte Fenna.

Benno setzte sich Richtung Ausgang in Bewegung und berichtete den Kollegen, was er wusste. »Zwei Kundinnen haben angerufen. Die eine hätte schon vor einer Stunde einen Friseurtermin bei der Clemens gehabt, die andere hätte ihn jetzt. Aber der Laden ist immer noch verschlossen, obwohl die Geschäftszeit längst begonnen hat, und die Clemens meldet sich nicht. Sie macht die Tür nicht auf, geht nicht ans Telefon. Eine der beiden Kundinnen ist hintenrum gegangen, durch den Garten, um nachzusehen, ob sie auf der Terrasse sitzt und im Liegestuhl eingeschlafen ist. Da saß niemand, aber die Frau hat festgestellt, dass die Terrassentür aufgehebelt wurde.«

»Ist die Kundin etwa ins Haus gegangen?«, fragte Fenna.

»Nein, sie war schlau genug, gleich die Polizei zu rufen.«

Die Ermittler sprangen in den zivilen Dienstwagen, Benno und einer seiner uniformierten Kollegen nahmen das Polizeiauto. Während der Fahrt zum Haus von Agathe Clemens herrschte eine beklemmende Stille zwischen Tammo und Fenna.

Was war mit Agathe Clemens passiert? Hatte derselbe Täter zugeschlagen wie bei Suse Perk? Oder war die Cousine der Feddersens entführt worden, hatte der Entführer das Haus über die Terrassentür betreten? Und: Gab es eine Parallele zum Verschwinden von Leni Feddersen?

Tammo kam ein übler Verdacht: Hatte Leni, die Unterdrückte, Unbedarfte, der niemand etwas zutraute, auf einmal eine völlig ungeahnte Seite herausgekehrt? Er verwarf seine Überlegungen wieder. Es gab keinerlei Anhaltspunkte für solch eine Annahme, keinen einzigen Beweis. Und trotzdem, die Vorstellung ließ ihn nicht los.

Fenna sah ihn von der Seite an. »Denkst du gerade das Gleiche wie ich?«

»Leni?«, flüsterte er.

Sie nickte.

13. Kapitel

Die beiden Kundinnen erwarteten die Kommissare mit ernstem, an Panik grenzendem Gesichtsausdruck vor dem Haus von Agathe Clemens. Diejenige der beiden Frauen, die den Friseurtermin dem weit herausgewachsenen grauen Haaransatz nach am dringendsten nötig hatte, lief auf die Ermittler zu. »Wo bleiben Sie denn so lange?«

Tammo stellte sich vor die Damen und hängte die Daumen in den Gürtel. »Wer von Ihnen war als Erste hier?«

»Ich.« Die andere Kundin, deren Dauerwelle neuen Schwung brauchte, trat einen Schritt vor und deutete auf den Garten. »Wenn Sie ums Haus herumgehen, sehen Sie die aufgebrochene Terrassentür.«

Tammo sprach kurz mit Benno und dem weiteren Wachtmeister. Dann wandte er sich an Agathes enttäuschte Kundinnen. »Meine Kollegen nehmen Sie jetzt mit zum Polizeiwagen und notieren sich Ihre Personalien. Sie warten dann bitte einen Moment auf uns. Möglich, dass wir noch Fragen an Sie haben.«

Er gab Fenna einen Wink, ihm zu folgen. Im Vorbeigehen nickte er Benno zu, der ein unheilvolles Gesicht machte. Genau wie die Kripobeamten schien er zu ahnen, welche Entdeckung die Ermittler gleich machen würden.

Mit gezogenen Waffen betraten die Kommissare das Haus durch die gewaltsam geöffnete Terrassentür. Sie gelangten in den hell und großzügig angelegten Friseursalon. Schritt für Schritt tasteten sie sich zum Hauseingang vor, gaben sich gegenseitig Deckung und lauschten auf jeden Mucks. Auch auf der Toilette, in der Küche und in der Waschküche, die am Ende des Flurs lag, sahen sie nach.

Fenna zuckte ratlos mit den Schultern. Sie näherte sich Tammo. »Sieht nicht nach Einbruchdiebstahl aus«, flüsterte sie ihm zu.

Er zeigte mit dem Finger auf seine Brust, deutete mit dem Kopf nach oben und ging die Treppe hinauf. Fenna blieb unten, die Waffe auf den ersten Stock gerichtet. Tammo wusste, dass sie ihn keine Sekunde aus den Augen lassen würde, solange er sich in ihrem Blickfeld aufhielt.

Vom Treppenabsatz aus sah er sich in dem studioähnlichen Raum um. Nachdem er nichts Auffälliges erblickte, machte er Fenna ein Zeichen, dass er um die Treppe herumgehen würde, wo ein weiterer Aufgang direkt unters Dach führte. Er wusste, Fenna würde nun der Atem stocken, denn wenn ein Einbrecher im Haus wäre, dann wäre er dem jetzt ohne ihre Deckung ausgeliefert.

Zentimeter für Zentimeter, die Ohren auf leiseste Geräusche ausgerichtet, tastete Tammo sich vor.

Da sah er sie. Agathe Clemens.

Kopfüber war sie die Treppe hinuntergestürzt. Sie lag in einer unnatürlich verdrehten Haltung da. Blut war aus ihrem Schädel über die Stufen gelaufen, viel Blut. Unmöglich, dass sie noch am Leben war. Er ging näher auf sie zu. »Frau Clemens?«

Lächerlich, dass er sie ansprach. Sie reagierte natürlich nicht. Offensichtlich atmete sie nicht mehr. Tammo beugte sich hinab. Eine Gesichtshälfte war ihm zugewandt. Er blickte in ein vor Schreck geweitetes Auge, aus dem jegliches Leben gewichen war.

Das Gesicht immer dem offenen Raum zugewandt, ging Tammo zu der Treppe zurück, die ins Erdgeschoss führte. Dann sprang er die Stufen zu Fenna hinab. »Wir brauchen Gerhild Linnenbrügger und Jan Peters.«

Fenna zückte ihr Handy und telefonierte. An Tammos Seite verließ sie das Haus.

Die Dame mit der schwunglos gewordenen Dauerwelle stieg aus dem Polizeiwagen. »Was ist denn nun mit meinem Termin?«

»Den können Sie knicken.« Tammo baute sich breitbeinig vor dem Polizeiwagen auf, dem nun auch die andere Kundin und die beiden uniformierten Kollegen entstiegen. »Tut mir leid, aber Sie werden sich einen anderen Friseur suchen müssen.«

»Ich war aber für zehn bestellt«, maulte die Dame mit dem grauen Haaransatz.

»Frau Clemens ist verhindert«, sagte Tammo. »Daran wird sich nichts mehr ändern. Ist Ihnen außer der ausgehebelten Terrassentür etwas aufgefallen? Ist jemand um das Haus geschlichen oder weggelaufen, als Sie angeklingelt haben?«

Beide schüttelten den Kopf. Sie schienen noch nicht begriffen zu haben, was sich da drinnen abgespielt hatte.

»Ist die Kasse geplündert worden?«, fragte die erschlaffte Dauerwelle. »Man hört in letzter Zeit immer wieder von Einbrüchen. Ich sag ja immer zu meinem Hermann, früher war so was nicht.«

Benno schlich sich an Tammo heran, zog die Augenbrauen fragend hoch und formte das Wort ›tot‹ lautlos mit den Lippen.

Tammo nickte knapp.

»Die Personalien haben wir«, raunte Benno ihm zu. »Die beiden stehen jetzt nur im Weg.«

Auch das bestätigte Tammo wortlos.

Benno hob die Stimme. »Die Damen, für Sie gibt es hier im Moment nichts weiter zu tun. Meine Kollegen und ich werden jetzt unsere Arbeit machen. Wir melden uns bei Ihnen, wenn wir noch Fragen haben. Vielen Dank.«

Die Dauerwelle wurde neugierig, doch die andere Dame hakte sich bei ihr unter und zog sie mit sich fort. »Kein Friseurtermin heute. Darauf brauch ich einen Tee«, hörten die Kommissare sie sagen.

Benno und sein uniformierter Kollege sperrten die Zufahrt zum Grundstück von Agathe Clemens ab. Tammo und Fenna hockten sich auf die Rückbank ihres Dienstwagens und überlegten, wie Agathe Clemens zu Tode gekommen sein mochte.

Fenna lehnte den Kopf zurück und pustete sich eine Haarsträhne aus der Stirn. »Ob sie einen Einbrecher gehört hat, ihn vertreiben wollte und im Dunkeln die Treppe runtergefallen ist?«

Tammo glaubte, seinen Ohren nicht zu trauen. »Fenna! Eine Frau, die nachts im Stockdustern einen Einbrecher vertreiben will? Das glaubst du doch selbst nicht. Wenn sie jemanden gehört hätte, hätte sie bestimmt zum Handy gegriffen und die Polizei gerufen.«

Fenna nickte lahm und verscheuchte mit einer fuchtelnden Handbewegung eine Fliege, die sich immer wieder ihre Nasenspitze als Landeplatz aussuchte. »Vorausgesetzt, ihr Handy lag auf dem Nachttisch. Aber du hast recht. Selbst wenn sie kein Telefon in Reichweite gehabt hätte, wäre sie kaum nach unten gelaufen, um einem Eindringling gegenüberzutreten, der vielleicht bewaffnet war. Oder hatte sie etwa selbst eine Waffe in der Hand?«

Tammo zog die Augenbrauen zusammen. »Nein, keine Waffe. Sie hatte gar nichts in den Händen. Sie lag einfach so da, als ... als ...«

»Als hätte sie nach unten gehen wollen, um sich ein Glas Wasser zu holen?«

»Zum Beispiel. Oder als hätte jemand angeklingelt und sie wollte ihm öffnen.«

»Mitten in der Nacht? Da hätte sie nicht die Tür aufgemacht.«

»Wenn es jemand war, den sie kannte? Wenn sie verabredet war?«

»Aber derjenige hätte doch den Sturz gehört oder sich gewundert, dass sie ihn nicht hereinlässt. Er hätte einen Krankenwagen gerufen oder die Polizei.« Fenna seufzte. »Wenn wir nur wüssten, wo Leni Feddersen abgeblieben ist.«

»Meinst du, sie hat was damit zu tun?«

»Kannst du das ausschließen?«

Tammo wusste keine Antwort. Ihm wurde es zu warm im Auto, trotz der offen stehenden Wagentüren. Kein Lüftchen ging an diesem Tag.

Das surrende Geräusch eines Automotors überlagerte das gelegentliche Zwitschern der Vögel. »Die Gerichtsmedizin und die Spusi rauschen an«, rief Benno zu ihnen herüber.

Die Ermittler stiegen aus und begrüßten Gerhild Linnenbrügger, Jan Peters und sein Team, die im Eiltempo aus Aurich gekommen waren.

Tammo führte die Kollegen zu der Leiche und sie begannen mit ihrer Arbeit.

Tammo und Fenna vertrieben sich die Zeit voller Ungeduld, bis Gerhild ihre ersten Untersuchungen durchgeführt, Jan die Unglücksstelle eingehend besichtigt und seinen Mitarbeitern die weiteren Arbeiten übertragen hatte.

Die Gerichtsmedizinerin kehrte aus dem Haus zurück. Sie holte eine große Thermoskanne und einen Stapel Pappbecher aus dem Wagen. »Jetzt gibt es erst mal eine kleine Stärkung.«

Die Beamten stellten sich im Kreis auf und ließen sich von Gerhild den Kräutertee einschenken, den sie nach einem geheimen Rezept ihrer Großmutter zusammengestellt hatte.

Tammo nahm einen Schluck und zog die Nase kraus. »Wenn ich nicht sicher wüsste, dass die Mixtur von dir selbst gebraut wurde, würde ich mich nicht trauen, auch nur einen Milliliter davon runterzuschlucken.«

»Wenn er dir nicht schmeckt«, konterte Gerhild, »begieß den Rasen damit. Mein Tee ist zumindest nicht so gefährlich wie das Leben in einem Gebäude mit solch einer Treppe.« Sie wies mit dem Kopf auf Agathes Haus.

»Was ist denn so gefährlich an der Treppe?«, wollte Fenna wissen. »Dass sie so steil ist?«

Jan Peters meldete sich zu Wort. »Zum Verhängnis geworden ist Agathe Clemens, dass es eine Freitreppe ist. Du hast es ja selbst gesehen, Tammo: Zu beiden Seiten gibt es ein Holzgeländer mit gedrechselten Streben.«

Tammo bestätigte das. »Ist sie etwa in der Eile mit dem Fuß daran hängen geblieben?«

Jan pustete über den Tee in seinem Becher und trank einige kleine Schlucke. Dabei schielte er zu den Ermittlern hinüber. »Agathe Clemens *ist* nicht verunglückt«, sagte er zwischen zwei Schlucken, »sie *wurde* verunglückt. Jemand hat dafür gesorgt, dass sie fallen musste.«

Fenna winkte einer Frau zu, die offenbar ebenfalls eine Kundin von Agathe Clemens war und ihren Termin wahrnehmen wollte. An der Absperrung blieb die Dame stehen. »Moment«, sagte Fenna zu ihren Kollegen, »bin gleich wieder bei euch.« Sie lief zu der Frau und klärte sie darüber auf, dass es ab sofort keine Termine bei Agathe Clemens mehr geben könne. Eilig nahm sie wieder ihren Platz im Kreis der Kollegen ein. »Wie wurde denn dabei nachgeholfen, dass Frau Clemens hinunterstürzte?«

Der Chef der Spurensicherung zog ein Asservatentütchen aus seiner Tasche hervor und zeigte es herum. »Ein Stückchen Nylonfaden. Nur ein winziges Stück, aber sehr verräterisch.«

Fenna guckte ungläubig erst in das Tütchen, dann in Jans Gesicht. »War der Faden etwa über die Treppenstufe gespannt?«

Jan nickte. »So muss es gewesen sein. Der Täter hat es in Knöchelhöhe an beiden Seiten des Geländers um je eine Strebe gebunden. Dann muss er entweder darauf gewartet oder sogar selbst dafür gesorgt haben, dass Agathe Clemens die Treppe hinunterging. Nach dem Sturz hat er das Band wieder beseitigt. Dieses Stück ist ihm wohl unbemerkt aus der Hand oder aus der Tasche gefallen. Wir haben es neben der Treppe gefunden.«

»Es dürfte nicht so einfach gewesen sein, das Band zu lösen«, meinte Tammo, »wenn man es so fest verknotet hat, dass jemand daran hängen bleibt und fällt.«

»Richtig. Der Täter hat nach ersten Erkenntnissen ein Messer benutzt, um das Band an beiden Seiten von den Streben zu lösen. Das Messer hat er zwischen Strebe und Band gedrückt und dann auf und ab bewegt, um das Band zu zerschneiden. Die Spuren kann man deutlich in dem weißen Lack sehen.«

Tammo kniff die Augen zusammen. »Das muss er vorher gut durchdacht haben. Er muss ja das nötige Werkzeug dabeigehabt und die ganze Aktion bis ins Detail vorbereitet haben.«

Jan bestätigte die Vermutung des Kommissars. »Aber passt auf, jetzt kommt's: In dem Bemühen, die Knoten zu öffnen und die Stücke zu entfernen, ist der Täter mit einer Schuhspitze in das Blut getreten, das Agathe Clemens durch ihre Verletzung verloren hat. Den Abdruck werden wir noch analysieren, aber ich kann euch jetzt schon eins sagen: Es handelt sich um einen Damenschuh.«

Fenna warf Tammo einen entsetzten Blick zu. »Leni?«, hauchte sie.

Tammo tat, als hätte er ihre Frage nicht gehört. »Habt ihr Hinweise darauf, was Agathe Clemens dazu veranlasst haben könnte, nachts die Treppe runterzulaufen?«, fragte er Jan Peters.

Gerhild Linnenbrügger kam dem Spurensicherer zuvor. »Der Tod muss zwischen ein und zwei Uhr nachts eingetreten sein. Frau Clemens hat offenbar im Bett gelegen, bevor sie die Treppe hinablief. Warum verlässt man um diese Uhrzeit das Bett?«

»Darüber haben Fenna und ich vorhin schon spekuliert. Wir denken, entweder hat jemand an der Tür geklingelt oder es hat jemand auf dem Festnetztelefon angerufen, das unten steht.«

»Vielleicht musste sie auch zur Toilette«, meinte Gerhild. »Oder sie hat sich was zu trinken aus der Küche holen wollen.«

»Das haben wir uns auch überlegt. Aber dann hätte sie doch das Licht angemacht, oder?«, argumentierte Fenna. »Es ist überhaupt verwunderlich, dass jemand um die Uhrzeit kein Licht anmacht, wenn er runtergeht.«

Jan hob die Hände. »Moment, es ist nicht gesagt, dass sie kein Licht eingeschaltet hat! Ich gehe sogar davon aus, dass sie es getan hat, aber der Täter dürfte es wieder ausgeschaltet haben, nachdem er das hier«, er hob die Asservatentüte hoch, »beseitigt hatte. Er hat nicht ohne Grund eine transparente Schnur gewählt, die selbst bei Licht nicht auffällt, wenn man nicht genau drauf achtet.«

»Also nichts Genaues weiß man nicht.« Tammo dachte über die nächsten Schritte nach. Er wollte ganz sichergehen, dass an alles gedacht wurde. »Ihr nehmt Fingerabdrücke von der Klingel?«

»Nein«, entgegnete Jan und verdrehte die Augen. »Heute mal ausnahmsweise nicht.« Er versetzte dem Kommissar einen Rippenstoß.

»Wir fordern ein Telefonprotokoll an«, sagte Fenna.

»Was für ein Glück«, rief Jan aus, »dass wir im Technikzeitalter leben und die Spuren, die die Anrufer im Netz hinterlassen, nachweisen können!«

Fenna lächelte müde. »Die Technik ist nicht immer ein Vorteil. Wenn wir heute noch trommeln oder Rauchzeichen geben müssten, würde es solche Verbrechen vermutlich nicht geben. Denn damit würde sich jeder Täter für alle erkennbar verraten.«

Gerhild sammelte die leeren Pappbecher aus den Händen der Kollegen ein, steckte sie ineinander und stopfte den Stapel in eine Abfalltüte. »Kennt ihr die Tote? Hat sie Verwandte?«

»Sie ist die Cousine der Geschwister Feddersen«, klärte Tammo sie auf. Er wandte sich an Fenna. »Wir sollten gleich zu Hanno Feddersen fahren und ihn informieren.«

»Fahrt ihr mal«, sagte Jan. »Dann können wir hier weiter in Ruhe unsere Arbeit machen.«

Tammo legte einen Arm um seine Kollegin und zog sie mit sich fort. »Komm, Ermittler stören in diesem Mordfall nur.« Mit verbissener Miene setzte er sich ans Steuer und fuhr zum Elternhaus der Feddersens.

Gertrude Hagenkötter stand mit dem Rücken zu ihnen am offenen Kofferraum von Hannos Limousine. Tammo brachte den Wagen wenige Meter hinter ihr zum Stehen.

Gertrude schien so beschäftigt zu sein, dass sie das herannahende Auto nicht wahrnahm. Erst als die Ermittler die Türen zuschlugen, schrak sie zusammen und drehte sich um. »Ach, die Kommissare.« Sie lächelte gezwungen und reichte erst Fenna, dann Tammo die Hand.

Ein Blick in den Kofferraum ließ bei Tammo die Alarmglocken erklingen. Ein Anzugsack hing über dem Rand des Kofferraums. Durch ein Klarsichtfenster in Brusthöhe erkannte der Kommissar, dass ein schwarzer Anzug darin steckte. Zwei große blaue Plastiksäcke hatte Gertrude Hagenkötter bereits in den Wagen geladen. Weitere standen auf dem Boden.

Tammo deutete mit der Hand auf die Tüten. »Was wird das?«

Gertrude verschränkte die Hände vor der Brust und legte verschnupft den Kopf schräg. »Darüber bin ich Ihnen eigentlich keine Rechenschaft schuldig. Aber gut, weil Sie es sind. Der Anzug geht in die Reinigung und was in den Tüten steckt, bringe ich zur Altkleidersammlung nach Norden.«

Fenna stellte sich dicht neben die Haushälterin. »Die Kleidungsstücke sind von wem?«

»Von Max Feddersen.«

»Alles nur von ihm?« Fenna machte sich an einer der Tüten zu schaffen und ließ keinen Zweifel daran, dass sie notfalls in jede hineinsehen und jedes Stück einzeln betrachten würde.

Gertrude wurde unsicher. »Von ihm, von Urte und von Leni. Die Schwestern haben sich wohl gedacht, wenn ich schon die Kleidung des Vaters nach Norden bringe, können auch sie ihre Kleiderschränke mal entrümpeln. Das bietet sich ja an.«

»Ist Leni wieder aufgetaucht?«, fragte Fenna.

»Sie hat die Kleidung gestern gebracht. Wo sie jetzt ist, weiß ich nicht.« Gertrude konnte nicht verbergen, dass sie immer nervöser wurde. Sie rang die Hände und verhaspelte sich leicht beim Sprechen. Ihre Blicke schweiften unruhig zwischen den beiden Ermittlern und dem Haus hin und her.

Tammo wandte den Kopf zum Gebäude. Er meinte, Hanno hinter einer der Fensterscheiben, in denen der Himmel sich spiegelte, schemenhaft erkennen zu können.

»Wir nehmen Ihnen die Arbeit ab«, sagte Fenna entschieden.

»Wie bitte?«

»Sie brauchen nicht nach Norden zu fahren und auch nicht in die Reinigung. Wir nehmen das mit, den Anzug und die Altkleider.«

Gertrude Hagenkötters Blick wurde genauso messerscharf wie ihre Stimme. »Das dürfen Sie nicht. Das ist das Eigentum der Familie Feddersen.«

Fenna beeindruckte ihr Gehabe nicht. »Frau Hagenkötter, die Sachen sind beschlagnahmt.«

»Das geht nicht einfach so.«

Tammo verlor die Geduld. »Doch, das geht. Es ist Gefahr im Verzug.« Er legte den Anzugsack über einen Arm und schnappte sich mit der anderen Hand die zwei Tüten, die im Kofferraum verstaut waren. Fenna griff sich die Säcke, die auf dem Boden standen.

Gertrude schrie auf, hob zeternd die Hände und wandte sich dem Haus der Feddersens zu. »Hanno? Hanno, so kommen Sie doch! Hanno!«

Tammo grunzte. »Hanno, bei Fuß«, grummelte er in Fennas Ohr, als sie nebeneinander standen und die Tüten in ihrem Dienstwagen unterbrachten. »Jetzt nichts wie weg, bevor die Hagenkötter sich noch vor den Wagen schmeißt.«

Die Ermittler beeilten sich, ins Auto zu steigen. Tammo fuhr mit quietschenden Reifen an Gertrude vorbei.

Fenna blickte in den Außenspiegel und beobachtete die Szene noch einen Moment lang. Dann stöhnte sie. »Da hat Jan Peters jetzt aber gut zu tun.«

Tammo grinste. »Das ist meine Revanche dafür, dass er uns vorhin vom Hof komplimentiert hat.«

»Wie lange er für die Untersuchung der Kleidungsstücke wohl brauchen wird?«

Der Kommissar wurde wieder ernst. »Viel Zeit lassen kann er sich damit nicht. Die Feddersens sind jetzt gewarnt. Wir müssen sie im Auge behalten und so schnell wie möglich zugreifen.«

Fenna schlug sich mit der Hand vor die Stirn. »Mensch, wir haben Hanno gar nicht über den Tod von Agathe Clemens informiert.«

»So ein Mist! Ja, das ging jetzt alles ein bisschen hopplahopp. Aber Jan ist zurzeit noch auf dem Grundstück von Agathe Clemens. Wir müssen ihm die Kleidung übergeben, bevor er wieder nach Aurich fährt. Danach fahren wir zu Hanno Feddersen zurück. Der wird gerade ganz schön Muffensausen kriegen. Lassen wir ihn ruhig ein bisschen zappeln.«

14. Kapitel

In dem Moment, in dem die Ermittler vor seinem Haus vorfuhren, stand Hanno in der Eingangstür. Es war, als hätte jemand ihn vorgewarnt. Er trug einen anthrazitfarbenen Anzug und eine graue Krawatte. Seine Mimik und die hastig blinzelnden Augenlider signalisierten, wie unsicher und fahrig er war. Er trat von einem Fuß auf den anderen und fragte Tammo: »Sie kommen wegen Agathe?«

»Hat sich herumgesprochen, was geschehen ist?«

»Wie ein Lauffeuer. Sie müssten doch selbst am besten wissen, wie das bei uns im Ort ist«, sagte Hanno mit übertriebener Missbilligung, die Tammo jedoch nicht beeindruckte. »Warum haben Sie mir nicht vorhin Bescheid gegeben, statt meine Haushälterin zu überfallen und wieder davonzubrausen?«

»Die Entsorgung Ihrer Altkleider war uns wichtiger. Wir dürfen?« Der Kommissar wies mit der Hand in die Diele.

Mit verkniffenen Lippen drehte Hanno sich um und ging voraus. Fenna trat als Letzte ein und schloss die Tür hinter sich.

Gertrude Hagenkötter lugte aus der Küche hervor. Als ihre Blicke sich trafen, zuckte sie zurück und verschwand hinter dem Türrahmen. Hanno geleitete die Ermittler ins Wohnzimmer, die Haushälterin stieg mit dumpf stampfenden Schritten die Treppe hinauf.

Fenna beugte sich zu Hanno hinüber und stützte sich auf die Armlehne des Sessels. »Was wissen Sie über das, was Ihrer Cousine widerfahren ist?«

Hanno zog die Revers seines Jacketts zurecht. Es sah aus, als müsste er sich daran festhalten. »Kurz nachdem Sie unsere Altkleider entführt haben, hat meine Frau Hagenkötter einen Anruf von einer Bekannten erhalten, einer Kundin meiner Cousine. Selbstverständlich ist auch Frau Hagenkötter Kundin bei Agathe«, fügte er überflüssigerweise hinzu.

»War«, merkte Tammo an. »Sie war Kundin bei Ihrer Cousine.«

Der Hausherr warf ihm einen giftigen Blick zu. »Was ist denn nun passiert? Von einem Einbrecher war die Rede, der sie erstochen hat. Oder erschossen?«

»So konkret war der Dorftratsch also doch nicht?« Tammo konnte sich ein hämisches Schmunzeln nicht verkneifen. »Ihre Cousine lag tot im Haus. Die genaueren Umstände werden zurzeit noch untersucht.«

Hanno zog die Augenbrauen zusammen. »Es stimmt also nicht, was über die Todesursache erzählt wird?«

»Herr Feddersen?« Fenna wartete, bis Hanno sich ihr zuwandte. Er schien in einer Irritation zu verharren, von der sich schwer einschätzen ließ, ob sie echt war oder gespielt. »Wann haben Sie Ihre Cousine das letzte Mal gesehen?«

Hanno wartete einen Augenblick mit der Antwort. »Gestern Abend. Wir haben uns hier im Haus versammelt, meine Schwestern, meine Cousine und ich, um noch einmal über das Erbe unserer Eltern zu sprechen. Wir sind ja nun mal eine Erbengemeinschaft, ob es uns passt oder nicht. Da haben meine Eltern uns post mortem einen schönen Spaß überlassen.« Er winkte verärgert ab. »Aber das ist jetzt nicht das vordringliche Thema.«

Fenna ließ Hanno nicht aus den Augen. »Wenn Ihre Eltern nichts anderes vorgesehen haben, gehören aber doch nur Sie und Ihre Schwestern zu den rechtmäßigen Erben, nicht Ihre Cousine?«

Auch Tammo konzentrierte sich nun ganz auf den Befragten. Faszinierend, mit welcher Leichtigkeit Fenna den Mann aus der Fassung brachte. Seinem Gesichtsausdruck nach schien Hanno sich aus irgendeinem Grund ertappt zu fühlen.

Er lächelte verlegen. »Da haben Sie nicht ganz unrecht.« Wieder zupfte er an den Revers, dann griff er sich an die Krawatte und schob den Knoten hin und her. Wenn er so weitermachte, konnten auch dieser Anzug und der Schlips bald zum Textilrecycling. »Allerdings erhebt ... erhob Agathe gewisse Ansprüche, die auf Ungereimtheiten zwischen ihrer und meiner Mutter zurückgehen. Sie müssen wissen, meine Mutter und meine Tante, also Agathes Mutter, standen immer ein wenig auf Kriegsfuß miteinander.«

Tammo schoppte die Ärmel seines Pullis hoch und sagte lapidar: »Nach dem Eindruck, den unser Kollege, Wachtmeister Benno Pötzschke, vom Einsatz in Ihrem Haus gestern Abend mitgenommen hat, ist das bei Ihnen und Ihren Schwestern nicht wesentlich anders. Scheint eine Familientradition zu sein.«

Hanno stutzte einen Moment, ging dann aber beherrscht über diesen Einwurf hinweg. »Jedenfalls hatte Agathe seit dem Tod meines Vaters das Bedürfnis, ihre Ansprüche anzumelden.«

»Das hat sie gestern Abend erneut getan?«

Hanno antwortete nicht. Er guckte den Kommissar an, als wollte er um die nächste Frage bitten.

Die trug Fenna vor: »Was konkret hat Ihre Cousine von Ihnen gefordert?«

Hanno ließ sich nicht aufs Glatteis führen. »Muss ich darauf antworten? Ich bin doch kein Verdächtiger, oder? Wenn ja, möchte ich sofort meinen Anwalt sprechen.«

Tammo klinkte sich wieder ein. »Wenn wir Sie als Beschuldigten befragen würden, würden wir Sie selbstverständlich zuerst über Ihre

Rechte aufklären. Wir erhoffen uns von Ihnen lediglich Hintergrundinformationen über die Tragweite, die die Aufteilung des Erbes generell einnehmen könnte.« Der Kommissar hoffte, dass er sich mit dieser wenig greifbaren Aussage plausibel genug aus der etwas heiklen Situation herausgewunden hatte. Natürlich galt Hanno für Fenna und ihn als Hauptverdächtiger. Er konnte es kaum erwarten, von Jan Peters zu erfahren, ob Angorafasern von Suse Perks Jacke an Hannos Beerdigungsanzug hafteten.

»Eine Routinefrage, auch wenn es Ihnen anders erscheinen mag«, sprach Fenna in die Gesprächspause hinein, die nach Tammos Erläuterung entstanden war. »Wo waren Sie heute Nacht?«

»Na, wo war ich wohl? Zu Hause natürlich. Die ganze Nacht. Frau Hagenkötter wird Ihnen das bestätigen.«

Das war ja lachhaft! Hanno hatte sich zweifellos auf das Gespräch mit den Ermittlern vorbereitet, und das Alibi, von dem er wusste, dass er es benötigen würde, hatte er mit seiner Haushälterin abgesprochen. Tammo kniff die Augen zusammen. »Wollen Sie damit sagen, Frau Hagenkötter war die ganze Nacht über bei Ihnen? Sie schlafen im selben Zimmer?«

Hanno errötete. Sein Kopf zuckte zurück. »Selbstverständlich nicht.«

»Wie könnte sie dann bezeugen, dass Sie die ganze Nacht über hier waren?«

»Sie hört jeden Laut. Wenn ich rausgegangen wäre, hätte sie das mitbekommen.«

Plötzlich stand Gertrude in der Tür. »Ich habe einen sehr leichten Schlaf. Niemand kann dieses Haus verlassen oder betreten, ohne dass ich es registriere.«

Fenna wandte sich ihr zu. »In welchem Bereich des Hauses schlafen Sie?«

Gertrude zeigte mit dem Finger nach oben. »Unterm Dach. Aber meine Ohren sind überall.«

»Und Sie selbst waren auch die ganze Nacht über hier?«

Die Haushälterin stand wie eine Säule im Türrahmen und nickte mit eiserner Miene.

Fenna drehte sich wieder zu Hanno um. »Das können Sie wahrscheinlich ebenfalls bezeugen, denn auch Sie sind sicherlich besonders hellhörig.« Der ironische Unterton war nicht zu überhören.

Hanno erhob sich. »Frau Stern, Herr Anders, ich stehe Ihnen gern für weitere Fragen zur Verfügung. Wenn Sie mich aber jetzt bitte entschuldigen möchten. Die Arbeit ruft.«

»Selbstverständlich«, sagte Fenna, als er ihr die Hand reichte. »Ach, übrigens, falls Sie die Beerdigung Ihrer Cousine vorbereiten möchten:

Die Leiche von Frau Clemens muss leider obduziert werden. Sie erfahren von uns, wann sie zur Beisetzung freigegeben wird.«

Der Hausherr führte die Ermittler in die Diele. Dort drückte auch Tammo ihm die Hand. »Und während Sie sich nun an den Schreibtisch begeben, kann Frau Hagenkötter uns vielleicht noch für zwei, drei Auskünfte zur Verfügung stehen?«

Hanno entzog ihm die Hand und stolzierte auf die Treppe zu, ohne auf die Frage zu reagieren.

»Herr Feddersen?«, rief Fenna ihm zu.

Hanno reagierte nicht. Er stieg die ersten Stufen hoch. Sein Rücken war Fenna zugekehrt.

»War Ihre Schwester Leni gestern Abend auch bei Ihnen?«

Hanno blieb stehen und drehte sich halb um. »Nein.« Dann nahm er immer zwei Stufen auf einmal. Oben angekommen, hechtete er sich aus dem Blickfeld der Kommissare.

Eine Tür klapperte, dann war Stille.

Fenna nahm Gertrude ins Visier. Die Hausdame machte einen ratlosen Eindruck und schien zu überlegen, wohin sie sich flüchten könnte. »Wir halten Sie nicht lange auf«, versuchte Fenna, sie zu beruhigen. »Wir möchten uns nur einen kleinen Moment mit Ihnen zusammensetzen.«

Gertrude führte die Ermittler noch einmal zu der Sitzgruppe im Wohnzimmer. Sie selbst hockte sich ganz vor auf die Sofakante, als wollte sie keine zwei Sekunden auf dem Sitzmöbel verharren. Tammo vermutete hinter dieser Haltung einen Kompromiss aus erzwungener Höflichkeit und dem dringenden Bedürfnis, ihren Unwillen über die bevorstehende Befragung durch die Kommissare zum Ausdruck zu bringen.

Fenna hoffte wohl, die angespannte Atmosphäre mit einem unverfänglichen Plausch auflockern zu können. »Es ist bestimmt eine große Verantwortung, einen Haushalt zu führen, in dem sich so viele Kunstwerke befinden.«

Gertrude nickte misstrauisch.

»Sie sind selbst sehr kunstinteressiert?«

Die Hausdame straffte die Schultern. »Ich habe Max und Martha von Anfang an dabei unterstützt, ihre Kunstsammlungen aufzubauen und zu erweitern.«

Tammo war das Geplaudere zu belanglos. Er beschloss, der Unterhaltung eine Wendung hin zu den Fragen zu geben, die ihn und Fenna wirklich interessierten. »Dann hängen Sie jetzt vermutlich mitten drin in den Familienstreitigkeiten ums Erbe?«

Gertrude hob erschrocken die Hände. »Damit habe ich nichts zu tun.« Sie wackelte unsicher mit dem Kopf. »Ich weiß auch nicht, ob man wirklich von Streitigkeiten sprechen kann. In manchen Punkten bestehen Uneinigkeiten, soweit ich das mitbekommen habe, aber ein Disput?« Ihr Lächeln wirkte sehr bemüht.

Fenna holte ihren Notizblock aus der Umhängetasche und blätterte darin herum. »Einmal sind Sie aber mit hineingezogen worden, und zwar, als Urte Feddersen im Streit mit ihrem Bruder das Haus verließ und versehentlich dessen Handy mitgenommen hat.«

Gertrude blickte die Kommissarin an. »Was soll das mit mir zu tun gehabt haben?«

»Sie sind losgefahren und haben die Handys zurückgetauscht.« Fennas Augen waren konzentriert auf die Haushälterin gerichtet.

Tammos Rücken spannte sich an. Wie würde Gertrude auf diese Aussage reagieren? Noch suchte sie nach Worten.

»Ganz ehrlich ...« Gertrude zupfte an der Schleife ihrer Bluse. »Ich weiß im Moment nicht, wovon Sie sprechen. Wenn Sie mir auf die Sprünge helfen würden?«

Tammo merkte Fenna an, dass sie ungeduldig wurde. Vermutlich fühlte sie sich genauso auf den Arm genommen wie er. »Sie haben das Smartphone von Urte Feddersen genommen, das sie versehentlich mit dem von Hanno Feddersen verwechselt hatte«, funkte er dazwischen. »Sie sind zu ihr gefahren, haben es ihr ausgehändigt und sind mit dem Mobiltelefon Ihres Arbeitgebers wieder zurückgekehrt.«

»Das ist nicht wahr!« Wenn es eine Steigerung von kerzengeradem Sitzen gab, dann demonstrierte Gertrude in diesem Moment, wie man sich die vorzustellen hatte.

Fenna lächelte sanft und streckte eine Hand wie zur Entschuldigung in Gertrudes Richtung aus. »Dann müssen wir etwas falsch verstanden haben.« Sie verharrte einen Moment. »Und über Leni Feddersens Verbleib können Sie uns vermutlich auch keine Auskunft geben?«

Gertrude ballte unwillkürlich eine Hand um die andere und drückte sie zusammen, als müsste sie sich an etwas festhalten. »Woher sollte ich das wissen? Über das, was die Schwestern tun oder wo sie sich aufhalten, bin ich zu keinem Zeitpunkt informiert.«

Fenna nickte verständnisvoll und stützte die Hände auf die Oberschenkel. »Tja«, sagte sie zu Tammo. »Ich glaube, wir wären so weit durch.«

Alle drei erhoben sich gleichzeitig. Gertrude huschte an den Ermittlern vorbei zur Tür. Tammo meinte, sie noch nie so flott laufen gesehen zu haben. Sie öffnete die Haustür, reichte ihnen nur die

Fingerspitzen und warf die Tür ins Schloss, als Fenna noch mit dem halben Absatz auf der Schwelle stand.

»Deckt Gertrude Hagenkötter Hanno Feddersen?« Fenna guckte eher wütend als fragend, als sie wieder im Auto saß.

Tammo startete den Motor. »Wie könnte sie anders?« Er ließ einem Radfahrer die Vorfahrt und fuhr los. »Sie muss vermutlich ihre Rente aufbessern, sonst würde sie doch in dem Alter nicht mehr all die Aufgaben übernehmen wollen, die sie in dem Haus hat. Hanno ist ein solventer Arbeitgeber und gleichzeitig ihr Vermieter. Sie ist also in mehrfacher Hinsicht von ihm abhängig. Seit die Eltern nicht mehr leben, mit denen sie eine Freundschaft verband, ist sie auf Gedeih und Verderb auf das Wohlwollen des Sohnes angewiesen.«

»Eine ziemlich unerfreuliche Situation.« Fenna bremste mit, als Tammo vor dem Wagen eines Touristen, der urplötzlich in die Eisen stieg, stoppte. »Jetzt noch mal zu Urte?«

»Bin schon auf dem Weg dahin, wie du siehst.« Tammo schmunzelte. »So gut müsstest du dich doch inzwischen in Greetsiel auskennen.«

»Wenn ich zu Fuß oder mit dem Fahrrad unterwegs bin, habe ich voll die Orientierung«, verteidigte Fenna sich. »Mit dem Auto werde ich noch eine Zeit brauchen, um mich daran zu gewöhnen, dass ich manchmal für eine Entfernung, die Luftlinie nur fünfhundert Meter beträgt, einen Umweg von fünf Kilometern in Kauf nehmen muss, weil ich nicht durch den historischen Ortskern fahren darf.«

»So schlimm ist es doch gar nicht. Guck: In der Zeit, in der du über die weiten Umwege gejammert hast, sind wir schon am Ziel angekommen.«

Urte verließ ihr Büro in dem Moment, als die Ermittler das Geschäftsgebäude erreichten. »Wenn Sie wegen meiner Schwester kommen, die ist immer noch nicht aufgetaucht.«

Fenna hielt sich die Hand über die Stirn, um ihren Augen Schatten zu spenden. »Auf die Idee, eine Vermisstenanzeige zu stellen, kommen Sie aber nicht?«

Die Versicherungsmaklerin stellte ihre Aktentasche auf den Beifahrersitz ihres Wagens, schlug die Tür zu und ging den Ermittlern selbstbewusst entgegen. »Leni ist erwachsen, ich bin nicht mit ihr verheiratet und ich glaube auch nicht, dass sie einem Verbrechen zum Opfer gefallen ist.«

»Auch nicht, dass sie eins begangen hat?« Die Bemerkung war Tammo herausgerutscht, bevor er darüber nachgedacht hatte, ob dies der passende Zeitpunkt für solch eine Frage war.

Urte zog die Augenbrauen hoch. »Sie spielen auf die Sache mit Agathe an?«

Der Kommissar schob die Hände in die Hosentaschen und reckte sich zu voller Körpergröße. »Mit der *Sache* meinen Sie das mutmaßliche Tötungsdelikt an Ihrer Cousine?«, fragte er zurück.

Urte hob die Achseln. »Sind Sie deshalb hier?«

Tammo hatte nicht den Eindruck, dass die älteste Feddersen-Schwester großes Interesse daran hatte, Details darüber zu erfahren, was Agathe Clemens zugestoßen war. War sie längst über Einzelheiten informiert? Wenn ja: War es etwa Täterwissen? »Wer hat Sie über den Tod Ihrer Cousine informiert?«

Urte verschränkte die Arme vor der Brust, legte den Kopf schräg und guckte Tammo herausfordernd an. »Mein Bruder hat mich angerufen.«

Fenna ahmte Urtes Haltung nach. »Erst kommt Suse Perk, die eng mit Ihren Eltern und Ihrem Bruder befreundet war, auf gewaltsame Weise ums Leben. Dann verschwindet Ihre jüngste Schwester spurlos. Und nun stirbt Ihre Cousine auf recht mysteriöse Weise. Macht es Ihnen gar keine Angst, dass Ihr Umfeld sich in derart kurzer Zeit dezimiert?«

Urte lächelte kalt und winkte einer Bekannten zu, die von der anderen Straßenseite herübergrüßte. »Sollte es das?«

»Wo waren Sie letzte Nacht?« Tammo ließ seine Frage genauso beiläufig fallen, wie Urte den Ermittlern ihre Antworten gab.

War es gerade dieser Tonfall, der Urte auf einmal sichtlich nervös machte? »Zu Hause«, antwortete sie knapp.

Tammo beschloss, sich auch in Bezug auf die Wortkargheit auf die Ebene dieser Frau zu begeben, die sich immer so beherrscht gab und stets bemüht war, jede Situation zu kontrollieren. »Zeugen?«

»Keine.«

Tammo sah keine Veranlassung, die Häme, die er empfand, zu unterdrücken. »Jetzt wäre es nicht schlecht, wenn Ihre kleine Schwester anwesend wäre und Ihre Aussage bezeugen könnte, was?« Demonstrativ wandte er sich von Urte ab und verständigte sich wortlos mit Fenna.

»Danke, Frau Feddersen.« Die Kommissarin nickte Urte kurz zu.

Wenigstens sie bewahrte die Regeln der Höflichkeit, wenn er selbst sich schon nicht veranlasst sah, sich von der Befragten so zu verabschieden, wie man das unter zivilisierten Menschen tat. Schweigend gingen Tammo und Fenna zu ihrem Dienstwagen.

»Hey!«, rief Urte ihnen nach. »Ihre Aktion mit den Altkleidern, was sollte das eigentlich? Was wollen Sie damit?«

Auf die Antwort wartete Urte vergebens. Tammo betrachtete intensiv die Wolken, als er den Wagen aufschloss, und Fenna hatte mit ihrer Umhängetasche zu tun, in der es immer etwas zu suchen gab.

Beide schwangen sich auf ihre Sitze.

Fenna lehnte ihren Kopf zurück. »Was werden Jan Peters und seine Leute bei der Analyse der Kleidungsstücke wohl herausfinden?«

15. Kapitel

Jan Peters und sein Team hatten alles unternommen, um die Kleidungsstücke der Familie Feddersen in Windeseile zu untersuchen. Da ein Zusammenhang zwischen dem Tod von Suse Perk und dem von Agathe Clemens anzunehmen war, hatten sie sich das Ziel gesetzt, den Ermittlern die Ergebnisse schon am nächsten Tag vorzulegen. Dafür hatten sie sogar eine Nachtschicht eingelegt.

Der Beerdigungsanzug von Hanno Feddersen war den Spurensicherern gesondert in einem Anzugsack geliefert worden, während weitere Herrenbekleidung in Tüten transportiert worden war. Somit konnte der Anzug einwandfrei Feddersen junior zugeordnet werden.

Es war kein Kunststück gewesen, die einzelnen Frauenkleider der ältesten oder der jüngsten Tochter des Verstorbenen zuzuweisen, denn die weit auseinanderliegenden Konfektionsgrößen der Schwestern schlossen jegliche Verwechslung von vornherein aus. Was einen hohen Aufwand verursachte, war die Tatsache, dass niemand wusste, wer welche Kleidungsstücke an dem fraglichen Tag am Tatort getragen hatte. Daher musste jedes Teil sorgfältig inspiziert werden.

Doch das Team der Spurensicherer erreichte das gesetzte Ziel und Jan Peters' große Stunde schlug pünktlich am Mittwochmorgen um acht Uhr dreißig. Voller Stolz erschien der Kollege aus Aurich auf der Wache an der Hauener Hooge, um den Kommissaren die Ergebnisse der kriminaltechnischen Untersuchungen zu präsentieren.

Tammo und Fenna hatten wie auf heißen Kohlen in ihrem Büro gesessen und auf ihn gewartet. Wenn der eine gerade nicht aus dem Fenster blickte, um den Parkplatz zu überwachen und Jans Ankunft lauthals anzukündigen, übernahm der andere das. Beide hatten Block und Stift vor sich hingelegt, um sich Notizen über das zu machen, was Jan ihnen berichten würde. Natürlich würde der Spurensicherer ihnen seine Analysen auch in schriftlicher Form vorlegen. Doch wenn er seine Ergebnisse vortrug, wollten sie die Gedanken, die ihnen dabei blitzartig kamen, sofort notieren, um sie anschließend unter vier Augen zu diskutieren und ihre Schlüsse daraus zu ziehen.

Während sie warteten, brachte Benno das ersehnte Telefonprotokoll des Festnetzanschlusses von Agathe Clemens. Fenna stellte sich hinter Tammos Bürostuhl und ging gemeinsam mit ihm die eingegangenen Anrufe durch.

Tammo legte den Finger auf eine Zeile des Blattes. »Ein Anruf von einem Handy um ein Uhr und zwei Minuten, Inhaber der Nummer unbekannt. Ein Prepaid-Handy. So ein Mist!«

Er warf sich wütend auf seinem Stuhl zurück und verschränkte die Hände hinter dem Kopf.

»Damit war ja zu rechnen.« Fenna setzte sich wieder auf ihren Platz. Plötzlich sprang sie auf. »Er kommt! Jan ist da. Der Tee! Den haben wir ganz vergessen.«

»Bleib sitzen. So schnell bekommt der keinen trockenen Hals.« Tammo griff zum Telefon und wählte Bennos Durchwahl. »Wir bekommen gerade Besuch. Ob du wohl so nett sein könntest?«

Benno kannte den Kommissar lange genug, um zu wissen, worum es ging. »In den Besprechungsraum oder in euer Büro?«, fragte er lediglich.

Tammo nahm den Hörer vom Ohr und blinzelte Fenna an. »Besprechungsraum?«

»Nein, hier.«

»In unser Büro bitte«, sprach Tammo in den Hörer und legte auf.

Jan blieb im Türrahmen stehen und wedelte den Ermittlern mit den Unterlagen zu. Er sah übernächtigt aus. »Das kostet eine Runde extra.«

Tammo bat ihn an den kleinen Besprechungstisch in der Ecke des Büros. »Komm, setz dich zu uns. Unsere Ohren sind ganz auf Empfang gestellt.« Er setzte sich hin, stützte die Ellenbogen auf den Tisch und rieb sich die Hände, als würde er sich auf einen Leckerbissen freuen. »Leg uns den Täter auf den Tisch!«

Jan gab vor, mit den Augen Maß zu nehmen. »Das wird ein bisschen knapp. Ich habe mehrere Täter.«

Die Ermittler sahen ihn erstaunt an.

Mit Augen, die vor Stolz strahlten, warf der Chef der Spurensicherung seine Mappe auf den Tisch und nahm Platz. »Es sind zwei, um genau zu sein, soweit es den Tod von Suse Perk betrifft.« Er sah erst Fenna, dann Tammo an. Genüsslich leckte er sich über die Lippen. »Und zum Schluss hab ich noch eine Überraschung für euch. Aber eins nach dem anderen.«

Tammo klopfte ihm auf die Schulter. »Mach's nicht spannender, als es ist. Wir haben letzte Nacht genauso wenig geschlafen wie du.«

»Also.« Jan verschränkte die Hände ineinander, drehte die Handflächen nach außen und streckte die Arme durch.

Diese Effekthascherei hielt Tammo für überflüssig, doch Fenna gab ihm in weiser Voraussicht einen leichten Tritt vors Schienbein und sah ihn warnend an. Der Not gehorchend unterdrückte er eine bissige Bemerkung. Schließlich wollte er Jan nicht dazu herausfordern, die Übung zu wiederholen und den Beginn seines Vortrags noch länger hinauszuzögern. Stattdessen nickte er dem Chef der Spurensicherung aufmunternd zu.

»Fangen wir mit dem Anzug an. Dem von Hanno Feddersen.« Jan machte eine Kunstpause, die Tammo vermisst hätte, hätte der Kollege sie nicht eingelegt. »Wir haben Angorafasern am Anzug von Hanno Feddersen gefunden.«

»Das war ja klar.« Tammo sah zu Fenna hinüber, um deren Zustimmung einzufordern.

Jan sah ihn von unten nach oben an. »Wenn das so klar war, warum sitzt der Mann dann nicht längst im Knast?«

Fenna klopfte mit dem Kugelschreiber auf den Tisch. Ihr Signal an die Herren, bei der Sache zu bleiben. »An welchen Stellen des Anzugs habt ihr die Fasern gefunden?«

»Das ist ja das Merkwürdige.« Jan lehnte sich zurück, streckte die Beine unter dem Tisch aus und schob die Fingerspitzen in die Jeanstaschen. »Da das Opfer nicht geschrien hat, wie die Anwohner laut Benno sagten, dürfte der Täter Suse Perk ziemlich schnell nach Ergreifen ihrer Oberarme von sich weggestoßen haben. So schnell, dass der Frau vor lauter Überraschung keine Zeit mehr blieb, um Hilfe zu rufen. Das spricht für einen kurzen Körperkontakt zwischen Täter und Opfer. Wir haben die Fasern aber an Stellen gefunden, an denen wir sie nicht vermuten würden, wenn wir nur von einer kurzen Berührung ausgehen. Und wir haben sie in einer Intensität vorgefunden, die sogar auf einen längeren, intensiveren Kontakt schließen lässt.«

Fenna wollte es genauer wissen. »Kannst du uns die Fundstellen der Fasern anhand eines Bildes näher erläutern?«

Jan zog Fotos aus der Mappe und deutete auf Stellen, die darauf markiert waren. »Wir hatten erwartet, die Fasern nur an den unteren Enden beider Ärmel und bestenfalls noch an der Brust des Jacketts zu finden.«

Der Spurensicherer stellte sich hin, bat Fenna zu sich und simulierte mit ihr die Situation, in der zwei Menschen sich an den Oberarmen umklammern und kurz miteinander ringen, bevor einer den anderen wegstößt.

Tammo sah aufmerksam zu. »Ja, die Vermutungen sind nachvollziehbar.«

Die beiden Beamten nahmen wieder Platz und Jan fuhr fort. »Die Ärmel waren aber von oben bis unten mit Fasern versehen, rundherum. Außerdem hafteten Fusseln an der gesamten Vorderseite des Jacketts und an den Hosenbeinen, vorwiegend in Höhe der Oberschenkel.«

Benno stieß die Tür, die nur angelehnt war, mit einem Fuß auf und brachte den Tee herein. »Den Mörder schon gefunden?«

»Wir jagen ihn gerade.« Fenna bedankte sich für den Tee. »Mach die Tür ruhig richtig hinter dir zu.«

Tammo wartete, bis Benno wieder verschwunden war. »Haben Hanno Feddersen und Suse Perk denn aufeinandergelegen und sich am Boden gewälzt?«

»Sicher nicht. An dem Anzug waren keinerlei Spuren eines Bodenkontakts zu erkennen. Soweit wir das rekonstruieren konnten, dürfte Hanno Feddersen das am Boden liegende Opfer unter den Achseln angehoben, ganz dicht an den Grabstein gezogen und dort so hingesetzt haben, wie wir es vorgefunden haben.«

Fenna notierte sich etwas. Noch während sie schrieb, begann sie zu reden. »Das entspricht dem, was Gerhild gesagt hat. Ihr erinnert euch: Sie hat Schürfwunden und Hämatome gefunden, die darauf hindeuten, dass Suse Perk auf dem Grabstein der Feddersens aufgeprallt und zur Seite gerutscht ist. Also hat sie am Boden gelegen.«

Tammo beobachtete sie und lächelte. Multitasking. Denken, Schreiben und Sprechen gleichzeitig. Das konnten nur Frauen. Er versuchte Blickkontakt mit Fenna aufzunehmen.

Doch sie war ganz bei der Sache und richtete eine Frage an Jan. »Damit hätten wir also *einen* schwer Verdächtigen. Du hast zu Beginn von *zwei* potentiellen Tätern gesprochen. Wen außer Hanno Feddersen hättet ihr uns denn noch zu bieten?«

Jan genoss die Aufmerksamkeit, die Fenna ihm schenkte. Er legte all seinen Charme in sein Lächeln, schlug sich mit dem Kugelschreiber neunmalklug in die Handfläche und kam sich wohl wahnsinnig wichtig vor. Eigentlich mochte Tammo den Kollegen ja, aber manchmal ...

»Urte Feddersen.« Jan wippte auf seinem Stuhl vor und zurück, als könnte er den Erkenntnissen seiner Untersuchung damit noch mehr Gewicht geben.

»Urte Feddersen.« Fenna stützte das Kinn in die Hand und blickte aus dem Fenster. »Das würde bedeuten, dass die beiden eifrigsten Vertreter der unterschiedlichen Meinungen, die in der Familie vorherrschen, zur gleichen Zeit mit dem Opfer zusammengetroffen sind.«

»Noch Tee?«, fragte Tammo den Gast und schob eine sachbezogene Frage hinterher: »Auf welchem Kleidungsstück von Urte habt ihr Fasern gefunden?«

Jan blätterte in seinen Unterlagen und murmelte: »Schenk ruhig nach.« Er drehte die Mappe um neunzig Grad und deutete auf die Fotos eines Kostümrocks und der dazu passenden Jacke. »An den Ärmeln der Kostümjacke, genau da, wo wir sie bei Hanno Feddersens Jackett vermutet hatten. Der Rock war frei von Fasern, mit Ausnahme einiger weniger Fusseln oben am Bund. Die können aber dadurch dahin gelangt sein, dass Frau Feddersen mit den Ärmeln bei irgendeiner Bewegung daran vorbeigescheuert ist und sie dort abgestreift hat. Möglicherweise als sie die Arme vor der Brust verschränkt hat.«

Fenna räusperte sich. »Könnt ihr aus der Tatsache, wo die Fasern an den einzelnen Kleidungsstücken haften, darauf schließen, wer von den beiden Suse Perk umgebracht hat?«

Jan presste die Lippen aufeinander und schüttelte bedauernd den Kopf. »Leider nicht mit hundertprozentiger Sicherheit. Aber wir vermuten Urte als Täterin und Hanno als Mithelfer. Er dürfte zugesehen und ihr dann geholfen haben, die Tote am Grabstein zu postieren.«

Die Kommissarin stierte in Gedanken versunken auf die Fotos und schob sich mit dem Kuli den Pony zur Seite. »Wir werden schon ein Geständnis aus den beiden herausbringen. Aus Hanno eher als aus Urte. Er ist deutlich weicher als sie. Die Tat muss ihn sehr belasten, so wie er zu Suse Perk stand. Sein Verhältnis zu ihr würde auch erklären, dass er sie in dieser sitzenden Haltung zurückgelassen hat: So, als würde sie unweigerlich wieder aufstehen, wenn sie sich von dem Sturz erholt hat.«

Tammo stand auf und ging ans Fenster. Er lehnte sich mit dem Rücken gegen die Fensterbank und suchte wieder den Blickkontakt zu Fennas silbergrauen Augen. »Wenn die große Schwester die Haupttäterin gewesen ist, bin ich gespannt, ob Hanno sie zu decken versucht. Da wird sich das wahre Verhältnis zwischen den beiden zeigen. Ob Blut wirklich dicker ist als Wasser?«

Fenna schob ihren Teebecher von sich fort und verschränkte die Arme auf dem Tisch. »Wie die beiden zueinander stehen, interessiert mich im Moment weniger. Ich will wissen, wer Suse Perk zu Tode gestoßen hat und warum das passiert ist.« Sie malte kleine Spiralen auf den Rand ihres Blocks und wandte sich wieder Jan zu. »Jetzt haben wir also zwei hochgradig Verdächtige, die mit hoher Wahrscheinlichkeit an der Tat beteiligt waren. Du hast uns vorhin noch eine Überraschung versprochen. Sag bloß, du zauberst uns einen dritten Täter aus der Tasche?«

Jan wollte gerade anfangen zu sprechen, als Tammos Telefon klingelte.

Der Kommissar war mit einem Schritt am Schreibtisch, nahm den Hörer ab und meldete sich kurz angebunden. Er lauschte einen Augenblick, hielt die Hand über die Sprechmuschel und sah zu Fenna und Jan hinüber. Mit den Lippen formte er den Namen der Anruferin: Urte Feddersen.

»Meine Schwester hat ihr Konto geplündert!«

Urte schien außer sich zu sein. Tammo verzog das Gesicht und hielt den Telefonhörer etwas weiter vom Ohr ab, um sich vor der schrillen Stimme der Anruferin zu schützen. »Woher wissen Sie das?«

»Ich habe in ihrem Online-Konto nachgesehen. Die Zugangsdaten dafür hatte sie praktischerweise in ihrer Schreibtischschublade deponiert. Fehlte nur noch die PIN für die Kreditkarte.« Sie lachte hart. »Das Konto ist auf Null. Sie hat ihre gesamten Ersparnisse vom Tagesgeldkonto aufs Girokonto überwiesen und den Betrag in einem Schlag abgehoben. Und zwar am Tag ihres Verschwindens, nachdem sie Gertrude Hagenkötter die Altkleider gebracht hat.«

Urte machte eine kurze Pause und trank einen Schluck, der laut ihre Kehle hinuntergluckste. Dann fuhr sie fort.

»Noch etwas Interessantes habe ich gerade erfahren: Leni hatte ihre angeblich aussortierten Kleider in eine alte Reisetasche gepackt, die sie nicht mehr brauchte. Aber Gertrude behauptet, eine Reisetasche hat Leni ihr gar nicht ausgehändigt. Und jetzt stelle ich gerade fest, dass Lenis Kosmetikartikel aus dem Bad verschwunden sind. Was sagen Sie dazu?«

Tammo schob ein paar Büroklammern, die auf dem Schreibtisch lagen, zu verschiedenen Mustern zusammen, während er Urte zuhörte. Als sie ihn um seine Meinung fragte, hob er die Hand abwehrend hoch. »Dazu erlaube ich mir kein Urteil. Sie hat schließlich keine Straftat begangen.«

»Aber Sie müssen doch was tun!«

»Was denn? Und mit welcher Begründung? Nein, Frau Feddersen, da sind Sie bei uns an der falschen Adresse. Aber wir würden trotzdem gerne mit Ihnen reden.« Tammo verständigte sich durch Gesten mit Fenna. »In – sagen wir, ungefähr einer Stunde, und zwar in Ihrem Elternhaus. Können Sie bitte Ihrem Bruder Bescheid geben, dass wir auch ihn sprechen möchten?«

»Warum das?«

»Wir haben ein paar wichtige Mitteilungen für Sie und hätten dann noch zwei, drei Dinge mit Ihnen zu bereden.«

»Wegen meiner Cousine?«

Tammo stutzte. »Auch, ja. Mehr erfahren Sie nachher. Sie sind zurzeit zu Hause?«

»Nein, da komme ich gerade her. Ich bin jetzt im Büro.«

»Schön. Also, bis nachher.« Er legte auf und rief sofort im Anschluss Benno an. »Urte Feddersen soll in einer Stunde in ihrem Elternhaus sein. Da wollen wir mit ihr und ihrem Bruder reden. Fahr doch mal unauffällig in die Nähe des Büros der Dame und beobachte, ob sie das Gebäude in eine Richtung verlässt, die auf eine Flucht schließen lässt.

Wenn ja, gib uns bitte sofort Bescheid und observiere sie auf ihrem Weg. Such dir einen netten Kollegen aus, der dich begleitet, und nimm auch deinen Schoßhund mit.«

»Dasselbe bei Hanno«, rief Fenna ihm zu.

Tammo nickte und gab ihren Vorschlag an Benno weiter. »Schick bitte auch zwei Leute in die Nähe von Hanno Feddersens Haus. Gleiche Geschichte: Beobachten und notfalls Bescheid geben, falls Hanno sich vom Haus entfernt.«

Nachdenklich setzte er sich wieder zu seinen beiden Kollegen und rieb sich das Gesicht. Mit wenigen Worten gab er wieder, aus welchem Grund Urte angerufen hatte. Er schüttelte sich. »Wenn man mit dieser Frau spricht, wird einem heiß und kalt.«

Fenna nahm seine Hand und drückte sie fest. Jan beobachtete das mit einem süffisanten Lächeln. Tammo bemerkte das und mit einem Schlag ging es ihm wieder richtig gut. »Deine Überraschung«, sagte er zu Jan, »du bist noch mal dran.«

Erneut blätterte Jan in seiner Mappe, um sie hochzuhalten und den Ermittlern das Foto eines Schuhs zu zeigen. Es war ein Damenschuh, elegant, aber nicht allzu modisch. Der Schuh einer Frau, die sicherlich mit beiden Beinen fest auf dem Boden stand, aber keinen Wert darauf legte, die Herren der Schöpfung mit einem Fetisch zu verführen.

»Diesen Schuh haben wir in einer der Tüten gefunden.« Jan hielt die Mappe umständlich mit einer Hand fest und deutete blind mit dem Finger der anderen Hand auf das Foto. »An der Sohle klebt Blut.« Er legte die Mappe wieder auf den Tisch. »Es ist das Blut von Agathe Clemens.«

Tammo schlug mit der Faust auf den Tisch: »Wir haben vorhin das Telefonprotokoll erhalten. Agathe Clemens hat um kurz nach ein Uhr nachts auf dem Festnetztelefon einen Anruf erhalten. Natürlich von einem Prepaid-Handy, dessen Besitzer wir im Leben nicht werden ausfindig machen können.«

Jan nickte. »Das passt. Wenn ihr mich fragt, ist der Ablauf der Tat sonnenklar. Jemand ist in der Nacht, als Agathe Clemens vermutlich schlief, durch die Terrassentür eingebrochen. Er hat eine fast unsichtbare Schnur quer über die Treppe zum Schlafgemach gespannt und hat die Frau dann angerufen. Sie ist auf den Trick reingefallen, wollte runterlaufen und zack – ist die Schnur ihr zum Verhängnis geworden. Sie ist gestürzt ...«

Fenna unterbrach den Kollegen aus Aurich. »Gerhild sagt, sie hat einen Schädelbasisbruch erlitten. Innerhalb ganz weniger Minuten ist sie ihren Verletzungen und dem hohen Blutverlust erlegen.«

Jan nahm das kommentarlos zur Kenntnis. Er ließ sich nicht gerne unterbrechen. Er hatte den Atem angehalten, während Fenna sprach, und nahm nun den Faden wieder auf. »Sie ist gestürzt und der Täter, in diesem Fall eine Frau, ist noch einmal ins Haus geschlichen. Diesmal, um die Schnur zu beseitigen und das Licht auszumachen.«

»Sicher auch, um sich bei der Gelegenheit zu vergewissern, dass sie ihr Ziel erreicht hat.« Tammo massierte sich die Schläfen. Ihm wurde übel bei dem Gedanken, mit welcher Eiseskälte die Täterin vorgegangen war. Nicht viel besser ging es ihm, wenn er daran dachte, dass er mit ihr in einer knappen Stunde verabredet war.

Fenna hob den Zeigefinger: »Das kann nur jemand gewesen sein, der wusste, dass Agathe Clemens ihr Festnetztelefon eine Etage tiefer stehen hat.«

Tammo legte ihr einen Arm auf die Schulter. »Klar, meine Süße. Eine der Mordsschwestern. Dreimal darfst du raten, welche.«

Fenna stutzte. »Es sind ja tatsächlich drei.« Ein Schatten legte sich über ihr Gesicht. »Und Leni ist verschollen. Abgetaucht. Dass sie all ihre Konten geplündert hat, lässt ihr Verschwinden nach Flucht aussehen.«

Tammo zog Jans Mappe zu sich heran, schlug die Seite mit dem Foto des Schuhs auf und stierte ungläubig darauf.

Jan beugte sich über den Tisch. »Der Schuh«, er tippte darauf, »der dürfte Leni Feddersen aber zu groß sein, wenn ich ihre Schuhgröße in Relation zu ihrer Konfektionsgröße stellen darf.«

Tammo klappte die Mappe zu und gab sie Jan zurück. »Du hast die Beweisstücke nicht zufällig dabei?«

»Nee, die hab ich in Aurich gelassen. Bei Bedarf pfeif ich sie ran.«

Tammo zog eine genervte Grimasse.

Jan schlug ihm kumpelhaft auf die Schulter. »Keine Angst, liegt alles bei mir im Kofferraum. Ich geb euch das gleich. Dann könnt ihr bei eurem Termin mit den Verdächtigen eine Anprobe machen. Nicht, dass der Sprössling dieser ehrenwerten Familie daherkommt und behauptet, ihm passt der Anzug nicht.«

Tammo stand auf, guckte auf seinen Monitor und glich die Uhrzeit seiner Armbanduhr mit der des Computers ab. »Wir hätten noch ein halbes Stündchen, bis Urte bei ihrem Bruder eintrifft.«

»Vorausgesetzt, sie kommt pünktlich«, warf Jan Peters ein.

Tammo stützte sich auf den Schreibtisch und sah Fenna an. »Ich würde trotzdem vorschlagen, dass wir jetzt schon zu Hanno fahren.«

Die Kommissarin erhob sich und nahm ihre Umhängetasche von der Fensterbank. »Den Gedanken hatte ich auch gerade. Ich halte es für schlauer, wenn wir zuerst mit ihm allein sprechen. Dann kann die dominante Schwester ihm nicht dazwischenfunken. Du hast recht, er ist sicher leichter zu einem Geständnis zu bewegen als sie.«

Die Ermittler bedankten sich bei Jan für die rekordverdächtig schnelle Lieferung der Untersuchungsergebnisse.

Tammo legte den Arm um Fennas Taille. »Geh'n wir?« Er schubste Jan andeutungsweise mit dem Ellenbogen zur Seite.

Gemeinsam verließen sie die Wache. Jan holte den Anzug von Hanno Feddersen, das Kostüm von Urte Feddersen und den Schuh mit der blutbeschmierten Sohle aus dem Kofferraum. Alle Beweisstücke steckten in Asservatentüten. Fenna nahm sie vorsichtig entgegen, als wären es wertvolle Teile aus der Porzellansammlung der Feddersens, und legte sie in den Kofferraum des Dienstwagens.

16. Kapitel

Gertrude Hagenkötter zeigte sich wenig erfreut, als Tammo und Fenna erneut bei den Feddersens klingelten. »Herr Feddersen möchte zurzeit nicht gestört werden«, beschied sie die Kommissare und schickte sich an, die Tür wieder zu schließen.

Sie hatte nicht mit Tammos eiserner Faust gerechnet, die so fest gegen die Tür prallte, dass der gute Geist des Hauses zurückschreckte. »Er wird sich Zeit für uns nehmen müssen.« Er trat in den Flur und bahnte Fenna, die die Tüten mit dem Anzug, dem Kostüm und dem Schuh trug, den Weg ins Haus.

Gertrudes Gesichtszüge versteinerten. »Hanno, Besuch für Sie.« Sie ließ die Ermittler in der Diele stehen und eilte die Treppen bis in ihre Wohnung hinauf. Ihre Schritte dröhnten dumpf durchs Haus. Oben angekommen, schloss sie die Tür geräuschvoller als nötig.

Hanno stapfte die Treppe vom ersten Stock hinab. Er begrüßte Tammo und Fenna mit Handschlag und einem unverbindlichen Lächeln. »Was kann ich für Sie tun?«

Tammo machte keine Umschweife. »Uns ins Wohnzimmer bitten und ein paar Minuten Zeit für uns erübrigen.«

Hannos Unterlippe bebte leicht. Wenn er etwas hatte sagen wollen, so unterdrückte er es sofort wieder. Oder war es eine ahnungsvolle Unsicherheit, die das Zittern hervorrief, die Angst vor einer Festnahme? Er stand stocksteif da, doch seine Blicke schweiften blitzschnell umher. Suchte er instinktiv nach einem Ausweg, obwohl er wusste, dass es keinen gab?

Trotz des Ernstes der Lage versuchte Tammo, die angespannte Stimmung mit einem lockeren Spruch zu entschärfen. Er befürchtete, andernfalls keinen Ton aus dem hoch verdächtigen Mann herauszubekommen, ohne dass der gleich nach seinem Anwalt rief. Und wenn der zugegen war, würden sie die Hoffnung auf ein schnelles Geständnis begraben können. »Bitte, Herr Feddersen, gehen Sie voran. Sie kennen sich ja hier aus.«

Hanno drehte sich um wie ein aufgezogener Zinnsoldat, stakte ins Wohnzimmer und ließ sich auf dem Sofa nieder. Er winkelte einen Arm an, als wollte er sich schützen, stützte den Ellenbogen des anderen darauf und legte die Hand ans Kinn. »Worum geht's?« Er wirkte nicht so, als wollte er das wirklich wissen.

Fenna hob die Tüte mit seinem Beerdigungsanzug hoch. »Sie wissen ja, wir haben Ihren Anzug abgefangen, bevor er sich in die Reinigung flüchten konnte. Unsere Kollegen von der Spurensicherung haben ihn daraufhin analysiert, ob Fasern daran haften, die gewisse Schlussfolgerungen zulassen könnten.«

Hanno deutete mit der Hand auf die Tüte. »Wenn das überhaupt mein Anzug ist.«

Fenna zog sich Latexhandschuhe über, die sie aus ihrer Umhängetasche fischte, und schickte sich an, den Anzug aus der Tüte zu ziehen. »Der Ihres Vaters ist es sicher nicht. Wir können aber gern eine Anprobe machen.«

Hanno wehrte ihren Vorschlag mit wedelnden Händen ab. »Wenn ich mir den mal ansehen darf?« Er stand auf und trat zwei Schritte vor.

Fenna hielt ihm den Anzug vor den Körper, erst die Hose, dann das Jackett. »Scheint mir so, als wäre es Ihrer. Ihr Vater hatte eine andere Figur als Sie, wenn ich das mal so umschreiben darf.« In der Tat war Max Feddersen einen Kopf kleiner gewesen als Hanno, hatte dafür aber einen deutlich üppigeren Bauchumfang gehabt als sein Sohn. »Oder wollen Sie andeuten, dass dies der Anzug einer ganz anderen Person ist? In dem Fall müssten wir Sie um eine DNA-Probe bitten, um Material, das wir an diesem Anzug gefunden haben, damit zu vergleichen.«

»Nein, nein!« Hanno sank in sich zusammen. Sein Gesicht wurde grau und er versuchte ein Lächeln. »Von was für Fasern sprechen Sie überhaupt? Wenn ich das erfahren dürfte, ließe sich das Missverständnis sicher aufklären.«

Fenna verstaute den Anzug wieder in der Tüte, setzte sich hin und zog sich das klebrige Latex mit einer Eleganz von den Fingern, als handelte es sich um weiße Satinhandschuhe, die sie zu einem Abendkleid trug. »Wir sprechen von Fasern, die von der schwarzen Angorajacke stammen, die Suse Perk trug, als sie tot aufgefunden wurde, und die an diesem Anzug haften. Mein Kollege und ich sind sehr gespannt auf Ihre Aufklärung des Missverständnisses.«

Tammo staunte, wie Fenna es geschafft hatte, den letzten Satz vorzubringen, ohne auch nur einen Hauch von Ironie oder Spott durchklingen zu lassen.

»Natürlich, ich kann Ihnen das erklären!« Hanno setzte sich aufrecht hin und legte die Hände steif auf die Oberschenkel.

Tammo senkte die Lider, damit Hanno nicht sehen konnte, wie er die Augen verdrehte.

»Das erwarten wir auch von Ihnen«, sagte Fenna mit butterweicher Stimme. Mit einer dezenten Handbewegung forderte sie ihn zum Reden auf.

Hanno räusperte sich und schaukelte dabei vor und zurück. »Also, ja, es stimmt, ich war tatsächlich auf dem Friedhof, ganz früh morgens.«

Fenna spitzte die Lippen. »Zu der Uhrzeit, zu der Sie sich mit Frau Perk per SMS verabredet hatten?«

Der Verdächtige brauste auf. »Ich habe mich nicht mit ihr verabredet!«

Die Kommissarin nickte und machte ein Gesicht, als verstünde sie die Logik, die Hanno Feddersen ihr gerade zu verkaufen versuchte. »Zu dem Zeitpunkt, zu dem Suse Perk von jemandem mithilfe Ihres Smartphones zum Friedhof gebeten worden war, waren Sie also zufällig ebenfalls dort.«

Hannos Gesicht hellte sich auf. »Ja, so war es. Ich wollte das Grab meines Vaters inspizieren, bevor er ...«

»... darin versenkt wurde.« Tammo grummelte die Worte hinter vorgehaltener Hand und wandte sein Gesicht ab. Dieses Gespräch lief auf eine Verhohnepipelung der Polizei hinaus. So etwas konnte sich nur ein Nachfahre von Max und Martha Feddersen erlauben.

Der Feddersen-Spross fühlte sich offenbar in der Position, seinen Friedhofsbesuch rechtfertigen zu müssen. »Ich gehe gerne zu Uhrzeiten auf den Friedhof, zu denen ich sicher sein kann, dass niemand anderes sich dort aufhält. Dann kann ich meine Trauer unbeobachtet von der Öffentlichkeit ausleben.« Er nickte, um seine Worte zu bekräftigen. »Sie werden verstehen, dass ich an dem Tag der Beerdigung meines werten Herrn Vaters umso mehr das Bedürfnis hatte, in Ruhe und Abgeschiedenheit zu trauern.« Hannos Augen wurden feucht und er stierte zu Boden, als würde der Tag der geplanten Beerdigung nochmals vor seinem geistigen Auge ablaufen. »Ich kam also dort an und dann lag sie da.« Er hob den Kopf und sah die Ermittler fassungslos an. »Suse Perk. Sie lag da, direkt hinter dem Grabstein.«

Fenna sah Hanno skeptisch an. »Was haben Sie gemacht, nachdem Sie sie entdeckt haben?«

Er zuckte mit den Schultern. »Ich dachte, sie wäre vielleicht bewusstlos. Sie guckte allerdings so ... so ...« Er fuchtelte suchend mit den Händen in der Luft herum. »Wie man eben guckt, wenn kein Leben mehr da ist. Aber ich hab das nicht wahrhaben wollen. Ich dachte, wenn ich sie hinsetze und ihr auf die Wangen klopfe, dann kommt wieder Farbe in ihr Gesicht. So wie bei unserer Leni. Ich habe sie angehoben und so hingesetzt, dass sie mit dem Rücken gegen den Grabstein lehnte.« Schuldbewusst blickte er auf seine Fußspitzen. »Aber dann hab ich erkennen müssen, dass sie tot war. Richtig tot.«

Die Ermittler schwiegen eine Weile und ließen die Geschichte, die Hanno ihnen aufgetischt hatte, sacken.

Tammo fand als Erster seine Worte wieder. »Mit der Erkenntnis sind Sie nach Hause gegangen und haben sich gedacht, es wird sich schon jemand um die Tote kümmern. Spätestens dann, wenn Ihr Vater zu

Grabe getragen worden wäre, hätte man entdeckt, dass in der Ecke des Friedhofs noch jemand darauf wartete, unter die Erde zu kommen.« Anders als Fenna brachte er es nicht fertig, einen gewissen Sarkasmus in der Stimme zu unterdrücken.

Das Geräusch eines Schlüssels, der im Türschloss gedreht wurde, erlöste Hanno für einen Augenblick aus seiner desolaten Lage. Tammo sprang auf, gebot dem Hausherrn mit einer Handbewegung, sitzen zu bleiben, und empfing Urte Feddersen. »Sie kommen gerade zum richtigen Zeitpunkt.« Er führte sie ins Wohnzimmer.

Fenna zog sich wieder Latexhandschuhe über und nestelte das Kostüm aus der Tüte. Genau wie Tammo war sie wohl der Ansicht, es wäre am besten, diese Frau zu überrumpeln, statt ihr Gelegenheit zu geben, weitschweifige Erklärungen und Ausreden zu finden. »Bevor wir große Worte verlieren, darf ich Sie bitten, dieses Kostüm überzuziehen?«

»Sie erwarten doch wohl nicht, dass ich vor meinem Bruder und Ihrem Kollegen einen Striptease hinlege?«

Fenna hielt ihr die Kostümjacke hin. »Die Herren wären sicher so nett, für einen Augenblick den Raum zu verlassen. Aber fürs Erste genügt die Jacke. Die können Sie einfach über Ihre Bluse ziehen.«

Urte ging einen Schritt zurück und guckte wie ein Stier, dem man ein rotes Tuch hinhielt. »Was soll ich damit? Das ist das Kostüm von Gertrude Hagenkötter. Wir mögen dieselbe Konfektionsgröße haben. Denselben Geschmack haben wir nicht.«

Ehe die Ermittler etwas darauf erwidern konnten, sprang Hanno vom Sofa auf und hechtete auf Urte zu. »Du hast Suse Perk von meinem Handy aus eine SMS geschickt!«

Urte errötete vor Zorn und wehrte eine Handgreiflichkeit ihres Bruders ab. »Den Tod von Suse Perk kannst du mir nicht in die Schuhe schieben, du perfides Schwein! Du hast doch schon immer versucht, mich als die ...«

»Schluss!« Fenna schob sich zwischen die streitenden Geschwister.

Ihr Tonfall brachte sogar Urte zum Schweigen.

In sachlichem Ton fuhr die Kommissarin fort. »Einer von Ihnen beiden lügt. Was diese SMS betrifft, kann es nur eine wahre Version geben und die wollen wir jetzt hören: Wer von Ihnen hat Suse Perk am Vorabend ihres Todes die SMS mit der Aufforderung gesandt, am Tag der Beerdigung Ihres Vaters um sieben Uhr auf dem Friedhof zu erscheinen?«

Erneut drangen Geräusche von der Eingangstür ins Wohnzimmer. Diesmal wurde die Tür nicht aufgeschlossen, sondern zugeschlagen.

Geistesgegenwärtig sprintete Tammo auf den Flur. »Frau Hagenkötter?« Er riss die Haustür auf. In dem Moment fing draußen ein Schäferhund an, wild zu kläffen. Der Hund hatte eine lederne Leine um den Hals, das andere Ende hielt Wachtmeister Benno Pötzschke in der Hand.

»Frau Hagenkötter, wohin so eilig?« Tammo gab Benno ein Zeichen, dass er Rambo bei Fuß halten solle.

Gertrude stand auf den Stufen, die von der Eingangstür zur Straße führten, stierte auf den Hund und traute sich nicht, sich auch nur einen Zentimeter weiter vom Haus zu entfernen. Sie hielt eine Reisetasche in der Hand, die sie offensichtlich am liebsten auf der Stelle im Boden versenkt hätte.

Tammo hakte sich bei der an der Flucht gehinderten Frau ein und zog sie ins Haus zurück. Im Flur nahm er ihr die Reisetasche und die Handtasche ab. »Wohin denn so eilig?«

Gertrude antwortete nicht.

Tammo drückte Gertrude auf einen Sessel und übergab Fenna die Handtasche.

Mit routiniertem Griff holte die Kommissarin den Umschlag eines Reisebüros daraus hervor. Sie öffnete ihn. »Ein Flugticket nach Wien.«

»Meine Schwester lebt in Wien.« Gertrudes Stimme klang sorgenvoll. »Ich muss mit dem Zug nach Hamburg, von da geht mein Flieger. Und wenn ich den verpasse, mache ich Sie regresspflichtig.«

Tammo reichte es für heute. »Frau Hagenkötter, wenn ich mit meinen Vermutungen richtigliege, werden Sie bald viele Jahre Zeit haben, um Ihren Antrag auf Erstattung der Kosten für das Flugticket auszufüllen.«

Irritiert sah Gertrude zu Hanno hinüber. Der wich ihrem Blick aus.

Urte ereiferte sich: »Darf ich jetzt endlich erfahren, was hier gespielt wird? Mein Bruder sitzt wie ein begossener Pudel da. Mich wollen Sie in Frau Hagenkötters Kostüm zwängen. Unsere Schwester Leni ist wie vom Erdboden verschluckt und Frau Hagenkötter ...« Urte guckte Tammo ungläubig an. »Haben Sie sie etwa festgenommen?«

Fenna trug immer noch die Latexhandschuhe, die sie für die Anprobe des vermeintlichen Kostüms von Urte übergestreift hatte. Sie bückte sich nach der dritten Tüte, die Jan ihr ausgehändigt hatte, und holte den Schuh hervor. »Frau Feddersen, ist das Ihr Pumps?«

Urte schüttelte fassungslos den Kopf und wies mit dem Kinn auf Gertrude Hagenkötter. »Der gehört ihr.«

»Stimmt das, Frau Hagenkötter?«

Die Haushälterin guckte demonstrativ an der Kommissarin vorbei.

Fenna setzte sich auf den Sessel neben ihrem. »Frau Hagenkötter, an diesem Schuh haftet das Blut von Agathe Clemens.«

Gertrude strich ihren Rock glatt und betrachtete die Bilder, die ringsherum an den Wänden hingen, als sähe sie sie zum ersten Mal.

Urte hielt sich die Hand an die Kehle, als hätte sie Atemnot. »Gertrude«, sagte sie leise, »Sie haben zwei Menschenleben auf dem Gewissen.« In eindringlichem Ton sprach sie weiter. »Auch wenn mein Bruder Stein und Bein schwören sollte, er und ich hätten unsere Mobiltelefone erst am Morgen der Trauerfeier wieder zurückgetauscht: Sie haben Hannos Handy noch am selben Abend, an dem ich es versehentlich mitgenommen hatte, bei mir abgeholt. Wenn es nicht Hanno war, der die SMS an Suse Perk gesandt hat, dann müssen Sie es gewesen sein.«

Hanno machte den Mund auf.

Tammo kam ihm zuvor. »Wenn Sie eine Straftat dieses Ausmaßes decken, Herr Feddersen, machen Sie sich ebenfalls strafbar. Und wenn Sie noch mal versuchen, die SMS, die Frau Hagenkötter versandt hat, Ihrer Schwester zuzuschieben, dann machen Sie sich doppelt strafbar. Das ist Ihnen hoffentlich klar.«

Fenna beugte sich zu Gertrude hinüber. »Möchten Sie ein Geständnis ablegen?«

Die Beschuldigte kniff die Lippen zusammen und dachte nach. Schließlich schüttelte sie den Kopf. Immer noch den Blick auf die Bilder gerichtet, sagte sie entschieden: »Ich möchte einen Anwalt.«

Mit verschränkten Armen stellte Tammo sich vor den Sessel, in dem die Haushälterin saß. »Sie haben Suse Perk mit einem Trick auf den Friedhof gelockt. Sie haben ihr eine SMS mit der Aufforderung geschickt, frühmorgens zum Grab von Max Feddersen zu kommen. Dafür haben Sie das Handy benutzt, dessen Nummer Frau Perk eindeutig Hanno Feddersen zuordnen musste. Sie haben einen Zufall für eine perfide Hinterlist genutzt.«

Tammos Vorwurf schien an Gertrude abzuprallen. »Es war keine Absicht«, sagte sie lapidar. »Es hat sich so ergeben.«

Hanno ließ den Kopf hängen und griff mechanisch nach der Schatulle mit den Zigarillos, die auf dem Tischchen neben ihm lag, schob sie aber gleich wieder von sich fort.

Fenna wandte sich ihm zu. »Was Sie am Donnerstagmorgen auf den Friedhof geführt hat, war nicht Ihr Wunsch, von anderen Menschen unbeobachtet trauern zu können. Sie sind dorthin gegangen, weil sie wussten, dass Frau Hagenkötter Suse Perk getötet hatte.«

Noch immer hielt Hanno den Blick gesenkt. »Sie ... Sie hat mich angerufen und gesagt, ich müsse sofort zum Friedhof kommen, zu Vaters Grab. Es sei etwas Unfassbares passiert. Ich bin hingefahren – und dann lag Suse hinter dem Grab am Boden.«

»Warum haben Sie Frau Hagenkötter bis heute gedeckt?«

Hanno zuckte schuldbewusst mit den Schultern. »Sie hat Suse Perk nicht töten wollen.«

»Mundtot machen wollte ich sie!«, rief Gertrude plötzlich. »Die Perk wollte diesen oberschlauen Artikel veröffentlichen, in dem sie über die gefälschten Stücke schrieb, die sie in Martha Feddersens Porzellansammlung gefunden hatte. Wenn ich sie nicht gestoppt hätte, sie hätte den Namen Feddersen gnadenlos vor aller Welt besudelt.« Gertrude hob gebieterisch den Finger. »Ich wollte, dass sie mir vor Marthas Grab ihr Wort gibt, diese Veröffentlichung zu unterlassen. Deshalb hab ich sie dahin bestellt. Aber sie hat sich geweigert, sie hat von ihrer wissenschaftlichen Ehre und von Anerkennung gefaselt. Mein Gott, es kann doch nicht angehen, dass so eine Besserwisserin und Wichtigtuerin die ganze Familie Feddersen in den Dreck zieht. Ich hab diese nichtsnutzige Person gepackt und gerüttelt und auf sie eingeredet. Da wollte sie mich wegstoßen, aber ich war stärker als sie.«

»Ja«, sagte Tammo, »das hat sie dann ja auch deutlich zu spüren bekommen.«

Hanno sah die Ermittler hilflos an. »Sie hat es für meine Eltern getan und für mich und für den Ruf, den wir in der Welt der ostfriesischen Kunst haben. Ich habe es als meine Pflicht erachtet, Frau Hagenkötter in dieser schwierigen Situation beizustehen. Ich konnte sie doch nicht an die Polizei ausliefern. Und außerdem ...« Er zögerte und warf Gertrude einen Blick zu, doch sie beachtete ihn nicht. Er sprach weiter. »Wenn sie nicht mehr hier wäre, dann wäre ich ganz alleine in diesem Haus.«

Fenna fehlten die Worte. Ihre Blicke hefteten sich an Tammo.

Der Kommissar ging im Wohnzimmer auf und ab. Nach einer Weile setzte er seine Anschuldigungen gegen Gertrude Hagenkötter fort. »Sie haben nicht nur Suse Perk auf dem Gewissen, sondern auch die Cousine der Geschwister Feddersen. Sie haben die Terrassentür aufgehebelt und eine Schnur an der Treppe angebracht, die zum Schlafbereich führt.« Er blieb stehen und zeigte mit dem Finger auf Gertrude. »Dann haben Sie Agathe Clemens von einem Prepaid-Handy aus auf dem Festnetz angerufen. Sie haben darauf gebaut, dass Frau Clemens tödlich verunglücken würde, und Ihre Hoffnung hat sich erfüllt. Das war kein Totschlag wie bei Suse Perk. Das war ein geplanter, heimtückischer Mord.«

»Und am Ende«, sagte Fenna, »haben Sie das Kostüm, das Sie bei der tödlichen Begegnung mit Suse Perk getragen haben, und die Schuhe, an denen das Blut von Agathe Clemens haftete, in die Tüte mit den Altkleidern von Urte Feddersen gesteckt.«

Die Ermittler warteten auf eine Reaktion der Beschuldigten. Als die ausblieb, fuhr Tammo fort. »Das Mobilgerät haben Sie vermutlich irgendwo weggeworfen.« Er schob die Hände in die Taschen. Wieder machte er eine Pause in der Hoffnung, dass Gertrude sich äußern würde. Doch sie schwieg beharrlich. Er hob drohend den Zeigefinger. »Wir werden das Gerät finden, und wenn wir jeden Stein in der Krummhörn umdrehen und jedes Siel trockenlegen müssen.«

Gertrude bedachte den Kommissar mit einem giftigen Blick. »Das finden Sie nie!«

Fenna schaltete sich wieder ein. »Frau Hagenkötter, warum Agathe Clemens?«

Die Befragte antwortete nicht.

Tammo beschloss, das Spektakel für heute zu beenden. Sie würden das Verhör morgen auf der Wache weiterführen. »Frau Hagenkötter, ich nehme Sie vorläufig fest wegen des dringenden Verdachts des Totschlags an Suse Perk und des Mordes an Agathe Clemens. Meine Kollegin und ich bringen Sie jetzt auf die Wache.«

Fenna wollte Gertrude dabei helfen, aufzustehen. Die Verhaftete schlug den Arm der Kommissarin weg und erhob sich schwerfällig. Die Kommissare nahmen sie in ihre Mitte und wollten sie aus dem Wohnzimmer führen.

Plötzlich sprang Urte an ihnen vorbei und versperrte ihnen den Weg. Auge in Auge standen sie und Gertrude sich gegenüber. »Warum Agathe?«, brüllte Urte der Haushälterin ins Gesicht. »Warum sie?«

Gertrude lachte höhnisch auf. »Agathe war schon immer ein hinterhältiges Stück. Sie war mit Suse Perk befreundet, wie das zwischen Friseurin und Kundin manchmal so ist. Und da Agathe nun mal Ihre Cousine war, hat Frau Perk ihr Dinge erzählt, die sie besser als Verschlusssache hätte behandeln sollen. Sie hat sie über die Fälschungen informiert, die sie in der Sammlung Feddersen gefunden hatte. Daraufhin hat Agathe Ihren Bruder erpresst.« Nach Unterstützung suchend blickte Gertrude zu Hanno hinüber, der auf dem Sofa sitzen geblieben war.

Er nickte. »Das stimmt. Sie hat von mir gefordert, dass ich ihr einen Teil der Sammlungen aushändige, von dem sie behauptete, er gehörte ursprünglich ihrer Mutter. Obendrein wollte sie, dass ich ihr eine nicht unbeträchtliche Summe zahle, damit sie über die Fälschungen schweigt.« Empört fuhr Hanno sich durch die Haare. »Dabei hatte sie gar kein Anrecht auf einen Anteil unseres Erbes.«

Gertrude Hagenkötter sah die Ermittler an, als wollte sie sich vergewissern, ob ihre Festnahme ernst gemeint war.

Fenna fing ihren Blick auf. »Kommen Sie.«

Mechanisch schritt Gertrude an der Seite von Tammo und Fenna zum Ausgang. Im Flur drehte sie sich nach Urte um. »Und das alles nur wegen Ihnen! Wären Sie damit einverstanden gewesen, die Sammlungen dem Museum zu überlassen, dann wäre niemals ein Gutachten nötig gewesen. Es wären niemals Fälschungen in Marthas Sammlungen festgestellt worden. Eigentlich gehörten Sie ins Gefängnis!«

Als sie die Stufen vom Hauseingang zur Straße hinabstiegen, kam der Postbote ihnen entgegen. Gertrude ging grußlos an ihm vorbei.

17. Kapitel

Kurz vor Feierabend eilte Urte in die Wache. Sie blieb bei Benno stehen und bat darum, zu Tammo Anders und Fenna Stern vorgelassen zu werden.

Benno klingelte bei den Kommissaren durch.

Tammo nahm das Gespräch entgegen. »Schick sie uns rüber.« Er empfing Urte an der Türschwelle.

Sie hielt ihm und Fenna eine Ansichtskarte entgegen. »Die hat der Briefträger heute gebracht, als Sie gerade mit Gertrude das Haus verlassen hatten.«

Fenna betrachtete die Vorderseite. »Ist das nicht England? Sieht aus wie Brighton.«

Urte nickte. »Lesen Sie ruhig, was auf der Rückseite steht.«

Fenna drehte die Karte um.

Bin bei Lovise und George.

Komme nie wieder zurück.

Leni

***

Tammo ließ sich aufs Sofa fallen. Buddy sprang auf ihn zu, leckte seine Hände und winselte. »Nach diesem Fall haben wir uns wirklich ein paar freie Tage verdient.«

Fenna hockte sich neben ihn auf den Boden, kraulte mit der einen Hand den Bauch von Buddy, mit der anderen den von Tammo. »Nicht mehr lange, dann geht's in die Flitterwochen.«

Der Kommissar hob den Kopf, zog die Augenbrauen zusammen und sah Fenna flehend an. »Wohin geht es denn nun? Verrat's mir doch.«

Fenna lächelte verschmitzt. »Du hast mich um eine Überraschung gebeten. Die wirst du bekommen. Vertrau mir einfach. Ich hab all deine Wünsche berücksichtigt.«

»Als da wären?«

Fenna zählte auf und nahm dabei ihre Finger zu Hilfe. »Erstens: Du wolltest es ruhig haben, sogar einsam. Zweitens: Es sollte rundherum Wasser geben. Drittens: Das Klima sollte halbwegs erträglich sein. Und viertens: Es sollte ein Ort sein, an dem du noch niemals warst.«

Tammo strahlte. »Du hast wirklich jeden einzelnen meiner Wünsche behalten!«

Fenna strahlte zurück.

Der Kommissar im Feierabend grübelte. Warum hatte er sich lediglich darauf beschränkt, Fenna seine Wünsche zu nennen? Warum hatte er ihr nicht gesagt, wovor er sich gruselte?

Wenn das Ziel bloß nicht zu weit entfernt lag! Eine einsame Insel im Indischen Ozean? Ein Dorf an der Küste Brasiliens, ganz dicht am Urwald gelegen? Vor seinem geistigen Auge sah er, der seit jeher Flugangst hatte, sich in einem schrottreifen Kleinflugzeug sitzen, das durch die Lüfte ruckelte. Dicke, fette Spinnen, die über sein Nachtlager tapsten. Würgeschlangen, die unter dem Kopfkissen lagen.

Innerlich schüttelte es ihn. Er zog Fenna zu sich heran. »Verrat's mir doch«, flüsterte er.

Sie lächelte milde. »Gedulde dich noch ein kleines bisschen.«

Ostfrieslandkrimi Empfehlungen des Klarant Verlages

„Tod am Deich“ von Ulrike Busch
Taschenbuch ISBN: 978-3-95573-584-5
eBook ISBN: 978-3-95573-585-2

Hauptkommissar Tammo Anders traut seinen Augen kaum. Durch Zufall entdeckt er eine Leiche, direkt am Deich in Greetsiel! Bei dem Toten handelt es sich um Folkert Petersen, einen der angesehensten Teehändler der Region. Einen Tag später taucht ausgerechnet Enno Duwe im Ort wieder auf. Er hatte sich als junger Mann in Greetsiel viele Feinde gemacht und war vor 25 Jahren verschwunden. Und seit jenem Tag ist auch Tina Petersen, die Tochter des Ermordeten, wie vom Erdboden verschluckt ... Kann das alles ein Zufall sein, oder ist Enno in den Mord an Folkert Petersen verstrickt? Tammo Anders und seine Kollegin Fenna Stern ermitteln in alle Richtungen. Doch dem Kommissar fällt es schwer, objektiv zu bleiben, denn mit dem Hauptverdächtigen hat er noch eine bittere Rechnung offen...

„Mordskuss“ von Ulrike Busch
Taschenbuch ISBN: 978-3-95573-627-9
eBook ISBN: 978-3-95573-628-6

Das beschauliche friesische Dorf Pilsum wird von einem brutalen Mord erschüttert. Neben dem Leuchtturm wird eine attraktive junge Frau gefunden, mit einem Gürtel bestialisch erdrosselt. Auf der Stirn der Toten prangt ein dunkelroter, sinnlich wirkender Kussmund. Was hat dieses Zeichen zu bedeuten? Tammo Anders und Fenna Stern von der Kripo Greetsiel nehmen die Ermittlungen auf. Das Mordopfer Silvia Lüders war Gast des Hotels Friesenliebe. In dem Haus treffen sich Partnersuchende aus Ostfriesland, doch anstatt Flirts und Liebe finden die Kommissare Eifersucht vor und Hass ... Ist einer der Gäste der Friesenliebe der Täter? Treibt ein Serienmörder sein Unwesen in Ostfriesland? Die Kommissare ermitteln in alle Richtungen, als der Täter erneut zuschlägt...

„Mordsleben" von Ulrike Busch
Taschenbuch ISBN: 978-3-95573-657-6
eBook ISBN: 978-3-95573-656-9

Mit der ostfriesischen Ruhe ist es in Greetsiel vorbei: Die norddeutsche Schauspielerin Leonie Altinga kehrt in ihre Heimat zurück und eines Abends werden Schüsse auf sie abgegeben. Sie bleibt unverletzt, aber bald darauf werden mehrere Bürger des idyllischen Fischerdorfes zum Ziel weiterer perfider Anschläge. Bei allen beteiligten Personen finden sich Verbindungen zu Leonies Leben. Doch wer ist hier Opfer, wer ist Täter? Vor vielen Jahren hatte Leonie in Greetsiel ihre Tochter und ihren Mann verloren. Führt sie in Wahrheit einen brutalen Rachefeldzug, und die Schüsse auf sie waren nur inszeniert? Die Ermittler Tammo Anders und Fenna Stern stehen vor einem mysteriösen Fall, und das mörderische Spiel in Ostfriesland scheint kein Ende zu nehmen...

Klarant Verlag

Lernen Sie die Ostfrieslandkrimi-Titel des Klarant Verlages kennen und besuchen Sie uns im Internet unter:

www.ostfrieslandkrimi.de

und

www.klarant.de

Sie können dort Näheres über unsere Autoren erfahren, viele weitere interessante Bücher und eBooks finden und Leseproben herunterladen. Mit dem kostenlosen Newsletter auf

www.ostfrieslandkrimi-lesen.de

erhalten Sie aktuelle Informationen rund um das Verlagsprogramm wie beispielsweise spannende Neuerscheinungen und Gewinnspiele.